Seidenfessel

Kira Maeda

Seidenfessel

Erotischer Roman

Plaisir d'Amour Verlag

1. Auflage: Juni 2009
2. Auflage: März 2010

KIRA MAEDA

SEIDENFESSEL

EROTISCHER ROMAN

© 2009 Plaisir d'Amour Verlag, Lautertal
Plaisir d'Amour Verlag
Postfach 11 68
D-64684 Lautertal
www.plaisirdamourbooks.com
info@plaisirdamourbooks.com
© Coverfotos: Coka - Fotolia; Chuongy - Fotolia
Coverlayout: Christoph Spittler
ISBN 978-3-938281-51-2

PROLOG

Er ließ sich auf seinem Sessel nieder. Das Büro, das ihm als neues Oberhaupt des Clans zugewiesen worden war, nahm fast ein Viertel des Stockwerks ein. Er konnte von hier aus über ganz Shinjuku-ku sehen. Zwischen den Hochhäusern, flackernden Bildschirmen und Reklametafeln befand sich seine zukünftige Welt. Die Welt der Yakuza, der japanischen Mafia. Nichts, was ehrbare Bürger der Megacity Tokio offen aussprechen würden; aber er fühlte sich auf seltsame Weise wohl hier. Und das, obwohl er kaum Zeit gehabt hatte, sich daran zu gewöhnen. Es war noch nicht lange her, dass Masaburo, sein Vorgänger, ihn unter seine Fittiche genommen hatte. Er hatte ihn in den Yamanote-Clan eingeführt, ihn den richtigen Leuten vorgestellt und ihm die Grundzüge der japanischen Mafia erklärt. Alles mit dem Ziel, ihn zu seinem Nachfolger zu machen. Der Tag seines Antritts war früher gekommen, als er oder Masaburo gedacht hatten. Der alte Mann war einem Herzinfarkt erlegen und hatte ihm vor seinem Tod die Leitung des Clans übertragen.

Es klopfte, und er wurde aus seinen Gedanken gerissen. Toshinaka Isami trat ein. Der hochgewachsene Yakuza war eine respekteinflößende Gestalt. Er besaß die besondere Fähigkeit, Menschen mit nur einem Blick kontrollieren zu können. Für den zukünftigen Anführer der Familie Yamanote war allerdings viel wichtiger, dass Toshinaka für seine Loyalität bekannt war. Er wusste das zu schätzen, und Toshinaka gehörte zu den wenigen Yakuza, denen er vertrauen konnte.

Der ältere Mann verneigte sich. „Konban_wa, Oyabun", grüßte er.

Das Oberhaupt des Clans erwiderte seinen Abendgruß.

„Konban wa, Isami-san", sagte er. „Was gibt es?"

Der Yakuza lächelte schmal. Eine sehr seltene Geste bei ihm. „Sie ist angekommen."

„So früh schon?"

„Sie wollte wohl keine Zeit verlieren." Toshinaka schien der Gedanke zu amüsieren.

Sein Chef erwiderte das Lächeln ein wenig schief. „Dann fängt es jetzt also an?"

Toshinaka nickte. „Es beginnt, Oyabun."

KAPITEL 1

Die Hitze war erdrückend. Isabelle Lérand spürte sie nur zu deutlich, als sie aus dem Hotelfoyer trat. Obwohl es bereits nach zwanzig Uhr war, hatten die sommerliche Hitze und die hohe Luftfeuchtigkeit Tokio noch fest in ihrem Griff. Selbst die Luft schien an Isabelles Körper zu kleben.

Sie war froh, ihr langes, rotes Haar zu einem einfachen Zopf hochgebunden zu haben. Die Strähnen hätten sonst an ihrem schweißnassen Hals geklebt. Ihr Blick folgte den Japanerinnen, die in Grüppchen oder alleine an ihr vorbei über die Straße gingen. Sie sahen aus, als würde ihnen die Hitze nicht das Geringste ausmachen, und Isabelle beneidete sie darum. Sie sehnte sich bereits jetzt nach der Klimaanlage ihres Hotelzimmers zurück. Aber es half nichts – sie war verabredet und wollte auf keinen Fall zu spät kommen. Isabelle kannte sich kaum in Tokio aus – und immerhin ging es hier nicht um einen einfachen Urlaub. Sie war aus einem bestimmten Grund nach Japan gekommen.

Seit zwei Stunden befand sie sich jetzt in diesem fremden Land und fühlte sich zum einen fasziniert, zum anderen ausgeschlossen. Mit ihrer auffälligen Haarfarbe und der hohen, schlanken Gestalt fiel sie inmitten der kleineren Tokioterinnen sofort auf. Isabelle war es gewohnt, dass ihr in Deutschland ab und an ein Mann und zuweilen auch eine Frau nachsahen, aber hier hatte sie das Gefühl, permanent angestarrt zu werden, auch wenn sie niemals direkten Blickkontakt mit einer anderen Person hatte.

Kaum im Hotel angekommen, hatte sie die verschwitzte Reisekleidung gegen ein leichteres Leinenkleid mit Knopfleiste getauscht. Es war leicht, bequem, und Isabelle wusste, dass ihr größter Vorzug – ihre langen, gebräunten Beine – durch den hellen Stoff am besten zur Geltung kamen. Unter der Dusche hatte sie zuvor den zwölfstündigen Flug von ihrem Körper gespült. Diese verdammte Hitze machte ihr das Nachdenken schwer, aber sie brauchte jetzt einen kühlen Kopf.

Isabelle zog aus ihrer Handtasche einen zusammengefalteten Zettel. Darauf fand sie die Wegbeschreibung zu einer Adresse, die etwas außerhalb lag. Shins alte Adresse.

Sie atmete tief durch und steckte den Zettel wieder ein. Shin, dieser Kindskopf. Seinetwegen hatte sie sich auf den Weg nach Tokio gemacht. Er war ihr Halbbruder aus der ersten Ehe ihrer Mutter. Im Gegensatz zu Isabelle hatte er einen japanischen Vater, mit dem er dann vor einigen Jahren in dessen Heimat zurückgekehrt war. Zuvor hatten die beiden Halbgeschwister viel Zeit miteinander verbracht, und wenn sie auch verschiedene Väter hatten, so war Shin doch immer ihr großer Bruder gewesen.

Das Verhältnis war über die Jahre und trotz der Kilometer nie abgebrochen. Zwar wurden die Anrufe und E-Mails seltener, aber mindestens einmal im

Monat bekam Isabelle Nachricht aus Tokio. Bis diese Meldungen plötzlich ausblieben. Anfangs hatte sie sich noch nichts dabei gedacht. Nach dem zweiten Monat war sie jedoch unruhig geworden. Ihre Anrufe nahm nur noch der Anrufbeantworter entgegen, bis auch der eines Tages verstummte. Isabelle hatte daraufhin die Koffer gepackt und ein Flugticket nach Japan gekauft. Ihre Freundin Julia, mit der sie zusammen eine Event-Agentur leitete, hatte sich bereit erklärt, in der Zeit auf ihre Wohnung aufzupassen. Isabelle wusste nicht, wie lange es dauern würde, bis sie Shin fand. Wenn sie ihn denn fand ... Sie schüttelte den Kopf. Nein, so durfte sie nicht denken! Im Augenblick musste sie sich auf die Suche nach ihrem Bruder konzentrieren.

Isabelle blieb stehen und suchte nach dem Schild, das auf die Bahnstation verwies. Sie überquerte die Straße mit mindestens hundert anderen Menschen. Man wurde von der Menge einfach mitgerissen. Auf ihrem Weg durch die Straßen Tokios kam sie an den verschiedensten Imbissbuden vorbei. In der schweren, erhitzten Luft trafen sie die exotischen Gerüche von frittiertem Gemüse, gebratenem Fleisch und Crêpes umso stärker, und Isabelle hörte ihren Magen deutlich knurren. Sie zwang sich aber weiterzugehen. In Deutschland war gerade Mittagszeit, aber sie hatte keine Zeit, um sich in eine der Buden zu setzen; sie musste sich beeilen.

Ihre hohen Schuhe klickten auf dem Asphalt, als sie ihren Schritt beschleunigte. Bald kam auch der Bahnsteig in Sicht. Isabelle ging die Betontreppe hinauf und fand sich auf einem sehr schmalen Steg mit mehreren Japanern wieder. Die meisten hörten Musik oder tippten etwas in ihre Handys, einige andere unterhielten sich. Hier und da konnte sie einen vertrauten Wortfetzen auffangen. Shin hatte ihr damals ein wenig Japanisch beigebracht und sie immer wieder mit japanischem Rock und Pop versorgt. Für Isabelle war es damals ein lustiges Spiel gewesen, die fremden Schriftzeichen und Worte zu lernen. Der Unterricht lag viele Jahre zurück, aber im Stillen dankte sie ihrem Bruder dafür. Ohne jede Sprachkenntnis wäre sie wohl vollkommen hilflos bei ihrer Suche.

Ein Glöckchen ertönte, eine Frauenstimme wies auf den ankommenden Zug hin, und es kam Bewegung in die Menschenmenge. Mit lautem Hupen fuhr der Zug ein. Als er hielt, strömten die Menschen zielstrebig hinein. Isabelle folgte ihnen einfach, erhaschte dabei einen Blick auf den Namen der Bahn und entspannte sich ein wenig. Sie war richtig.

Isabelle atmete tief ein. Im Zug gab es eine Klimaanlage, aber durch die Menschenmenge im Waggon war davon kaum etwas zu merken. Sie hielt sich an einer Haltevorrichtung fest, merkte aber, wie sich immer mehr Personen hineindrängten, so dass sie sich kaum noch bewegen konnte. Endlich schlossen sich die Türen, und Isabelle tat dasselbe für einen Moment mit ihren Augen, um das Gefühl aufsteigender Panik, hervorgerufen durch die

Enge, zu bekämpfen. Die schwüle Hitze hatte ihren Körper bereits wieder mit einer feinen Schweißschicht überzogen, und sie wurde durch das Ruckeln der Bahn immer wieder sanft gegen die Haltestange gepresst.

Sie hatte niemals unter Platzangst gelitten, aber die Unruhe in ihr wurde stärker. Vielleicht sollte sie an der nächsten Haltestelle aussteigen und auf einen weniger vollen Zug warten? Aber vielleicht würde es dann nur noch voller werden?

Hoffnungsvoll sah sie auf. Über ihr war eine Anzeigetafel angebracht, die sowohl in japanischer als auch englischer Schrift die nachfolgenden Haltestellen anzeigte. Sie zählte nach – noch fünf Bahnhöfe.

Der Zug fuhr in die nächste Station ein, und ein Großteil der Leute stieg aus. Isabelle gewann mehr Platz und seufzte erleichtert, als der Zug wieder anfuhr. Hoffentlich war die Fahrt bald vorbei.

Um sich die Zeit zu vertreiben, sah sie aus dem Zugfenster. Glitzernde Hochhausfassaden rasten in raschem Wechsel an ihr vorüber. Der Anblick lullte sie ein. Wenn es nur nicht so heiß gewesen wäre!

Verstohlen fuhr sie sich mit der Hand über den schlanken Hals. Die Berührung sandte Schauer durch ihren Körper. Die Schwüle schien jeden Gedanken zu ersticken. Isabelle reagierte ganz instinktiv; ihre Hand verharrte nicht am Kragen des Kleids, sondern glitt tiefer und streifte eine harte Brustwarze unter dem Leinenstoff. Isabelle unterdrückte ein leises Stöhnen. Hastig sah sie zur Seite, ob irgendjemand etwas bemerkt hatte, obwohl sie ja mit dem Rücken zum Waggoninneren stand. Aber jeder schien mit etwas anderem beschäftigt zu sein, egal ob mit Schminke, Manga oder Handy.

Isabelle sah wieder aus dem Fenster, als sie plötzlich eine flüchtige Berührung am Rücken spürte. „Sind Sie sicher, dass das ein angemessenes Verhalten in einem Zug ist?", raunte eine tiefe männliche Stimme in ihr Ohr. Es war perfektes Deutsch mit einem ganz schwachen Akzent.

Verwirrt und beschämt, weil der Mann sie offensichtlich gesehen hatte, wollte Isabelle über die Schulter sehen, war aber plötzlich so eingeklemmt, dass sie sich kaum rühren konnte. In der Fensterscheibe vor sich sah sie das Spiegelbild des Fremden. Er überragte sie noch, denn sein Gesicht konnte sie nicht sehen; das Glas war zu Ende. Was sie aber sah, waren breite Schultern in einem teuer wirkenden grauen Anzug. Der Besitzer des Anzugs besaß Geschmack, denn die gemusterte Krawatte harmonierte perfekt mit dem Hemd darunter. Anstand schien er jedoch nicht zu besitzen, denn sonst würde er sich nicht so unverschämt an sie pressen.

Der Mann hinter ihr bückte sich etwas. Sie sah ein kantiges, glatt rasiertes Kinn und kühn geschwungene Lippen, die zu einem anzüglichen Lächeln verzogen waren. Sein Atem war noch heißer als die Luft und er streifte ihr Ohr. Der markante Duft eines betörenden Aftershaves stieg in ihre Nase.

Isabelle presste ihre vollen Lippen zusammen. Die Nähe dieses Fremden löste die Spannung, die die Hitze in ihr verursachte, nicht. Im Gegenteil.

Ihre Hand, die bisher ruhig auf ihrem Oberschenkel gelegen hatte, strich abwesend darüber. Sie wusste, dass er sie beobachtete, aber es kühlte sie nicht ab. Isabelle konnte nicht verhindern, dass ihre Finger zwischen ihre Beine krochen. Den Blick hielt sie stur aus dem Fenster gerichtet. Auch dann noch, als ihre Fingerkuppe auf die Stelle drückte, an der ihre Klitoris lag.

Unbemerkt von den Leuten um sie herum legte sich eine große Hand auf ihre Hüfte. „Die Hitze macht Ihnen zu schaffen, nicht wahr?", raunte diese warme Stimme wieder in ihr Ohr. „Der japanische Sommer ist manchmal wirklich schwer zu ertragen. Wenn der frische Schweiß den Körper glitschig macht …" Seine Finger fanden den Weg durch die Knopfleiste des Kleides zwischen ihre Schenkel. Erschreckend geübt hatte er seinen Zeige- und Mittelfinger unter den Stoff ihres Höschens geschoben. „Nass", fügte er hinzu.

Isabelle musste sich auf die Lippen beißen, um nicht aufzustöhnen. Was tat sie hier? Sie ließ sich am anderen Ende der Welt von einem wildfremden Mann befingern und genoss es auch noch? Sie spielte mit dem Gedanken, sich zu befreien, aber in diesem Moment umkreiste seine Fingerkuppe ihren Kitzler mit sanftem Druck. Der Zug ruckte und hielt an. Leute stiegen aus. Bevor sie entdeckt werden konnten, trat der Fremde ein wenig zur Seite und schirmte sie gegen unwillkommene Blicke ab. Seine Finger waren noch immer zwischen ihren Beinen vergraben.

Der Zug fuhr wieder an, und das Rattern wurde zum Rhythmus, indem er seine Hand bewegte und sich in sie schob.

Isabelles ganzer Körper stand unter Spannung. Der Gedanke zu gehen wurde einfach von ihrer Lust ausgeschaltet. Ihre Hand lag auf seiner, aber sie hielt ihn nicht zurück.

„Benutz mich", murmelte er. Noch immer schaukelte der Waggon im leichten Takt, wiegte sie beide hin und her. „Zeig mir, wie du es haben willst."

Seine Stimme war rauer geworden, und Isabelle glaubte, ein leises Zittern darin zu hören. Ein weiterer Lustschauer lenkte ihre Aufmerksamkeit wieder auf seine Berührung, die ihr solche Lust bereitete. „Zeig es mir", forderte er. Er wusste, dass sie es ihm sagen, zeigen würde. Er war gewohnt zu bekommen, was er wollte.

Ihre Hand lag auf seiner und begann aktiver zu werden. Sie drückte zu, so dass seine Finger tiefer drangen, immer tiefer. Er rieb sie härter, schien zu spüren, dass sie mehr wollte, mehr brauchte!

Isabelle keuchte unmerklich auf, als ihr Höhepunkt sie überraschend traf. Ihr Körper verkrampfte sich, ihre Fingerknöchel wurden weiß, während sie nach Halt suchte. Ihre Knie schienen sie nicht mehr zu tragen. Mühsam hob sie den Kopf, der Zug hielt wieder, und Isabelle drehte sich um, um endlich sein Gesicht sehen zu können. Doch alles, was sie sah, war eine Woge aus dunklen Anzügen und Schuluniformen. Ihr fremder Liebhaber war verschwunden.

Er stieg die Stufen der Station hinab. In gemächlichem Tempo, ganz so wie jemand, der eine Arbeit gut erledigt hatte. Am Fuß der Treppe blieb er stehen und sah dem abfahrenden Zug nach. Im Fenster erschien das Gesicht einer rothaarigen Frau, die nach etwas zu suchen schien. Bevor sie in Richtung der Treppe sehen konnte, war das Fenster aus seinem Blickwinkel verschwunden.

Er lächelte und hob die rechte Hand vors Gesicht. Die Fingerkuppen glänzten noch von ihrer Lust. Er kostete, und sein Lächeln vertiefte sich; ihr Geschmack war würzig und gleichzeitig süß.

Es war einfacher gegangen, als er gedacht hatte. Ihr Anblick hatte ihn überrascht – aber mehr als nur zufrieden gestellt. Selten hatte er eine derart schöne Frau gesehen, ganz gleich, ob nun Asiatin oder westlicher Typ; Isabelle hatte etwas an sich, was ihn herausforderte. Etwas, das in ihrer Ausstrahlung begründet lag. Wie ein neugieriges Kind, das mutig genug war, ungewöhnliche Dinge auszuprobieren. Sie war perfekt. Alles verlief nach Plan. Er wusste, er würde die folgenden Tage mehr als nur genießen.

KAPITEL 2

An ihrem Zielbahnhof musste Isabelle sich erst einmal gegen die nächste Wand lehnen. Ihre Knie zitterten noch immer. Nicht nur wegen der Hitze, sondern vor allem wegen ihres kleinen Intermezzos im Zug. Sie konnte noch immer nicht klar denken.

Als sie vor einem Jahr in Berlin gewesen war, hatte ein Mann versucht, ihr an den Hintern zu greifen. Sie hatte sich umgedreht und ihm die Hand ins Gesicht geschlagen. Aber diesmal war es anders gewesen. War es die Hitze? Oder diese betörende Stimme? Isabelle wusste es nicht zu sagen.

Langsam legte sich das Zittern, und auch ihr Atem wurde ruhiger. Um sie herum waren noch immer Leute eifrig damit beschäftigt, von A nach B zu wandern. Straßenlärm dröhnte ihr in den Ohren, und der Gestank von Benzin und verbrannten Reifen drang in ihre Nase. Als Isabelle die Treppe des Bahnhofs herunterstieg, sah sie auch warum. Der Bahnhof lag direkt an einer riesigen Kreuzung, auf der abwechselnd Autos und Menschen die Straßen überquerten. Mittlerweile war es dunkel geworden, und alles um sie herum schien zu leuchten, zu blitzen oder sonst wie mit Lichteffekten auf sich aufmerksam zu machen.

Isabelle holte wieder den Zettel heraus und las die Instruktionen. Es war eine ausgedruckte E-Mail, die ihr Tomo, Shins Exfreundin geschrieben hatte. Sie hatten sich zwar erst durch Shin kennengelernt, aber mit den Jahren entstand daraus eine Freundschaft. Daher war auch Tomo die erste Person, an die Isabelle gedacht hatte, die ihr bei der Suche nach Shin helfen konnte. Aufmerksam las sie die Mail noch einmal durch. Da stand, dass sie unter dem großen Bildschirm warten sollte. Isabelle sah nach oben. Drei riesige Bildschirme hingen mehrere Meter hoch über ihr. Und welcher von denen sollte jetzt der Richtige sein?

Sie wollte gerade noch einmal nachsehen, ob sie auch wirklich am richtigen Bahnhof angekommen war, als sie jemand an der Schulter berührte. Isabelle drehte sich um und sah sich Tomos zierlicher Gestalt gegenüber. Sie war fast einen ganzen Kopf kleiner als Isabelle. Auf dem hübschen Gesicht lag ein Lächeln. Tomo besaß unglaublich langes, schwarzes Haar. Anders als die meisten jungen Japanerinnen färbte sie es nicht hellbraun, sondern trug es in immer neuen, außergewöhnlichen Frisuren. Heute hatte sie es zu zwei Zöpfen geflochten. Zusammen mit den herzförmig geschwungenen Lippen und den weichen Gesichtszügen glich ihre Erscheinung einer lasziven Lolita. Der knappe Rock mit Karomuster und die weit offene weiße Bluse rundeten das Bild perfekt ab. Dabei hatte Tomo, das wusste Isabelle von Shin, die 20 schon einige Zeit hinter sich gelassen.

„Isa-chan!" Die Japanerin umarmte Isabelle und diese lächelte. Die verniedlichende Version ihres Namens hatte sie schon sehr lange nicht mehr gehört. Sie erwiderte die Umarmung, froh, die Freundin wiederzusehen. „Hallo, Tomo. Danke, dass du gekommen bist."

Tomos große Augen weiteten sich. Isabelle bemerkte erst jetzt die blauen Kontaktlinsen darin und blinzelte überrascht. Anscheinend war das der letzte Schrei in Tokio. Shins Exfreundin war schon damals, als Isabelle sie kennengelernt hatte, verrückt nach der neuesten Mode gewesen. Egal, was es war, es musste schrill, bunt und auffällig sein; so liebte es die zierliche Japanerin. Das beste Beispiel dafür war die quietschbunte Plastikhandtasche, die im Halbdunkel zu leuchten schien.

„Lass das!", wies Tomo sie streng zurecht. „Es ist selbstverständlich, dass ich herkomme und dir helfe!" Sie zog einen Schmollmund, der Isabelle zum Lachen brachte. Tomo grinste nur, fasste sie am Arm, um sie vom Bahnhof fortzuziehen – mitten hinein in das Gewühl von Tokio. Mittlerweile war es fast dreiundzwanzig Uhr. Dennoch hatte die Aktivität in der Stadt nicht abgenommen. Das Gegenteil war der Fall. Tomo führte sie die Straße hinab zu einem Imbissstand. Es handelte sich dabei um einen einfachen Karren mit ausklappbarer Theke und einigen Hockern davor. In mehreren Pfannen brutzelte etwas, und der Duft ließ Isabelles Magen laut und deutlich knurren.

Tomo setzte sich auf einen der Hocker und bestellte etwas in schnellem Japanisch. Isabelle setzte sich neben die zierliche Freundin und bekam eine Flasche Asahi-Bier und eine Schüssel mit Suppe und langen Nudeln vor sich gestellt. Tomo schlürfte bereits genüsslich ihre Portion.

Isabelle nahm ein Paar der Einweg-Holzstäbchen aus dem bereitgestellten Becher und brach sie auseinander. Auf den langen Nudeln lag ein gebratenes Stück Fleisch und in Streifen geschnittenes Gemüse. Isabelle kostete davon und aß begeistert weiter.

„Schmecken die Ramen?", erkundigte sich Tomo und nippte an ihrer Bierflasche. Isabelle nickte mit vollem Mund. Die Suppe war würzig, und das laute Schlürfen machte ihr Spaß. Tomo lachte und schob ihr einige süß-saure Rettichscheiben hin. Isabelle probierte auch davon. Die gelben Scheiben prickelten auf ihrer Zunge. Sie nahm einen Schluck Bier. „Nicht schlecht."

Tomo gab einen zustimmenden Laut von sich. Nun schob sie ihre halbvolle Nudelschale zur Seite und knabberte an einem Stück Rettich. „Seit wann hast du nicht mehr von Shin gehört?", fragte sie Isabelle direkt.

Die rührte in ihrer Brühe. „Seit etwa acht Wochen."

Tomo griff nach weiteren Rettichscheiben und hob die Hand, um bei dem Budenbesitzer ein weiteres Schälchen zu bestellen. „Bei mir hat er sich das letzte Mal vor einem Monat gemeldet", sagte sie nachdenklich und kaute dabei. „Nach dem Vorfall im Club ist er verschwunden."

Isabelle hatte ihre Flasche angehoben, hielt aber zwischen Theke und Mund inne. „Was ist passiert?"

Tomo wirkte mit einem Mal nervös. Sie versuchte eine einzelne Nudel mit ihren Stäbchen aufzunehmen und mied Isabelles Blick.

„Was für ein Vorfall?", fragte Isabelle drängender. Wenn Shin darin verwickelt war, musste sie es wissen.

Tomo legte die Stäbchen zur Seite. „Shin hat früher in einem Club namens Dawn als Host gearbeitet."

„Was ist ein Host?", warf Isabelle ein. Sie ahnte es, da Tomo sie ungewohnt verschämt ansah, aber sie wollte sicher sein. „Wieso hat er mir nichts davon erzählt?"

„Hosts bleiben lieber unter sich. Sie reden nicht gern mit anderen über ihren Job."

„Ist es gefährlich?"

Tomo lachte hell. „Nur für Frauenherzen."

Isabelle seufzte und trank. „Ein Callboy also?", fragte sie leise.

„Mhm", erwiderte Tomo. „Ein Begleiter."

Isabelle biss sich auf die Zunge. Shin, ein Callboy ...? „Was ist im Dawn passiert?"

„Es war vor dem Dawn", korrigierte sich Tomo und legte die Stäbchen auf ihre Schüssel. „Damals gab es eine Prügelei. Shin war darin verwickelt und wurde mit anderen verhaftet. Danach habe ich ihn nicht mehr gesehen." Ihre Stimme war leise geworden. Isabelle berührte sanft Tomos Arm. Dass sie sich ebenso sehr um Shin sorgte wie Isabelle, hatte diese noch nicht wirklich bedacht.

„Denkst du, er ist im Gefängnis?"

Tomo schüttelte den Kopf; ihre Zöpfe wippten dabei. „Ich habe mich erkundigt. Er wurde nach seiner Vernehmung entlassen."

Isabelle schob ihre Schale zur Seite. Es war noch etwas übrig, aber ihr war der Appetit vergangen. „Weiß jemand Näheres über die Prügelei?"

Tomo tippte sich mit der Fingerspitze gegen die vollen Lippen und zog einen Schmollmund. Die Geste hatte etwas Kindliches an sich, und Isabelle hätte fast gelacht, wäre das Gespräch nicht so ernst gewesen.

„Kyo müsste etwas wissen. Er war im Club Shins bester Freund."

„Hast du ihn schon gefragt?"

„Nicht nach der Prügelei." In Tomos Augen trat ein schelmischer Ausdruck. Sie stand auf und zog Isabelle mit sich, nachdem sie bezahlt hatte. „Das holen wir jetzt nach, Isa-chan!"

KAPITEL 3

Tomo hatte ihnen ein Taxi herbeigewunken, das sie direkt in das Lichtermeer von Kabukichō im Stadtteil Shinjuku brachte. Das Viertel war das Zentrum der Host Clubs, erklärte Tomo, während sie durch die erleuchteten Straßen schlenderten. Überall glitzerte und leuchtete es; ein Club reihte sich an den anderen, dazu kamen Diskotheken und Restaurants. Isabelle wurde bei dem Anblick ganz schwindelig; man konnte nirgendwo hinsehen, ohne dass einem die Augen wehtaten oder es in den Ohren klang. Tomos Erklärungen konnte sie nur mit halbem Ohr folgen.

Ständig versuchte jemand, sie anzusprechen oder ihr bunt bedruckte Flyer und Hochglanzhefte in die Hand zu drücken. „Furchtbar, diese Scouts", schnaubte Tomo und scheuchte einen jungen Mann weg. „Immer versuchen sie, einen in die Clubs zu zerren."

Isabelle sah auch junge Frauen. Anscheinend wurde in den Clubs jeder Geschmack berücksichtigt und jeder Wunsch befriedigt. Dabei war Prostitution in Japan offiziell verboten.

Während Isabelle noch darüber grübelte, wie das zu vereinbaren war, hielt Tomo sie auf. Sie standen vor dem ‚Dawn'. Vor dessen Tür waren keine

Scouts zu sehen, aber zwei junge Männer begrüßten Tomo und Isabelle mit einer Verbeugung und einem Lächeln, das zumindest Isabelle weiche Knie bescherte.

Tomo schien sich nicht so leicht von dem Aussehen der Männer einfangen zu lassen. „Ist Kyo frei?", fragte sie unbeeindruckt und einer der beiden nickte. Er verbeugte sich geschmeidig und öffnete ihnen beiden die Tür. „Warten Sie bitte an der Rezeption – Kyo wird Sie gleich abholen."

Tomo nickte und zog Isabelle mit sich in das Innere des Clubs. Die Rezeption bestand aus einem kreisrunden Raum. Die Hälfte davon nahm eine Theke ein, die sich passgenau an die runde Wand schmiegte. Dahinter saß ein Mann um die dreißig. Im Gegensatz zu den Hosts vor der Tür wirkte er weniger freundlich. Er musste sein Geld nicht mehr damit verdienen, Frauen von der Straße in den Club zu locken. Seine Kleidung passte genau zur Einrichtung des Vorraums. Alles war farblich aufeinander abgestimmt – Creme- und Rottöne bestimmten das Bild und vermittelten eine einladende und gleichzeitig sinnliche Atmosphäre. Selbst die Blumen, die in großen Vasen den Eingang zum eigentlichen Club flankierten, trugen diese Farben in verschiedenen Abstufungen. Isabelle sah helle Orchideen neben langstieligen Baccara-Rosen.

Sie bestaunte noch die Einrichtung, als der Mann hinter der Theke aufstand und sie mit einem Nicken begrüßte. „Kyo wird gleich bei Ihnen sein", sagte er, nachdem sie seinen Gruß erwidert hatten. „Möchten Sie vielleicht so lange Platz nehmen?" Er deutete auf ein weißes Sofa, das Isabelle bisher nicht hatte sehen können, weil es halb hinter der offenen Eingangstür versteckt war. Es sah bequem aus, aber Tomo winkte bereits ab. „Wir stehen lieber – wird es lange dauern?", fragte sie routiniert. Sie war nicht zum ersten Mal in diesem Club, immerhin war Shin ebenfalls ein Host gewesen. Dennoch erschien es Isabelle seltsam, dass Tomo sich wie ein Gast verhielt und nicht wie jemand, der einen der Hosts auch von seiner privaten Seite her kannte.

Der Mann an der Rezeption nickte wieder und setzte sich. Lange mussten sie nicht warten, denn kurz darauf öffnete sich die Tür, und einer der schönsten Männer, die Isabelle bisher in ihrem Leben gesehen hatte, kam auf sie zu. Auf Tomos Gesicht erschien ein seliges Lächeln, das der Host erwiderte. Das musste Kyo sein, und Isabelle verstand sehr gut, warum Tomo derart lächelte. Er bewegte sich geschmeidig, und sein Körper unter dem teuren Markenanzug versprach einer Frau sofort, ihr jeden Wunsch zu erfüllen, noch bevor sie ihn selbst kannte. Er wirkte schon zu perfekt, zu sehr darauf angelegt, viele Frauen glücklich zu machen, und nicht nur eine. Isabelle schmunzelte unmerklich – er war attraktiv, und sie hätte ihn sicher nicht von der Bettkante gestoßen, mehr aber wohl nicht. Nicht wie den Mann aus dem Zug, flüsterte etwas in ihr. Isabelle verdrängte die Stimme, so gut es ihr möglich war.

Kyo umfasste Tomos Arme und hauchte ihr einen Kuss auf die linke Wange, ehe er Isabelle bemerkte. „Tomo-chan, was ist das für ein wunderbares Geschenk, das du da mitbringst?!" Er musterte Isabelles Gesicht so offensiv, dass diese für einen Moment den Blick senken musste.

„Das ist Isa-chan", erwiderte Tomo, und Isabelle spürte auch ihren Blick auf sich. „Shins Schwester."

Isabelle fühlte seine Hand, die ihre nahm, und dann weiche Lippen, die einen Kuss auf den Handrücken setzten. „Willkommen in Japan, Isa-chan", sagte Kyo.

Er führte sie in das Innere des Clubs. Die Farben des Vorraums setzten sich auch hier fort. Isabelle sah vier oder fünf Tische, an denen champagnerfarbene Sessel standen. Die meisten davon waren von Frauen besetzt, die sich mit Männern unterhielten. Der Stil der Möbel war eine Mischung aus modernem, westlichem Design mit Accessoires, die mit asiatischen Verzierungen geschmückt waren. Auch die restliche Einrichtung stellte einen ausgewogenen Mix dar. Neben der eindeutig westlich inspirierten Bar waren Tuschzeichnungen von Gebirgen, Stillleben mit Tieren und weise Zitate in verschnörkelter Kalligraphie aufgehängt.

Gelächter wehte durch den Club, und die allgemeine Stimmung war fröhlich. Das war eindeutig ein Ort, an den man sich amüsieren wollte.

Kyo führte sie an den letzten freien Tisch. Das ‚Dawn' war kein großer, aber dafür ein sehr gut besuchter Club. Ein Kellner kam von der Bar an ihren Tisch; auf seiner Hand balancierte er gekonnt ein Tablett mit drei langstieligen Champagnerflöten und eine Flasche mit namenlosem Champagner. Kyo nahm die Flasche, öffnete sie und schenkte ein. Er reichte erst Tomo ein Glas und dann Isabelle, ehe er sein eigenes erhob. „Worauf wollen wir anstoßen? Auf Shin?", fragte er. Isabelle wechselte einen Blick mit Tomo, aber die nickte nur. „Auf Shin", sagte sie.

„Gut, dann auf Shin", fiel auch Isabelle ein. Wenn es ihrer Freundin so leicht fiel, dann wollte sie nicht zurückstehen.

Kyo tippte ihre Gläser mit seinem an. Das Klirren klang so fein wie das eines Glöckchens. „Kampai", sagte er und trank. „Kampai", erwiderten auch Tomo und Isabelle, ehe sie an ihrem Champagner nippten. Er kribbelte angenehm auf der Zunge und in der Kehle. Der Duft von Isabelles Parfum mischte sich mit dem der Blumen, die, wie schon im Vorraum, in großen Vasen vor den Wänden drapiert worden waren. Eine feinere Nuance mischte sich darunter, als Kyo sich zu ihr beugte, und Isabelle einen Hauch seines Aftershaves wahrnahm. Es war herb, unterstrich dadurch aber den Blumenduft.

Isabelle trank noch etwas mehr und drehte das langstielige Glas zwischen ihren Fingern. Im Club war es trotz der Klimaanlage warm, und auf dem Glas bildete sich Kondensflüssigkeit. Abwesend nahm sie einen der herabperlenden Wassertropfen mit der Fingerspitze auf.

Kyo, der neben ihr saß, beugte den Kopf vor, nahm ihre Hand und küsste den Tropfen weg. Isabelle zog ihre Hand nicht zurück, spürte aber leichte Röte, die sich auf ihren Wangen entfaltete.

„Die Getränke werden immer besser", lachte Kyo.

„Lass das." Tomo schmunzelte, obwohl sie ihn so tadelte. Isabelle schüttelte leicht den Kopf. Ihr Finger prickelte.

„Entschuldige, Isa-chan", wandte Tomo sich ihr zu, „aber Kyo hat eine Vorliebe für Ausländerinnen. Da vergisst er seine guten Manieren."

„Ich denke, die meisten Frauen werden nichts gegen diese Art Behandlung einzuwenden haben", lächelte Isabelle in Kyos Richtung. Der schmunzelte.

„Also kann ich davon ausgehen, dass ich dich bald als meine Kundin begrüßen darf?", fragte er mit einem Augenzwinkern. Sein jungenhafter Charme ließ Isabelle breiter lächeln. „Eigentlich bin ich aus einem anderen Grund hier."

Zum ersten Mal wurde Kyos schönes, lachendes Gesicht ernst. „Dann nehme ich an, es geht um Shin?"

Isabelle nickte und stellte ihr Glas zurück auf den Tisch. „Tomo sagte, du warst sein bester Freund hier im Club."

Kyo nickte. „Wir hatten ein besseres Verhältnis als die meisten anderen hier."

„Und bei dir hat er sich bisher auch nicht mehr gemeldet?"

„Nein." Kyos Miene drückte Kummer aus. „Seit der Schlägerei ist er wie vom Erdboden verschluckt."

Isabelle atmete tief ein. Diese Spur verlief also auch im Sand.

„Erzähl ihr von Shins Nebenjobs", drängte Tomo, was ihr ein Stirnrunzeln des Hosts einbrachte.

„Warum hast du ihr noch nichts davon erzählt?"

„Ich weiß es von dir – aus erster Hand sind solche Informationen immer besser", erwiderte sie.

Kyo lehnte sich zurück und trank etwas Champagner. „Wie viel weißt du von der Yakuza, der japanischen Mafia?", fragte er Isabelle und sah sie über den Rand seines Glases hinweg an.

„Nichts", erwiderte sie.

„Dann wird es schwer, am richtigen Punkt anzufangen", murmelte Kyo mehr zu sich selbst. „Vielleicht sollte ich dir vorher sagen, dass die japanische Mafia nur bedingt etwas mit der russischen oder sizilianischen Variante zu tun hat. Sie hat eine sehr lange Tradition in Japan, und jeder Japaner weiß von ihr. Fast jeder kennt jemanden, der schon einmal mit ihr zu tun hatte; aber man spricht nicht über sie."

„Meist kümmern sie sich auch nicht um einen", warf Tomo ein. „Außer, man mischt sich in ihre Geschäfte."

Kyo nickte und fuhr mit gedämpfter Stimme fort: „Sie arbeiten mit Pachinko-Hallen, Prostitution und Glücksspiel. Aber die größeren Yakuza-Gruppierungen wollen seriöser werden. Es gibt ganze Konzerne, die zwar von Yakuza-Bossen gegründet wurden, aber mittlerweile als ehrbare Geschäftshäuser fungieren. Shin hat wahrscheinlich für eine der Gruppen hier im Kabukichō gearbeitet, jedenfalls sah ich ihn häufig nach der Arbeit mit einigen von ihren Leuten herumstehen und reden."

„Ist das nicht gefährlich, so genau zu wissen, dass die Mafia vor der eigenen Tür herumsteht?", fragte Isabelle erstaunt.

Tomo schüttelte den Kopf. „Wir Japaner haben eine sehr zweischneidige Art, mit der Yakuza umzugehen. Zum einen drehen wir Filme über sie und halten ihre Mitglieder für die letzten, wenn auch zwielichtigen Helden unserer Zeit, zum anderen haben wir Angst vor ihr und verbieten Yakuza-Mitgliedern den Besuch öffentlicher Bäder, wo man ihre typischen Tätowierungen sieht. Es gibt sogar eine Initiative verschiedener Geschäfte, die Yakuza nicht in ihren Läden haben wollen."

„Sie sind trotz allem gefährlich", erwiderte Kyo und sah Isabelle eindringlich an. „Wenn ich Recht habe, und Shin sich mit der Yakuza eingelassen hat, fürchte ich, dass es vielleicht schon zu spät ist", sagte er ernst.

KAPITEL 4

Das Gespräch mit Kyo beschäftigte Isabelle noch am nächsten Morgen, als sie das Hotel verließ. Sie hatte eine unruhige Nacht verbracht, in der sich Erinnerungsfetzen an Shin mit Träumen von dem Fremden aus dem Zug vermischten. Als sie erwachte, wanderten ihre Gedanken aber zurück zu der Nacht im Club. Wenn Shin tatsächlich mit der japanischen Mafia in Berührung gekommen war, waren die Chancen, ihn gesund wiederzufinden, sehr gering. Sie wollte es dennoch versuchen. Um schneller an Informationen zu Shins Verschwinden zu kommen, beschloss sie, sich als Reporterin irgendeines deutschen Magazins auszugeben. Im Kabukichō musste ihn einfach jemand gesehen haben. Vielleicht wusste man dort sogar, wo er sich aufhielt!

Während des gemeinsamen Frühstücks am nächsten Morgen vertiefte sich Tomo noch näher in die Informationen der letzten Nacht, nachdem Isabelle ihr von ihrem Plan, sich als Journalistin auszugeben und nach Shin zu suchen, erzählt hatte. „Wenn du die Leute auf die Yakuza ansprichst, wird dir kaum jemand was erzählen. Angsthasen! Dabei begegnen dir die Yakuza-Clans auf Schritt und Tritt. Heutzutage verdienen sie ihr Geld nicht mehr mit Prostitution und Glücksspiel – die großen Clans sind Banker, Medienmogule und Konzerne!"

Isabelle hatte in ihrem Kaffee gerührt und Tomos Monolog zugehört. „Warum geht die Polizei dann nicht dagegen vor? Sind diese Clans schon so mächtig?"

Tomo zuckte mit den Schultern und zwirbelte nachdenklich eine Strähne ihres langen Haars. „Insgeheim bewundert jeder dieser Schlipsträger einen waschechten Yakuza", war die lapidare Antwort. „Sie tun nicht nur Schlechtes – offiziell ist die Kriminalitätsrate nicht sehr hoch in Japan. Das ist der Yakuza zu verdanken."

„Weil sie die Leute so einschüchtert, dass sich keiner traut, Anklage zu erheben?", vermutete Isabelle. Tomo schüttelte den Kopf.

„Nein. Hauptsächlich deshalb, weil Streit untereinander durch die Yakuza geregelt wird. Sagen wir ...", ihr grün lackierter Fingernagel tippte gegen die Tischplatte, als würde sie etwas nachrechnen, „du hast einen Nachbarn, der dich terrorisiert. Aber du kannst nichts gegen ihn tun, und hier in Japan willst du auch niemanden mit Autorität belästigen. In so einem Fall wendest du dich an den Clan in deinem Viertel. Das System funktioniert. Selbst Vergewaltigungen kommen in den Gebieten der großen Clans kaum noch vor."

Isabelle schüttelte nur fassungslos den Kopf. Tomo aber lächelte nur. „Finde es selbst heraus – dir wird kaum jemand etwas erzählen."

Tagsüber machte Isabelle sich selbst auf, um nach Shin zu fragen. Trotz Tomos Warnung, dass sie lieber nicht allzu sehr nachforschen sollte, fragte sie in den Bars und Clubs im Kabukichō nach dem Verbleib ihres Bruders. Die Host Clubs und Bars des Vergnügungsviertels bewegten sich alle am Rande der Legalität. Prostitution war in Japan verboten, und so wurde die rothaarige Ausländerin oftmals misstrauisch beäugt. Isabelle blieb aber hartnäckig. Die Behauptung, Reporterin zu sein, minderte das Misstrauen zumindest ein wenig, aber anstelle von kühler Abweisung erntete sie jetzt Kopfschütteln.

Das Kabukichō war groß, und Isabelle hatte bis zum Abend gerade einmal ein knappes Viertel der Gegend geschafft. Um dreiundzwanzig Uhr, als der Bezirk wieder für die Vergnügungshungrigen der Stadt erwachte, musste sie die Suche abbrechen. Sie fuhr ins Hotel zurück und fiel erschöpft und todmüde ins Bett.

Am nächsten Tag stand zu Isabelles Überraschung Tomo vor der Hotelzimmertür. Isabelle fühlte sich noch immer wie erschlagen und blinzelte die Japanerin nur müde an.

„O-hayō!", schallte es ihr fröhlich entgegen, als Tomo eintrat.

„Dir auch", nuschelte sie und wandte sich ab. Tomo folgte ihr ins Zimmer und schob Isabelle in Richtung des viel zu kleinen Badezimmers. „Beeil dich, wir sind spät dran."

„Spät dran wofür?"

„Für das andere Tokio", sagte Tomo geheimnisvoll. Isabelle wollte mehr wissen, aber Tomo verweigerte ihr jeden weiteren Hinweis, bis sie endlich im Badezimmer verschwand.

Isabelle hatte gelernt, was ein Tag in der brütenden, schwülen Hitze der Megacity bedeutete, und kleidete sich dementsprechend. Sie trug leichte Kleidung und hatte ihr dichtes, rotes Haar hochgebunden. Zu ihrem Glück, denn Tomo schleifte sie gnadenlos durch den Tokioter Morgen, der noch hektischer war, als der Abend zuvor. Das schnelle Laufen und ständige Ausweichen ließ die Haut bald wieder nass wie nach einem Regenguss werden. „So wirklich anders sieht das hier aber gar nicht aus", konnte Isabelle sich nicht verkneifen. Tomo warf ihr einen strengen Blick zu und lotste sie weiter über volle Kreuzungen, durch verstopfte Straßen und mitten durch hastig vorbeihetzende Menschenmengen.

Sie überquerten eine der vielen Fußgängerbrücken, und plötzlich fand sich Isabelle vor einem großen hölzernen Torbogen wieder. Er bestand aus zwei Säulen, die einen waghalsig geschwungenen Holzbalken stützten, ragte weit über ihnen auf und war der Eingang zu einem üppig angelegten Park mit saftig grünen Bäumen. Der Lärm der anliegenden Straße wurde von den rauschenden Blättern gedämpft. Isabelle öffnete den Mund ... und klappte ihn wieder zu.

„Du hast bisher nur das neue Tokio kennengelernt", sagte Tomo und betrat den breiten Kiesweg, der tiefer in den Park führte. Es war Isabelle ein Rätsel, wie sie mit den halsbrecherischen Hacken über den Kies gehen konnte, ohne umzuknicken. Aber ihre Freundin bewegte sich so sicher, als hätte sie bequeme Schuhe an.

Die Geräusche der Stadt verklangen bald ganz, je tiefer sie in den Park vordrangen. Obwohl der Tag heiß werden würde, war die Temperatur inmitten dieser grünen Oase angenehm kühl. Ausnahmsweise sprach Tomo nicht viel, sondern schlenderte an Isabelles Seite durch das dichte Grün. Die Luft hatte eine ganz andere Qualität, und Isabelle konnte fast vergessen, dass sie sich inmitten dieser riesigen Stadt befand und auf der Suche nach ihrem Bruder war. Dieser Park, nein, dieser Wald schuf eine beruhigende Atmosphäre.

Der Weg führte sie an einen großen Platz. Er war ebenfalls mit Kies ausgelegt, der in der frühen Sonne weiß schimmerte. Ein riesiger Tempelschrein befand sich auf der anderen Seite und neben ihm erstreckte sich eine Eiche als einziger Baum weit hinauf in den Himmel. Das Bild tauchte dermaßen überraschend auf und wirkte so friedlich, dass Isabelle stehen blieb. Tomo schmunzelte. „Das ist der Schrein des Meiji-Kaisers", erklärte sie. „Wollen wir dem Tennō einen Besuch abstatten?"

Überwältigt nickte Isabelle. Tomo deutete auf ein kleines Wasserbecken, das unter einem hölzernen Dach stand, und schöpfte mit einer Bambuskelle etwas Wasser daraus. Sie kippte es über ihre Hände und wusch sie. Isabelle tat es ihr nach. Das Wasser war kühl und erfrischend. Sie seufzte zufrieden und folgte Tomo zu der großen Eiche. Etwas abseits davon war eine kleine Hütte aufgebaut, vor der sich Körbe und Haken mit verschiedenen Waren befanden: kleine Säckchen aus Seide, Holztafeln mit einem eingebrannten Blütenmuster auf der Rückseite, Räucherstäbchen ... die Reihe erschien endlos. Eine junge Frau in einer weißen Jacke und leuchtend roten traditionellen Hosen saß im Inneren der Hütte und begrüßte sie freundlich, als sie sich die Waren ansahen. „Was ist das?", fragte Isabelle und deutete unauffällig auf die verschiedenen Körbe. Tomo nahm eines der länglichen Seidensäckchen. Es war verschnürt. Mit goldfarbenem Garn hatte man einige Schriftzeichen, die Isabelle nicht kannte, in die Vorderseite eingestickt. „Das hier sind kleine Beschützer – Talismane", erklärte Tomo und hielt das rote Säckchen hoch. „O-Mamori. Dies hier bringt Glück in Geldfragen, das hier", sie nahm ein gelbes, diesmal rundes Säckchen, „sorgt für Kindersegen, und das hier hilft dir, damit du das Kindchen dann auch sicher austrägst."

Isabelle lachte. Sie nahm eine der Holztafeln. „Sind das auch Talismane?"

„Das sind Überbringer deiner Wünsche." Sie zeigte zu der Eiche, unter deren Krone zwei Wände aus Lattenholz aufgestellt waren. Darin waren Haken eingeschlagen und daran hingen ebensolche Tafeln, wie Tomo sie in der Hand hielt. „Du schreibst deinen Wunsch auf eine der Tafeln und hängst sie dort an die Wand. Dann soll er sich erfüllen."

Tomo nahm einen kleinen O-Mamori und eine Holztafel. Sie reichte der Frau in der Hütte einige Yen-Scheine und schlenderte dann mit Isabelle zur Eiche. „Hier, für dich." Sie drückte Isabelle den Talisman in die Hand und deutete dann auf die Wände. „Der O-Mamori soll dir Glück für deine Vorhaben bringen. Schreib deinen Wunsch hier drauf."

Neben den Wänden stand ein niedriger Tisch mit einem schwarzen Stift. Er war mit einer Kette am Tisch gesichert. Isabelle nahm ihn und überlegte nur kurz, ehe sie ihren Wunsch auf die Tafel schrieb. Der Wunsch war einfach und bestand nur aus einem Satz: „Bitte, lass mich Shin finden."

Tomo nahm die Tafel und hängte sie an einen der freien Haken. Sie schlenderten weiter zu dem Schrein selbst. Zwischen ihnen und dem Schrein befand sich nur noch ein großes Doppeltor. Die beiden Flügel bestanden aus dunklem Holz und Metallbeschlägen. Sie waren offen und gaben den Blick auf den Schrein frei.

Isabelle schritt langsam darauf zu. Es war ein traditionelles Gebäude, mit den geschwungenen Dachpfosten und der niedrigen Veranda vor den eigentlichen Räumen. Das Innere des Schreins stand Besucherblicken offen; ebenso wie die Flügeltüren des Tores waren auch die Türen des Schreins geöffnet und gaben das Innenleben des Gebäudes frei. Isabelle sah Tatami-Matten auf dem Boden ausgebreitet und einen prächtig bemalten Stellschirm, der eine Berglandschaft zeigte, über deren Himmel ein Schwarm Kraniche seine Kreise zog. Die Krallen der Vögel und die Sonne, die sich hinter einigen Tuschewolken hervorschob, waren mit Gold belegt und fingen das Licht der echten Sonne auf.

Sie kamen nur bis zur Schwelle des Schreins. Dort hielten Kordeln aus Samt Besucher vom Inneren des Heiligtums fern. Isabelle beugte sich vor und konnte über die Spitze des Stellschirms spähen. Dahinter mussten sich noch Statuen und andere Kostbarkeiten verbergen. Sie konnte nur einige Kronen und Kopfbedeckungen sehen.

Etwas klirrte, und Isabelle richtete sich wieder auf. Tomo hatte einige Münzen in einen Holzkasten geworfen, dessen Deckel nur aus Gitterstäben bestand, klatschte nun in die Hände und verneigte sich. Mit geschlossenen Augen verharrte sie eine Weile. Sie betete. Nach einer Weile richtete sie sich wieder auf. „Gehen wir frühstücken."

Auf dem Rückweg war Isabelles Schritt leichter. „Fühlst du dich besser?", fragte Tomo sie. Zu ihrer Überraschung nickte Isabelle. „Danke, Tomo – ich wusste nicht, dass ich das gebraucht hatte."

Tomo lächelte nur.

Nach dem Frühstück fühlte Isabelle sich wieder in der Lage, ihre Suche nach Shin fortzusetzen. Während der Mittagszeit verbrachten viele Menschen im Kabukichō ihre Zeit in den klimatisierten Räumen ihrer Clubs und Bars. Isabelle klopfte an jede Hintertür, die sie fand, und fragte jeden Menschen, der ihr öffnete. Manchmal wurde sie hereingebeten, des Öfteren aber verweigerte man ihr den Zutritt. Das Wort ‚Yakuza' verschloss ihr viele Türen. Gegen Abend war sie erschöpft, verklebt durch das heiße Wetter und keinen Deut klüger, was den Verbleib ihres Bruders betraf.

Sie schlenderte durch das Vergnügungsviertel, das nun, da die Nacht anbrach, langsam erwachte. Die Schilder der Diskotheken und Bars leuchteten auf, und aus den Metrostationen strömten feierhungrige Partygänger und einsame Männer und Frauen.

Isabelle fuhr sich mit einem Stofftaschentuch über Stirn und Nacken. Es wurde sofort nass. Die Luftfeuchtigkeit, der Lärm des Kabukichō und die einlullende Wärme der Nacht wirkten wie ein schwerer Wein. Isabelle atmete tief ein und ließ dieses Gefühl einen Augenblick auf sich wirken.

„Erfolgreich gewesen?", fragte eine bekannte Stimme hinter ihr, und Isabelle drehte sich um. Dort stand Kyo und lächelte. Trotz der Hitze sah er aus, als wäre es nicht wärmer als an einem lauen Frühlingstag. Er trug ein Hemd aus schwarzer Seide, das bis zu seinem Brustbein offen stand und glatte, makellose Haut freigab. Eine Designersonnenbrille hatte er sich locker ins Haar geschoben und die Hände in den Hosentaschen vergraben.

„Nein", erwiderte Isabelle und sah auf das Foto von Shin, das sie in der Hand hielt. Nach der letzten Bar hatte sie vergessen, es wieder in die Tasche zu stecken.

Er zuckte leicht mit den Schultern. „Man spricht nicht gerne über die Yakuza", sagte er. „Und auch nicht über die Personen, die damit zusammenhängen."

Isabelle fühlte eine große Müdigkeit in sich aufsteigen. Kyos Worte holten die Bedenken, die sie schon seit Shins Verschwinden mit sich herumtrug, wieder hervor. „Denkst du ... er lebt noch?", fragte sie leise.

Kyo las die Sorge auf ihrem Gesicht. Er hob die Hand und strich sanft mit dem Fingerrücken über ihre Wange. Die Berührung ließ sie aufsehen. Sie tat gut, rührte aber ein tiefes Verlangen in Isabelle. „Shin ist ein zäher Hund", sagte er, „mach dir keine Sorgen."

„Ich versuche es", antwortete sie und zuckte zusammen, als plötzlich lauter Donner grollte. Kyo runzelte die Stirn und sah auf. „Gleich fängt der Regen wieder an – gehen wir."

Instinktiv sah Isabelle zum Himmel hinauf. Die dunklen Wolken über ihnen wirkten wie schwere Ballons voller Wasser, bereit, jeden Augenblick zu zerplatzen. Isabelle folgte Kyo, der bereits an den Bordstein getreten war und ein Taxi rief. Doch bevor eines hielt, bewahrheitete sich Kyos Vorhersage. Ein Regenschauer ging auf sie hernieder, und Isabelle war nass bis auf die Knochen, ehe sie auch nur daran denken konnte, sich irgendwo unterzustellen. Zu ihrem Glück hielt in diesem Moment eines der schwarzen Autos mit dem Taxi-Zeichen. Der Regen prasselte während der gesamten Fahrt dumpf auf das Autodach. Und als Isabelle vom Rücksitz aus durch die Scheibe blickte, sah sie kaum etwas. Nun versuchte sie, ihre nassen Haare zu bändigen. Die roten Strähnen lockten sich und waren kaum noch eine Frisur zu nennen.

Wie der Fahrer seinen Weg durch das wässrige Chaos fand, war ihr ein Rätsel. „In welchem Hotel wohnst du?", fragte Kyo, der neben ihr saß. Isabelle nannte ihm den Namen des Hotels, und er schüttelte den Kopf. „Mit dem Taxi ist es bis dorthin zu teuer – und so nass wie wir sind, erkältest du dich, wenn du mit der Bahn dorthin fährst. Du kommst mit in mein Hotel."

„Hast du da etwa eine Kundin?", fragte sie schmunzelnd und lachte, als Kyo nur zwinkerte. Seine Frisur war ebenfalls ruiniert, aber ihn schien das nicht zu kümmern. „Ich wohne dort", klärte er Isabelle auf. „Zumindest zeitweise – es ist ein Appartement im Sakura View. Es gehört einem Freund, der verreist ist, und ich hüte es während dieser Zeit für ihn."

„Allein?"

Um Kyos Mundwinkel erschien ein Schmunzeln. „Er ist mein Boss. Es macht ihm nichts aus, wenn ich mich dort mit Kundinnen treffe."

Das Sakura View erwies sich als riesiger Gebäudekomplex inmitten des Tokioter Lebens. Die Konstruktion bestand aus Glas und Stahl und schraubte sich hoch in den noch immer wolkenverhangenen Himmel. Ein modernes Hotel, das offensichtlich dazu gebaut worden war, auch westlichen Gästen den größtmöglichen Standard zu bieten.

Der Taxifahrer fuhr sie zur Eingangstür, an der sie von einem Pagen in rotem Jackett empfangen wurden.

Er spannte einen schwarzen Schirm auf, unter dem sie zu zweit Platz fanden, und geleitete sie durch eine große Glastür in die Lobby. Die Inneneinrichtung hielt das Versprechen, das die Fassade des Sakura View gegeben hatte. Der dunkle Teppich, auf dem Isabelle lief, federte unter ihren Halbschuhen; er zeigte ein Muster von Kirschblüten, die ineinanderflossen und sich zu einer Berglandschaft vereinigten. Es war mehr ein Gemälde als ein Bild, und Isabelle spürte ein leichtes Unbehagen, als sie darauf trat – erst recht in ihrem durchnässten und tropfenden Zustand.

Kyo ging ohne Zögern direkt über den Teppich zu den Fahrstühlen, die der Eingangstür gegenüberlagen, und Isabelle folgte ihm. Das Kirschblütenmuster war auch auf den metallenen Schiebetüren zu finden. Die kurzlebige Blüte war in Japan sehr populär – es wunderte Isabelle nicht, dass jemand ein ganzes Hotel nach ihr benannt hatte und es mit ihr schmückte.

Im Fahrstuhl wurden sie von einer jungen Frau begrüßt. Sie trug eine ähnliche Uniform wie der Page an der Tür und verneigte sich, als Kyo und Isabelle eintraten. Kyo erwiderte die Geste mit einem Lächeln und reichte ihr eine Schlüsselkarte. Abermals verneigte sie sich, nahm die Karte und schob sie in einen Schlitz, unterhalb der Stockwerkknöpfe. Mit einem leisen Surren fuhr der Fahrstuhl an. Es dauerte nicht lange und mit einem Ruck kam er wieder zum Stehen. „Stockwerk 21, Privatsuite", sagte die Dame in Uniform, und die Türen des Fahrstuhls öffneten sich.

Anstatt eines Flurs, wie Isabelle ihn vermutet hatte, erwartete sie tatsächlich ein geräumig ausgestatteter Raum, sobald sie aus dem Fahrstuhl getreten waren. „Hier wohnst du?", fragte Isabelle erstaunt, während der Fahrstuhl wieder verschwand. Der Raum war zweimal so groß wie der, den sie im Augenblick im Hotel bewohnte. Allem Anschein nach handelte es sich dabei aber nur um ein Wohnzimmer. Isabelle sah einen großen Konferenztisch, eine Couchgarnitur mit zwei passenden Sesseln und einen Plasmabildschirm direkt davor. Die Wand gegenüber dem Fahrstuhl bestand praktisch nur aus

Glas und bescherte Isabelle einen Ausblick über das verregnete Tokio. Noch immer wütete der Monsunregen, und sie konnte sein Heulen selbst durch die Fensterscheiben hören.

Kyo beobachtete Isabelles Staunen amüsiert. Er schien mit einer solchen Reaktion gerechnet zu haben. „Ich zeige dir, wo du dich ein wenig trocknen kannst."

Isabelle nickte und folgte ihm. Im Appartement lief eine Klimaanlage. Ihre nassen Sachen begannen sie auszukühlen, und so war sie mehr als dankbar, als Kyo sie durch eine Tür in ein Nebenzimmer führte, das sich als ein mit schwarzem Marmor ausgelegtes Badezimmer entpuppte. „Ein Bademantel hängt dort", er wies auf den Spiegel, der sie beide zeigte. Daneben hingen an einem Haken mehrere weiße Bademäntel mit dem Logo des Hotels auf Brusthöhe - eine stilisierte rosafarbene Kirschblüte. „Deine Sachen lasse ich zum Reinigen und Trocknen geben."

Er lächelte anzüglich und Isabelle lachte leise. „Danke. Ausziehen werde ich mich aber dennoch alleine", tadelte sie ihn sanft. Kyo schien sie gar nicht zu hören, sondern musterte sie. Isabelle sah an sich herunter und bemerkte, dass der Regen und die Kühle ihre Brustwarzen zu kleinen, steifen Nippeln hatten werden lassen, die sich durch den Stoff drückten. Verlegen fasste sie Kyos Schulter und schob ihn zur Tür. „Ich lege die Sachen einfach vor die Tür", sagte sie. „Nimm es mir nicht übel, aber ich brauche wirklich eine heiße Dusche."

Kyo grinste breit. „Gut, aber wenn du irgendetwas von mir brauchst, ruf mich einfach", sagte er und ließ sich endlich hinausschieben.

Isabelle schüttelte amüsiert den Kopf und zog sich aus. Ihre Kleidung legte sie wie versprochen vor die Tür und genoss dann die heiße Dusche. Die Kabine war groß genug für drei Personen, und anstelle eines einfachen Duschkopfs waren jeweils drei an der linken und rechten Seite der Kabine angebracht. Heißes Wasser umfing sie von allen Seiten, und sie seufzte wohlig. Sie nahm eines der Duschgels, die in der Kabine standen, und runzelte die Stirn. Der Duft, der sich entfaltete, als sie die Plastikkappe gelöst hatte, kam ihr seltsam vertraut vor. Ihr Erlebnis in der Bahn kam ihr wieder in den Sinn, aber der Duft passte nicht dazu. So, als ob andere Komponenten fehlen würden.

Himmel, das musste endlich aufhören! Isabelle stellte das Duschgel weg und nahm ein anderes. Sie musste dieses Erlebnis endlich vergessen. Es war lächerlich, sich wie ein verliebter Teenager zu benehmen, weil sie sich von einem wildfremden Mann in der Bahn hatte befingern lassen. Energisch stellte sie die Wasserdüsen wieder an.

Als sie sich nicht mehr ausgekühlt fühlte, stellte sie das dampfende Wasser ab und schlüpfte in einen der flauschigen weißen Bademäntel. Vor der Tür war weder von Kyo noch von ihrer Kleidung eine Spur zu sehen, und Isabelle rief leise seinen Namen. Keine Reaktion.

Sie trat weiter ins Wohnzimmer und bemerkte einen schmalen Flur, der rechts vom Fahrstuhl, aus dem Wohnzimmer wegführte. Isabelle zog den Bademantel fester um sich und rief abermals leise nach Kyo. Der Host schien wie vom Erdboden verschluckt zu sein. Isabelle ging weiter und bemerkte große gerahmte Fotografien an den Flurwänden. Sie alle waren in Schwarz-Weiß und zeigten Frauen, die auf die eine oder andere Art gefesselt waren. Isabelle blieb manchmal stehen, um sich eines dieser Bilder genauer anzusehen. Jemand hatte anscheinend versucht, die Modelle auf äußerst kunstvolle Art mit Stricken aus Baumwolle oder Seide zu fesseln und zu drapieren. Isabelle hatte mit dieser Art von Erotik keine Erfahrung, aber das Betrachten dieser Bilder ließ etwas tief in ihr anklingen. Kyos Freund musste ein Mann mit ausgefallenen Vorlieben sein.

Ihre Augen blieben auf dem Bild einer jungen Asiatin ruhen, die gerade von einem Mann gefesselt wurde. Die Arme hatte sie auf dem Rücken verschränkt und wandte der Kamera ihren Rücken zu. Ihr Kopf war zur Seite gedreht, die mandelförmigen Augen lustvoll geschlossen. Der Mann, der ihre Handgelenke mit einem Seil umwickelte, war kaum zu sehen; nur seine großen Hände erschienen auf dem Bild.

Die Vorstellung, selbst die Frau zu sein, die so posierte, trieb Isabelle Hitze in die Wangen, aber auch zwischen ihre Beine. Was, wenn ein unbekannter Fremder sie so mit Stricken binden würde? Vielleicht sogar der Fremde aus dem Zug? Wenn er sie wieder mit diesem magischen Bann belegte, mit dieser hypnotisierenden Stimme sprach ...

Isabelle schreckte aus ihren Tagträumen auf, als sie ein Stöhnen hörte. Hatte sie es selbst ausgestoßen? Wieder hörte sie es, und diesmal kam es sicherlich nicht aus ihrem Mund, sondern erklang hinter einer angelehnten Tür, die sich am Ende des Ganges befand. Isabelle schlich vorsichtig näher und spähte durch den Spalt. Was sie sah, ließ ihr den Atem stocken. Sie hatte Kyo gefunden – der Host stand in der Mitte eines Raumes, der fast nur aus einem Bett zu bestehen schien. Er hielt eine nackte Frau in seinen Armen, ihren Rücken an sich gepresst, und sprach zu jemand, den Isabelle von ihrer Position aus nicht sehen konnte. Die Tür verwehrte ihr den Blick auf die dritte Person. „Das musst du dir immer wieder ins Gedächtnis rufen", sagte Kyo, und seine Hand glitt zwischen die Beine der Frau, „in diesem Job müssen die Frauen in deinen Armen schmelzen. Daher musst du wissen, was ihnen gefällt."

Er drehte leicht den Kopf und hauchte dem sich windenden Bündel vor sich einen Kuss auf den Hals. Die Japanerin stöhnte auf, und Isabelle konnte nur ahnen, was seine Finger gerade mit ihr anstellten.

„Frauen sind delikater als Männer, weicher und empfindlicher. Du darfst nicht gleich auf die empfindlichsten Stellen stürmen", dozierte Kyo, und seine Hand löste sich aus dem Schoß der Frau, um ihre Schenkel auseinanderzuschieben. Isabelle wurden nass glänzende Schamlippen präsentiert. Sie leuchteten in blassem Rot und waren bereits angeschwollen. Kyo wusste anscheinend sehr genau, wo er sie berühren musste. Seine Finger wanderten zurück und streichelten die gerötete Pussy. „Erst langsam, ganz langsam", sagte er.

Ein Kopf schob sich in Isabelles Blickfeld. Ein junger Mann, ebenso gepflegt wie Kyo, aber doch jünger, hatte sich auf die Knie begeben und hockte vor dem Paar. Anscheinend wollte Kyo ihm zeigen, wie er seine Kundinnen als Host am besten befriedigte.

Der streichelte derweil die Frau weiter, die immer wieder keuchte und versuchte, Kyos Hand tiefer in sich zu drücken. Der Host schmunzelte. „Selbst wenn sie betteln, lass sie ein wenig warten." Er massierte die glänzenden Schamlippen ein wenig fester und tauchte kurz neckend seinen Mittelfinger in ihren Schoß. „Das macht den Genuss intensiver." Er schob plötzlich zwei Finger tief in sie und koste mit dem Daumen über ihren Kitzler. Die junge Frau schrie heiser auf und ließ den Kopf auf Kyos Schulter fallen. Dessen Hand bewegte sich mittlerweile stetig, er schob seine Finger immer wieder tief in sie.

Der Host, der bisher gekniet hatte, stand auf und sah zu Kyo. Der nickte, und der Callboy legte seine Hand zwischen ihre Beine. Sie hob den Kopf und lächelte, hob die Arme und legte sie um seinen Nacken.

Kyos Hand zog sich zurück, er schob sie höher, umfasste die kleinen Brüste, um sie zu kneten und zu massieren.

Der andere Mann streichelte die Frau auf die Weise, die Kyo ihm gezeigt hatte. Als er aber seine Finger in sie stoßen wollte, hielt sie ihn zurück und berührte seinen Schritt. Der Callboy öffnete seinen Gürtel, gleichzeitig auch die Stoffhose und suchte die Lippen der Frau, die seinen Kuss willig erwiderte. Während er sie küsste, fasste er unter ihr Knie und hob ihr Bein über seinen Arm, um ihre Beine weiter zu spreizen.

Isabelle, noch immer hinter der Tür verborgen, biss sich auf die Lippen, um nicht geräuschvoll einzuatmen. Sie war selbst nass, und der Anblick des harten, steifen Gliedes ließ sie die Hand auf ihren Schoß pressen. Da sie aber nicht entdeckt werden wollte, durfte sie keinen Laut von sich geben. Es hinderte sie aber nicht daran, ihre Hand durch den Schlitz des Bademantels zu schieben. Über ihre eigene Nässe erstaunt, schluckte sie hart und spreizte die angeschwollenen Schamlippen mit zwei Fingern. Ein kühler Lufthauch streifte sie und ließ sie zusammenzucken. Ihr Mittelfinger glitt in sie, und ihr Handballen rieb mit sanftem Druck über ihre Klitoris. Das Gefühl war exquisit und köstlich. Isabelles Drang, laut aufzustöhnen, war übermächtig, aber sie durfte sich nicht verraten.

Die Frau im Zimmer hatte derlei Sorgen nicht. Sie fasste gierig nach der Erektion des Hosts und zog ihn näher. Er zögerte nicht mehr und schob sich mit einem Ruck in sie, so dass sie aufschrie. Kyo lächelte, saugte an ihrem Hals, ohne dabei ihre Brüste loszulassen.

Isabelle lehnte an der Wand und konnte ihre Augen einfach nicht von dieser Szenerie losreißen. Ihre Finger hatten begonnen, den Rhythmus des Hosts nachzuahmen, und ihr Handballen drückte dabei fester auf ihre Klitoris, stieß wieder und wieder gegen sie. Das Keuchen und das Klatschen von nackten Körpern, das zu ihr drang, ließ sie jede Beherrschung verlieren. Isabelle stöhnte so leise, wie es ihr möglich war, und intensivierte ihre Berührungen. Von drinnen hörte sie einen spitzen Schrei und es war, als hallte ihr eigener Höhepunkt darin wider.

Isabelle schluckte wieder hart und sank an der Wand herab, während ihr Orgasmus sie noch immer schüttelte. Plötzlich presste sich ein Lappen auf ihr Gesicht, und ein scharfer Geruch drang beißend in ihre Nase. Ein Arm schlang sich um ihren Körper und hielt sie fest. Isabelle versuchte zu schreien, atmete aber nur noch mehr betäubende Gase ein. Sie wehrte sich gegen ihren Angreifer, doch er war stärker als sie. Die Luft wurde ihr knapp. Bevor Isabelle auch nur einen weiteren Gedanken fassen konnte, überwältigte sie die Ohnmacht.

KAPITEL 5

Es roch nach Blüten. Isabelle blinzelte und hob den Kopf, bereute es aber gleich darauf wieder. Die kurze Bewegung hatte ausgereicht, um einen stechenden Schmerz in ihrem Kopf explodieren zu lassen. Sie kniff die Augen zusammen und ließ den Kopf wieder sinken.

„Lassen Sie sich Zeit, aufzuwachen", sagte eine tiefe Stimme, und sie spürte kühle Nässe auf ihrer Stirn. „Das Chloroform ist noch nicht ganz aus Ihrem Körper verschwunden, deswegen fühlen Sie sich noch derart verkatert."

Das klang gut. Isabelle verstand die Worte kaum, aber das warme Timbre und der beruhigende Klang der Stimme in Verbindung mit dem Wasser auf ihrer Stirn linderten den Kopfschmerz ein wenig.

„Danke", murmelte sie und drehte vorsichtig den Kopf zur Seite, näher zu dieser warmen Stimme hin, die ihr so vertraut schien. Vertraut ... Sie kannte diese Stimme, die ihr Ermutigungen ins Ohr gehaucht hatte, als sie vor Lust zitternd in diesem Bahnabteil gestanden hatte. Die Stimme gehörte dem Fremden aus der U-Bahn!

Isabelle wollte die Augen öffnen, aber eine raue Hand legte sich über ihre Augen. „Ich sagte doch, lassen Sie sich Zeit. Ansonsten werden Sie Ihre Schmerzen nie los."

Isabelle brannten tausend Fragen auf der Zunge. Aber noch fühlte sie sich nicht einmal dazu in der Lage, sich aufzusetzen. Also wartete sie, bis die Hand verschwand. Zuvor bemerkte sie abermals den Geruch. Sie hatte richtig gerochen, der intensive Duft von Orchideen lag in der Luft, ebenso wie der von Wasser und Zedern. Aber darunter bemerkte sie wieder diese herbe, würzige Mischung, die sie seit einigen Tagen nicht mehr losließ. Doch wenn wirklich er es war, wie hatte er sie gefunden? Und warum hatte man sie betäubt? Wo war Kyo?

„Sie können die Augen öffnen", sagte die tiefe Stimme und Isabelle kam der Aufforderung nach. Im ersten Moment war es hell. Isabelle blinzelte und versuchte ihren Blick zu fokussieren. Sie lag auf einem ausgebreiteten Futon auf dem Boden. Eine Seidendecke reichte bis zu ihrem Bauchnabel, und sie trug einen Yukata, eine sommerliche, leichtere Variante des Kimono. Jemand hatte den Bademantel gegen das japanische Kleidungsstück ausgetauscht. Ebenso traditionell wie der Yukata war auch der Raum, in dem Isabelle lag ... und der Mann, der neben dem Futon kniete. Er trug ebenfalls einen Yukata und darüber einen weiten Hosenrock, einen Hakama. Sein Körper vermittelte den Eindruck eines angespannten Raubtiers; er kniete zwar ruhig neben ihr, doch schien er jeden Augenblick zum Sprung bereit. Sein schwarzes Haar war kurz geschnitten und einige Strähnen hingen ihm in die Stirn, ganz so, als hätte er bis vor Kurzem noch Sport getrieben oder käme gerade aus der Dusche. Die hochgerollten Yukata-Ärmel offenbarten große Hände und leicht gebräunte, kräftige Unterarme. Der Ausschnitt war leicht geöffnet, und Isabelle konnte eine ebenso gebräunte, straffe Brust erahnen. Sein Gesicht war entspannt und vereinte vollendete asiatische Züge: hohe Wangenknochen, breiter Kiefer, ein sinnlicher Mund und dunkle Augen, die Isabelle ruhig musterten. Sie hatte sich, wenn sie nicht an Shin dachte, immer wieder ausgemalt, wie ihr geheimnisvoller Verführer wohl aussehen mochte. Der Mann neben ihr übertraf jede Vorstellung. Isabelle war von diesem Anblick so überrascht, dass sie vergaß, etwas zu sagen.

„Geht es Ihnen besser, Lérand-san?", brach er das Schweigen, und sie fuhr sich über die Stirn. Ihre Finger wurden feucht. „Ja ... ja, es geht", murmelte sie und setzte sich auf. Es ging ihr wirklich besser; ihr Kopf schrie nicht mehr bei jeder Bewegung auf. Stattdessen kehrten die Fragen zurück. „Wer sind Sie? Und wo bin ich hier?", fragte sie und sah ihn an.

Er lächelte nicht, sondern nickte unmerklich, als hätte er mit diesen Fragen gerechnet. „Sie sind hier in meinem Privathaus in Nikkō, einem alten

Gutshof", erklärte er, „und mein Name ist Toshinaka Isami." Er verneigte sich leicht, die Hände auf den Knien. „Die Unannehmlichkeiten bitte ich zu verzeihen – Gewalt ist für die Yakuza eigentlich die letztmögliche Option."

Isabelle spürte einen kalten Schauer ihren Rücken hinabstreichen. Yakuza! Kyo und Tomo hatten also recht gehabt. Und sie hatte nicht hören wollen und musste weiter nachbohren. Im Stillen schalt sie sich selbst für ihre Unüberlegtheit.

„Was wollen Sie von mir?", fragte sie, weil sie sich einfach nicht vorstellen mochte, was weiter passieren würde.

Der Mann namens Toshinaka beobachtete ihr Mienenspiel sehr aufmerksam. „Haben Sie eine Ahnung, weswegen Sie hier sind?"

„Shin", sagte Isabelle und runzelte die Stirn.

„Sie suchen nach Ihrem Bruder, Lérand-san", bestätigte der Yakuza. „Ihre Fragen haben die Leute im Kabukichō aufgeschreckt. Ich muss zugeben, dass ich so etwas nicht gutheißen kann."

Er stand auf und ging durch den Raum, der mit Tatami-Matten ausgelegt war. Seine nackten Füße waren auf den Reisstrohmatten nicht zu hören, und Isabelle hatte sich nicht geirrt, was seine Körperspannung betraf – sein Gang war geschmeidig und federnd. Er musste Kampfsport oder etwas in der Art betreiben.

An der Schiebetür aus Papier blieb er stehen und schob sie in einer kompliziert anmutenden Folge von Handbewegungen auf. Kühle Luft drang durch den Spalt und Isabelle sah auf ein atemberaubendes Bergpanorama über einem Garten. Die Sonne ging gerade hinter einem der mit Wald bedeckten Gebirgsgipfel unter, und das rote Licht traf auf einen Teich, der direkt vor der Schiebetür lag, und färbte ihn blutrot.

Isabelle schob die Seidendecke zur Seite, blieb aber sitzen. „Und was haben Sie jetzt mit mir vor?", fragte sie. „Wenn Sie mich verschwinden lassen wollen, brauchen Sie sich diese Mühe hier nicht zu machen." Das klang bitter, aber Isabelle hatte oft schon früher so reagiert, wenn sie sich in die Ecke gedrängt fühlte – sie wurde bissig.

Er drehte sich wieder zu ihr um. Diesmal lag tatsächlich der Anflug eines freudlosen Lächelns auf seinem schönen Gesicht. „Sie haben sich anscheinend über die gängigen Geschichten erkundigt", spottete er.

Isabelle runzelte die Stirn. „Sie haben mich entführt und halten mich hier fest. Was soll ich sonst denken?"

Sie war aufgestanden und stand nun vor ihm. Ihre Knie zitterten noch, aber sie reckte das Kinn vor und sah zu ihm auf. Er war groß, Isabelle reichte ihm knapp bis zur Nasenspitze. Die Empörung gab ihr den Mut, ihm in die Augen zu sehen, die ihren Blick ohne sichtbare Gefühlsregung erwiderten. Seine Bewegung kam so schnell, dass Isabelle einen Aufschrei unterdrücken musste. Sie fand sich mit dem Rücken an der Wand wieder, Toshinaka so nah vor sich, dass sie seinen Atem auf ihrem Gesicht spüren konnte. Und dieser Duft, Himmel, dieser Duft ... Isabelles Beine drohten unter ihr nachzugeben.

„Es stimmt, hätte ich Sie töten wollen, hätte ich das bereits in Tokio tun können. Aber an Ihrem Tod liegt mir nichts. Zumindest jetzt nicht."

Isabelle hoffte, dass der Schreck ihr nicht allzu deutlich anzusehen war. „Wann dann?", gab sie so kühl, wie es ihr möglich war, zurück.

„Ich hoffe, überhaupt nicht. Wie ich bereits sagte, Gewalt ist die letztmögliche Option. Aber es liegt an Ihnen." Sein Mund näherte sich ihrem, und Isabelle spürte, wie sich ihre eigenen Lippen öffneten. Sie presste sie schnell zusammen. Toshinakas Körper strahlte eine aufreizende Hitze aus, die Isabelle durch den dünnen Stoff des Yukata nur allzu deutlich spürte. „Ich möchte Ihnen eine Chance geben, Ihren Bruder zu finden und gleichzeitig vergessen zu machen, dass eine neugierige Reporterin in Shinjuku Fragen nach der japanischen Mafia stellt."

„Sie wissen, wo Shin ist?!"

„Ja."

Isabelle wandte den Kopf zur Seite, aber es half nicht viel. Toshinakas Ausstrahlung umfing sie noch immer. Aber er wusste, wo Shin war. Ausgerechnet in dieser Situation fand sie eine Spur!

„Was beweist mir, dass Sie die Wahrheit sagen? Welche Garantie habe ich?"

„Sie haben mein Wort und die Unsicherheit Ihres eigenen Vertrauens. Sollten Sie es aber ablehnen auf meinen Vorschlag einzugehen, kann ich Ihnen zumindest garantieren, dass ich Sie den anderen Mitgliedern der Yakuza ausliefern werde. Inklusive Hinweis, dass Sie Informationen sammeln."

„Was wollen Sie?", fragte Isabelle leise und sah auf. Toshinakas Yukata hatte sich ein wenig verschoben und entblößte die Ausläufer einer Tätowierung auf der rechten Seite seiner Schulter. Diese zog sich wohl quer über das Schulterblatt, denn alles, was Isabelle erkennen konnte, war das Maul eines Drachen.

„Eine Aufgabe", antwortete er. „Sie erhalten von mir Informationen zu Shins Aufenthaltsort und die Garantie, Japan ohne Schaden wieder verlassen zu können. Dafür erwarte ich von Ihnen allerdings den Beweis, dass Sie willensstark genug sind, um eine solche Belohnung zu verdienen."

„Das klingt, als wäre ich ein Hund!", sagte sie fassungslos.

„Oh nein, das sind Sie mit Sicherheit nicht, Lérand-san." Seine Blicke glitten über ihr Gesicht.

Isabelle senkte den Blick wieder. „Was für einen Beweis wollen Sie?"

„Ich werde Ihnen einen Monat lang Aufgaben stellen. Sie werden nicht wissen, wann oder welcher Art diese Aufgaben sind, aber Sie müssen jede einzelne lösen. Versagen Sie auch nur bei einer einzigen, wird der gesamte Handel hinfällig."

„Das ist perfide!", stieß Isabelle aus.

„Das ist Ihre Chance, Ihren Bruder zu finden", erwiderte er kühl. „Es ist Ihre Wahl."

Isabelle atmete tief ein. Das war Wahnsinn. Sie begab sich für ein vages Versprechen einen Monat lang in die Hände eines Kriminellen.Welcher Art diese ‚Aufgaben' waren, konnte sie nur ahnen, aber gefallen würden sie ihr sicher nicht. Die Alternative wirkte allerdings schlimmer.

„Also gut – ich bin einverstanden."

Toshinaka löste sich. „Kleidung und Ihre persönlichen Sachen liegen im Nebenraum. Für die nächsten Tage werden Sie hier mein Gast sein. Danach würde ich Sie bitten, mein Angebot anzunehmen, ein Zimmer im Sakura View zu beziehen."

Isabelle nickte nur. Als Toshinaka sich aber zum Gehen wandte, hielt Isabelle ihn zurück. „Sie waren das im Zug, nicht wahr?", fragte sie.

Er sah sie nur mit seinen dunklen Augen an; dann drehte er sich um und ging ohne Verabschiedung hinaus.

KAPITEL 6

Isabelle trat aus der offenen Schiebetür, die zum Garten hin zeigte. Sie führte nicht direkt hinein, sondern auf eine schmale Holzveranda, die sich rund ums Haus zog. Sie war gerade breit genug, dass Isabelle darauf laufen konnte, und bestand aus geschrubbten Holzbalken. Die Sonne hatte sie ausgebleicht und verzogen. Isabelle spürte ihre Unregelmäßigkeiten unter den nackten Fußsohlen. Eine kühle Windböe streifte sie, und sie war dankbar, dass die Hitze des Tages sich hier im Gebirge schneller verflüchtigte.

Der Anblick der japanischen Berge war noch immer atemberaubend, lenkte Isabelle jedoch nur kurz von ihrer momentanen Situation ab. Sie war in Gefahr, das stand außer Frage. Der entscheidende Faktor war nun, ob Toshinaka Wort halten würde oder nicht.

Gedankenverloren war sie weitergegangen und stand vor einer Tür wie die, aus der sie gerade gekommen war. Sie war nur zur Hälfte offen, und Isabelle warf einen Blick hinein. Ein Mann kniete darin, den Rücken ihr zugewandt. Er richtete sich auf und drehte sich um. Als er Isabelle erblickte, verharrte er in der Bewegung, und auch Isabelle blieb der Mund offen stehen. Es war Kyo.

Sie schob die Tür mit einem Ruck auf und machte einen Satz ins Zimmer. „Du verdammter Mistkerl! Was tust du hier?", schrie sie. „Steckst du etwa mit diesem Yakuza unter einer Decke?!"

Kyo wich einen Schritt zurück und hob beschwichtigend seine Hände. Isabelle aber funkelte ihn weiter wütend an und hatte nicht wenig Lust, ihm die Hände um den Hals zu legen.

„Isa-chan, lass mich bitte erklären!", versuchte Kyo es weiter.

„Wie willst du dich rausreden?! Du warst derjenige, der mich ins Sakura gebracht hat. Du hast mich entführen lassen!", schrie Isabelle.

Er atmete tief durch. „Du wirfst mir schlimme Dinge vor, Isa-chan", sagte er, und zum ersten Mal sah Isabelle, wie sich Verwirrung auf seinem jungenhaften Gesicht ausbreitete, als könnte er selbst nicht glauben, was sie sagte. Sie funkelte ihn kalt an.

Kyo seufzte und versuchte nach Isabelles Hand zu greifen, aber sie entzog sich ihm wieder. Er lächelte gequält. „Toshi ist ein Freund. Der Freund, der mir das Appartement zur Verfügung gestellt hat."

„Und aus Dankbarkeit tust du so was ...?"

„Isa-chan, lass mich ausreden", unterbrach er sie schärfer als noch zuvor. „Toshi ist mein Arbeitgeber – ich wusste, dass er ein Yakuza ist, aber nicht, dass er dich entführen wollte."

„Und was tust du dann hier?", erwiderte Isabelle, nicht im Mindesten eingeschüchtert.

Kyo fuhr sich durch die kurzen Haare. „Ich war mit einer Kundin und einem jungen Host bei der ... Arbeit in einem anderen Raum des Appartements. Du hast uns wahrscheinlich gesehen."

Isabelle nickte nur, um Kyos Geschichte nicht zu unterbrechen.

„Wir hörten, dass etwas vor der Tür umfiel. Ich ging allein hinaus und sah einen von Toshis Untergebenen und dich, wie du ohnmächtig in seinen Armen lagst. Ich wollte ihn aufhalten, aber er hielt mich zurück. Stattdessen sagte er mir, wo er dich hinbringen wollte, und ich folgte ihm, damit ich wenigstens so ein Auge auf dich haben konnte."

Isabelle fühlte, wie die Wut sich verflüchtigte und zu der bekannten Angst wurde, die sie seit ihrem Erwachen nicht mehr verlassen wollte. „Du ... Idiot", murmelte sie und fuhr sich über das Gesicht. „Was dachtest du denn, wozu er mich entführen ließ? Hast du dich das nicht gefragt?"

Kyo schüttelte den Kopf. „Ich hinterfrage niemals Toshis Motive. Auf diese Weise überlebe ich. Und auch der Rest des ‚Dawn'."

Isabelle verzog angewidert das Gesicht. „Du überlebst nicht schlecht dabei", sagte sie flach.

„Isa-chan, ich hätte nicht zugelassen, dass er dir ernstlich etwas antut."

„Er droht, mich der Yakuza auszuliefern, wenn ich nicht einen Monat lang tue, was er sagt!", erwiderte sie und schüttelte den Kopf. Kyo runzelte die Stirn, dann hob sich sein Mundwinkel. „Toshi liebt Machtspiele. Anscheinend hält er dich für eine würdige Gegnerin."

Isabelle hob die Schultern. „Das ist mir egal. Er hat versprochen, mir zu sagen, wo ich Shin finde. Deswegen habe ich mich überhaupt erst auf dieses verdammte Spiel eingelassen."

„Yakuza halten sehr viel auf ihr Wort. Wenn er es dir versprochen hat, wird er es halten", sagte Kyo.

Isabelle sagte nicht, was sie davon hielt und wandte sich wieder zum Garten. „Hat Tomo auch etwas mit dieser Sache zu tun?", fragte sie.

„Nein." Kyo kam näher, blieb aber hinter ihr stehen, ohne sie zu berühren. „Ich meinte das ernst, Isa-chan. Ich werde auf dich achtgeben, so gut es geht. Schon wegen Tomo."

Isabelle senkte den Blick. Egal, was sie in den kommenden Tagen noch erwarten sollte: sie durfte niemandem mehr trauen.

Toshinaka beobachtete, wie Isabelle von Kyo durch das ehemalige Gutshaus geführt wurde. Sie hatte sich überreden lassen, und Toshi lächelte, während er ihre Schritte durch die Monitore, die vor ihm flimmerten, betrachtete. Er hatte sich nicht getäuscht. Sie war eine starke Frau. Auch wenn die Umstände, so wie jetzt, gegen sie schienen, gab sie nicht auf. Der Yakuza tastete nach einem Zigarillo und zündete ihn an, ohne seinen Blick von Isabelle zu wenden. Die Flamme seines metallenen Feuerzeugs erhellte das Halbdunkel des Raumes für einen Moment und erlosch sofort wieder. Zurück blieben das Glimmen der Zigarillospitze und der Duft nach Vanille, vermischt mit den würzigen Aromen des Tabaks.

Er hatte ihr keine Wahl gelassen – aber sie war weder vor ihm auf die Knie gefallen, noch hatte sie gefleht oder gebettelt. Toshi hatte es mit einer Kämpferin zu tun, deren sinnliche Seite er bereits angestoßen hatte. Alles, was er jetzt tun musste, war, sie ganz zu erwecken und unter seine Kontrolle zu bringen. Dann erst konnte er den letzten Schritt vollziehen.

Es klopfte, und die Buchenholztür des Büros wurde geöffnet. Toshi schaltete ohne Hektik die Monitore aus und stand aus seinem Sessel auf. „Was gibt es, Tanosuke?", fragte er. Die Art seines Assistenten, die Tür zu öffnen, hätte nicht unterwürfiger sein können. Er verneigte sich bereits im Türrahmen und sah, wenn er sprach, immer wenige Zentimeter am Gesicht seines Gegenübers vorbei. Toshi war das zuwider. Er mochte Menschen ohne Rückgrat nicht sonderlich, aber Tanosuke erledigte seine sonstigen Aufgaben schnell und sorgfältig. Ohne triftigen Grund konnte Toshi ihn nicht rauswerfen; und es hätte nur seinen Chef, das Oberhaupt der Yamanote-Gruppe, verärgert.

Tanosuke verneigte sich tief vor Toshi. Das hellbraun gefärbte Haar wirkte an ihm, anders als an Kyo, wie eine Perücke. Tanosuke hatte einmal damit geprahlt, dass er auch als Host hätte arbeiten können, wenn die Yamanote-Gruppe nicht auf ihn aufmerksam geworden wäre. Kyo, der bei diesem

Gespräch anwesend war, hatte ihn nur verächtlich angesehen, bis Tanosuke verstummt war. Toshi musste sich ein Schmunzeln bei dieser Erinnerung verkneifen. Tanosuke war sicherlich vieles zu nennen, aber bestimmt nicht attraktiv oder gar ein Frauenmagnet.

„Kamo Sensei hat eine Nachricht hinterlassen. In drei Tagen ist alles vorbereitet, Isami-san."

„Gut. Bereite die Fahrt nach Tokio vor. Ich will bei den letzten Vorbereitungen dabei sein." Sein Blick löste sich von Tanosuke und wanderte zurück zu den Monitoren. Jetzt waren sie schwarz, aber vor seinem inneren Auge sah er wieder Isabelle vor sich, ihre Art sich zu bewegen, die Weise, wie ihr rotes Haar lang und weich über ihre Schulter fiel. Das Bild überlagerte sich mit dem der vor Lust aufgelösten Frau, die ihn dazu verführt hatte, in diesem Waggon seine Beherrschung zu verlieren. Er hatte sie sehen wollen, um zu wissen, wie sich diese Frau aus Deutschland anfühlte, wie sie sich bewegte, wie sie roch – nicht mehr. Stattdessen hatte er sie berühren müssen, hatte sie befingern müssen, um sie ganz aufzunehmen. Sie hatte ihn berauscht. Toshi schüttelte das Bild ab. Er nahm den Zigarillo und drückte ihn aus, ohne noch einen Zug davon zu nehmen.

Kyo führte Isabelle zum Flur des Hauses. Anders als die Zimmer war er mit Holzbohlen ausgelegt und nicht mit Tatami-Matten. Kyo bewegte sich sehr leise vor ihr; Isabelle kam sich dagegen wie ein Nilpferd vor. Die Dielen knarrten und quietschten unter ihren Schritten, als wäre sie ein paar Hundert Kilo schwer.

Der Flur selbst war geräumig und führte an mehreren Papierwänden – aufgespannt auf Holzrahmen – entlang. Einige waren offen und zeigten Isabelle Räume verschiedener Größe, die alle ähnlich eingerichtet waren wie der, in dem sie aufgewacht war. Viele waren mit Blumengestecken oder Tuschzeichnungen geschmückt.

„Ich zeige dir den Garten", sagte Kyo und blieb stehen, als der Flur sich mit einem anderen kreuzte. Eine Holztür führte aus dem Haus. Mittlerweile war die Sonne ganz untergegangen, und ein kühler Wind begrüßte Isabelle, als sie neben Kyo trat und hinaussah. Die Nacht hatte den Garten nicht ganz beherrschen können. Einzelne Leuchtspots erhellten den Rasen und die Mauer, die ihn umgab. Der Geruch von Zedern und Jasmin durchdrang die abgekühlte Luft und machte sie schwer, begleitet vom Zirpen und Singen der Zikaden.

„Hier sind Getas", sagte der Host und trat aus der Tür. Drei Steinstufen glichen die Höhe zwischen Haus und Gartenboden aus. Dort standen auch die Getas. Isabelle ging die Stufen hinunter und schob ihre Füße in die Holzsandalen mit dem Zehenspreizer. Ein geharkter Kiesweg wand sich vor ihnen durch das Gras und Kyo winkte ihr, damit sie ihm folgte. Der Kies knirschte unter ihren Füßen, als sie an verschiedenen Bonsai-Bäumen vorbei kamen. Die kostbaren Bäumchen waren in Keramikschalen gepflanzt und säumten, auf Steinsäulen aufgestellt, den Weg.

„Du kannst dich überall frei bewegen, hat Toshi gesagt. Es gibt im Haus einige Räume, die tabu sind, aber die sind ohnehin verschlossen", erklärte Kyo. „Es gibt aber etwas, das du unbedingt kennen solltest." Das Lächeln, das viel seines Charmes ausmachte, tauchte wieder auf. Isabelle vergaß ihren Groll für einen Moment und erwiderte es. „Und was soll das sein?"

„Etwas, das dir hilft zu entspannen."

Sie wurde neugierig und folgte Kyo weiter durch den wunderschönen Garten, bis sie um eine Ecke bogen und vor einem kleinen Holzdach auf Pfählen standen. Darunter war ein niedriges Holzpodium, vor dem zwei Paar Holz-Getas standen. Neben dem Podest gab es eine Ablage, in der zwei Yukatas lagen. Hinter dem Podium versperrte eine doppelseitige Tür aus hellem Holz den Blick. Sie schloss direkt an verschiedene hohe Bambuspflanzen an, die einen natürlichen Sichtschutz bildeten.

Kyo sah die Yukatas und lächelte. „Wie es aussieht, hast du auch gleich das Vergnügen, Akira kennenzulernen."

Isabelle vergaß, nach Akira zu fragen, weil Kyo ohne Getas auf das Podium getreten war und begonnen hatte, seinen eigenen Yukata auszuziehen. Darunter trug er nichts. Isabelle starrte den straffen, trainierten und vor allem nackten Körper vor sich fassungslos an.

„Zieh dich auch aus", forderte Kyo sie unbekümmert auf. „Sonst kommst du da nicht rein."

„Ich weiß nicht, ob ich da überhaupt rein will", protestierte Isabelle.

Kyo lachte. „Keine Angst, dir passiert da drin nichts. Es sind nur heiße Quellen."

Sie hatte davon gehört – in Japan gab es viele heiße Quellen, die von Besuchern als Heil-und Badestätten genutzt wurden.

„Nikkō ist berühmt für seine Onsen", unterbrach Kyo ihre Gedanken, als hätte er sie gelesen. Isabelle trat ebenfalls auf das Podest; nach einem kritischen Blick zu Kyo, der sich höflich abwandte, zog sie den Yukata aus. Anders als Kyo trug sie darunter noch ihre Unterwäsche. Sie streifte sie ab, zerknüllte sie zu einem kleinen Ball und schob sie zwischen die Falten ihres Yukata. Zum ersten Mal, seit Isabelle Japan betreten hatte, fror sie.

Kyo sah das und schob die Tür auf. „Gleich wird es wärmer", versprach er. Er ließ ihr den Vortritt, und Isabelle schlüpfte durch die aufgehaltene Tür. Dahinter erwartete sie ein Meer aus Kerzenlicht. Zwei Wasserbecken lagen vor ihr in einem Feld aus dem gleichen Kies, wie er auf dem Weg draußen zu finden war. Steinstufen führten hinein, und weißgeäderter Marmor fasste den Rand ein.

Das Kiesareal war nicht sehr groß und wurde von der Bambusmauer komplett vor fremden Blicken geschützt. Unterbrochen wurde das Steinmeer nur von runden Trittsteinen, damit man die Becken problemlos erreichen konnte.

Hier gab es keine Leuchtspots; das Licht in diesem Bereich des Gartens kam von Kerzen und Laternen, die auf den Beckenrändern und zwischen dem Bambus standen. Einige kleinere Kerzen schwammen in winzigen Holzschiffchen auf den dampfenden Heißwasserbecken.

Eines der Becken war besetzt. Ein Mann saß im heißen Wasser und war einer Frau zugewandt, die außerhalb auf dem Rand saß. Sie hatte Isabelle und Kyo den Rücken zugewandt. Der Körper der Frau war schlank, das kurze Haar blond und ihre Haut hell. Der Mann im Becken war ebenfalls blond, schlank, aber durchtrainiert wie ein Fechtmeister. Das Faszinierende an ihnen waren allerdings die Tätowierungen, die bei der Frau den gesamten Rücken und beim Mann die rechte Schulter und fast den ganzen Arm einnahmen.

Sie waren beide nackt und in ein Gespräch vertieft. Als Kyo auf einen der Trittsteine trat, sahen beide auf, wirkten allerdings über Isabelles und Kyos Erscheinen nicht im Mindesten überrascht.

„Das ist das erste Mal, dass du Besuch mitbringst", sagte die Frau und stand auf. Sie zeigte ihren Körper ohne einen Anflug von Scham. Isabelle sah noch immer die Schlange, die sich auf dem Rücken der Frau inmitten von Chrysanthemenblüten wand.

„Als Kyo von Akira sprach, hatte ich eigentlich mit nur einer Person gerechnet", erwiderte Isabelle und sah die Frau direkt an.

Die Blondine lachte leise und stemmte die Hand in die Hüfte. „Das ist nicht ganz falsch. Kennen Sie sich mit den japanischen Schriftzeichen aus?"

„Ich lerne Kanji, seit ich zehn bin", erwiderte diese und runzelte die Stirn. Sie war sich noch nicht sicher, ob sie das arrogante Gebaren der Blondine abstoßend oder anziehend fand. Kyo stand derweil hinter ihr und gab keinen Laut von sich. Er schien abzuwarten, ebenso wie der Mann im Becken, der sie nur ruhig betrachtete und noch kein Wort gesagt hatte.

„Wissen Sie, mit welchen Zeichen sich der Name Akira schreibt?"

Isabelle zögerte einen Moment. Akira, was soviel bedeutete wie Strahlen, bestand aus zwei Zeichen: dem für Mond und dem für Sonne. Also ...

Isabelle musste nun selbst lächeln. „Dann nehme ich an, Sie sind die Sonne: Hi", sagte sie und deutete auf den Mann im Becken. „Und er der Mond: Tsuki."

Die Frau namens Hi hob erstaunt die Braue und neigte leicht den Kopf. „Ich bin beeindruckt. Aber woher wussten Sie, wer wer ist, Lérand-san?"

Isabelle trat näher und berührte His Steiß. „Ihre Tätowierung. Die Schlange schlüpft aus einer Sonne."

Hi nickte wieder. „Eine gute Beobachtungsgabe", sagte sie.

„Die sagt mir auch, dass Sie sicher keine Japaner sind. Was treibt Sie nach Nikkō?"

Hi legte den Kopf zurück und lachte, entblößte dabei eine Reihe von perlweißen Zähnen. „Eine gute Beobachtungsgabe und ein loses Mundwerk – wunderbar!"

Isabelle erwiderte das Lächeln nicht, sondern hob nur die Braue.

„Wir sind Mitarbeiter von Isami-san", meldete sich erstmals Tsuki zu Wort. „Ursprünglich kommen wir aus England, er hat uns auf Grund unserer Fähigkeiten nach Japan geholt."

Isabelles Blick glitt über Tsukis Schulter und sein Gesicht. Die Ähnlichkeit zu Hi war nicht zu übersehen; sie mussten Geschwister sein, wenn nicht gar Zwillinge. Ihre Tätowierungen unterschieden sich dafür umso mehr. Während His Schlange durch die Färbung und die zart roten Chrysanthemenblüten wie von Sonnenlicht beleuchtet wirkte, war Tsukis Tätowierung eindeutig der Nacht zuzuordnen. Sie zeigte einen Tiger, der über einem dunklen Wolkenhimmel dem Mond nachjagte. Wolkenfetzen bedeckten die Schulter des Mannes, und der Tiger nahm fast den gesamten Oberarm ein.

Isabelle erinnerte sich, dass Toshi ebenfalls eine Tätowierung hatte, und war verwundert darüber, dass sie ihn in Gedanken so nannte. Derlei Kurzformen waren Freunden und Vertrauten vorbehalten. Oder Liebhabern. Isabelle runzelte die Stirn.

„Und Sie sind Gast in Isami-sans Haus?", fragte Hi, sie wie eine Beute umkreisend. Isabelle spürte Gänsehaut ihren nackten Körper hinaufkriechen und wünschte sich ihren Yukata zurück. „Etwas in der Art, ja", murmelte sie. Hi beugte sich vor und Isabelle spürte die blonden Strähnen über ihre Haut streifen. „Und wie ist Ihr Name?"

Isabelle schloss halb die Augen. His Tätowierung schien lebendig geworden zu sein. Isabelle konnte schwach den Duft der Chrysanthemen riechen. Und war da nicht das Flüstern einer Schlange, die durch hohes Gras glitt?

„Isabelle", murmelte sie. „Isabelle Lérand."

His Hände legten sich auf ihren Rücken und bewegten sich in kleinen Kreisen. „Sie haben sicher noch nie einen Onsen besucht", schnurrte die Engländerin. „Sie sind verkrampft, hatten anscheinend viel Stress. Kommen Sie, ich zeige Ihnen, wie entspannend es sein kann."

Isabelle warf einen Blick über die Schulter. His Gesicht war nah bei ihrem und lächelte. Nicht aufreizend, sondern freundlich, als wolle sie ihr nur Gutes tun. Von Kyo fehlte jede Spur. Isabelle konnte sich nicht erinnern, gehört zu haben, dass er ging.

Tsuki kam näher zu den Stufen, die die Treppen hinab führten, und streckte ihr die Hand entgegen. Isabelle wagte einen Blick und sah sein halbhartes Glied inmitten von weich aussehendem, goldenem Schamhaar. Sie legte vorsichtig ihre Hand in seine und ließ sich ins Becken führen. Es war heiß, aber nicht unangenehm. Hinter ihr glitt auch Hi ins Wasser.

Tsuki zog sie weiter zu sich und Isabelle folgte der Bewegung einfach. Die Dampfschwaden bildeten auf ihrer aller Haut eine feine Wasserschicht. Jeder Körperteil, der nicht unter Wasser war, wurde trotzdem nass.

„Keine Angst, Lérand-san", murmelte Hi an ihr Ohr, während Isabelle ihre Augen nicht von Tsukis Gesicht nahm. „Wir wollen nur dafür sorgen, dass Sie sich ein wenig entspannen. Japan kann aufregend sein und die Kreise, in die Sie sich begeben haben, sind geheimnisvoll und gefährlich."

„Sie gehören dazu, nicht wahr?", fragte Isabelle und spürte, wie Hi sich an ihren Rücken drückte. Ihre Brüste waren weich, ebenso wie ihre Hände. Isabelle hatte noch nie zuvor mit einer Frau geschlafen, aber ihre hypnotische Stimme und das heiße Wasser ließen jeden möglichen Einwand dahin schmelzen.

Tsuki, der Isabelles Hand noch immer umfasst hielt, hob sie höher und legte sie auf seine Tätowierung. Fasziniert strich Isabelle über die feuchte Haut.

„Derlei Zeichnungen werden Sie niemals bei anderen Menschen finden, außer bei Yakuza", sagte er und seine Stimme war ebenso schmeichelnd, wie His.

„Yakuza", wiederholte Isabelle und ließ ihre Hand tiefer wandern, zu Tsukis Brust. Sie war straff und bewegte sich leicht, als er einen Schritt näher auf sie zumachte. Isabelle war eingekeilt zwischen beiden Körpern, aber sie konnte und wollte nichts an dieser Situation ändern. Das Wasser reichte ihr gerade bis zur Scham und schwappte bei jeder Bewegung, die einer der drei machte, gegen ihren Schoß.

„Auch Geschwister, nicht wahr?"

„Zwillinge", erwiderte Hi und Isabelle fühlte ihre Fingerspitzen, die sanft ihre Brustwarzen umkreisten, bis sie sich zu kleinen Nippeln verhärtet hatten. Wollüstig aufstöhnend, schloss Isabelle die Augen. His weiche Lippen legten sich auf ihren Hals, und Isabelle spürte kurz darauf ein weiteres Lippenpaar, das sich auf ihren Mund legte. Tsuki umgab ein ähnlicher Duft wie seine Schwester, und die Temperatur seines Körpers war noch hitziger als die Dampfschwaden des Onsen. Seine Erektion war größer, härter geworden und drückte sich gegen Isabelles Bauch.

Hi schien etwas dagegen zu haben, dass ihr Bruder Isabelle als erstes küsste, denn eine Hand löste sich von Isabelles Brüsten und drehte deren Kopf zur Seite. Sie seufzte bedauernd, weniger wegen des unterbrochenen Kusses, mehr wegen der fehlenden Liebkosung an ihren Brüsten. Lange musste sie nicht warten, denn Tsuki, Isabelles Mundes beraubt, kniete sich hin, um mit seinen Lippen und Zähnen die Liebkosungen an Isabelles Nippeln fortzusetzen.

Seine Schwester streichelte Isabelles Wange und beugte sich weiter vor, bis sie Isabelle küssen konnte. Die genoss den Kuss sichtlich und stöhnte in den Mund der anderen Frau auf, als Tsukis Zähne sanft zubissen.

„Lass ihn dich lecken – er kann das wirklich gut", forderte Hi sie auf und Isabelles Augen öffneten sich überrascht. Hatte die blonde Frau die Fähigkeiten ihres Bruders selbst ausprobiert?

His blaue Augen erwiderten Isabelles Blick und waren unergründlich. Sie konnte keinen Hinweis auf etwas erkennen, das ihren Verdacht bestätigen würde.

Tsuki schmunzelte. Er sprach nicht viel, wie es schien, aber dafür waren seine Berührungen umso beredeter. Seine Lippen waren tiefer gewandert über Isabelles bebenden flachen Bauch und er kniete nun ganz vor ihr. His Hand streichelte tiefer, zu Isabelles Schamhügel und spreizte die weichen und mittlerweile nassen Lippen mit ihren Fingern. Isabelles Klitoris, durch die beiden Zwillinge und das warme Wasser rot und angeschwollen, ragte nun deutlich hervor. Tsuki nahm die Aufforderung ohne Zögern an und knabberte an der weichen Haut um Isabelles Kitzler. Der Reiz war übermächtig und sie schrie heiser auf. „Es wird noch besser", raunte Hi in ihr Ohr. Sie hielt Isabelle fest umfangen, und die war dankbar dafür. Tsukis Zunge, die um Isabelles empfindlichsten Punkt kreiste und zart darauf tupfte, nahmen ihr jede Kraft. Ohne Hi wäre sie sicherlich schon kraftlos umgefallen.

Isabelle wurde empfindlicher. Gerade als die gezielten Berührungen unangenehm zu werden drohten, löste Tsuki sich und ließ seine Zungenspitze von Isabelles Nässe kosten. Sie atmete zittrig ein, während Tsuki seine Zunge tief in sie stieß.

„Willst du dich von ihm ficken lassen?", wisperte Hi und strich Isabelle zärtlich das Haar aus dem Nacken, das schweißnass an ihrer Haut klebte. Isabelle taumelte leicht als sie versuchte, zu nicken. Hi lachte und rieb Isabelles Klitoris zwischen Daumen und Zeigefinger, während ihr Bruder seine Zunge wieder und wieder über Isabelles Schamlippen gleiten ließ und im harten Rhythmus in sie stieß. „Dafür möchte ich aber, dass du etwas für mich tust."

Isabelle war vor Lust wie benommen, aber diese Worten ließen das Misstrauen, dass sie seit ihrem Erwachen spürte, wieder aufflammen. „Und ... was?", brachte sie mit brüchiger Stimme hervor, ehe sie wieder von einer neuen Welle der Lust mitgerissen wurde.

„Ich möchte, dass du mich auch leckst. Wirst du das für mich tun, Isa-chan?"

Isabelle schrie heiser. Hi hatte ihre Massage verstärkt, und wie auf ein geheimes Zeichen hin hatte Tsuki ihr Tempo übernommen. Dass sie ihren

Kosenamen benutzt hatte, bemerkte Isabelle nur am Rande. Shin hatte sie auch immer so genannt, ebenso wie Tomo.

Tsuki stieß plötzlich zwei Finger tief in ihre Scham. „Ja ... JA!", schrie sie heiser.

Tsuki ließ von ihr ab und Hi drehte Isabelle zu sich um. Sie hatte ihren Orgasmus noch nicht erreicht, aber es fehlte nicht mehr viel. Die Engländerin presste Isabelle an sich und die spürte die weichen Brüste an ihren eigenen. Das Gefühl war aufregend, wenn auch ungewohnt. Hungrig küsste Isabelle Hi und legte ihre Hände auf ihre Schulterblätter.

Es plätscherte. Tsuki hatte sich in einer geschmeidigen Bewegung aus dem Becken gezogen und ging über den Kies zu einem kleinen überdachten Bereich, der halb hinter einigen kleinen Farnfederbäumen versteckt war.

Isabelle dachte, sie müsste ihm folgen, aber Hi hielt sie zurück. „Keine Sorge, er kommt gleich wieder", beruhigte sie Isabelle und zog sie zum Beckenrand.

Hi bewegte sich ebenso geübt wie ihr Bruder, als sie sich darauf setzte. Ihre langen Beine spreizten sich und sie zog Isabelle dazwischen, um den abgebrochenen Kuss wieder aufzunehmen. Isabelle ließ sich gerne küssen. Neugierig hob sie die Hände und legte sie auf His Brüste, so wie es die blonde Frau auch mit ihr getan hatte.

Isabelles Busen war nicht klein, gerade passend für eine Frau ihrer schlanken Statur. His Brüste waren kleiner; sie schmiegten sich genau in Isabelles Hände, passten sich perfekt deren Form an. Sie standen Hi, deren gesamte Figur athletisch und sehnig wirkte.

Die Berührung gefiel Isabelle. Sie massierte die andere Frau, und registrierte zufrieden das leise Stöhnen und die aufkeimende Lust im Gesicht der anderen. Es war eine Art von Macht, die sie ausübte, und anders als bei Männern, wusste Isabelle genau, was Hi nun fühlen musste.

Sie wurde mutiger, rollte die harten Brustwarzen zwischen den Fingern und biss in ihre Kehle. Nicht allzu fest, aber es genügte um Hi leise aufstöhnen zu lassen.

„Ich will mehr tun", sagte sie leise und hob den Kopf. Hi nickte nur und legte sich auf den Rücken. Sie rutschte etwas zurück, bis Isabelle sich nur noch vorbeugen musste, um den Kopf zwischen His weit gespreizte Schenkel schieben zu können.

Kies knirschte und Isabelle sah Tsuki neben Hi stehen. Zwischen seinen Beinen ragte sein Penis steif hervor. Er war durchschnittlich lang, aber so dick wie vier von Isabelles Fingern. Sie schluckte bei diesem Anblick.

Tsuki stieg wieder ins Becken und packte Isabelles Hüften. Sie stand schließlich weit vornüber gebeugt, das Gesicht nah an His Vagina und ihr eigener Po reckte sich Tsuki entgegen. Sie spreizte automatisch die Beine und gab ein unterdrücktes Keuchen von sich, als der die Spitze seines Penises einige Male gegen ihre nasse Spalte rieb.

„Isa-chan", erklang His Stimme und Isabelles Aufmerksamkeit wurde wieder auf die weichen, glänzenden Schamlippen und die zart rosafarbene Klitoris vor sich gelenkt. Isabelle fühlte sich bei diesem Anblick an die Form eines gespaltenen Pfirsichs erinnert. Noch immer streifte Tsuki sie nur, drang aber nicht ein, und Isabelle wusste instinktiv, dass er es auch nicht tun würde, bis sie ihr Versprechen eingelöst hätte.

Sie suchte an His Beinen halt und setzte einen zaghaften Kuss auf die weichen Schamlippen, die so sehr an eine geöffnete Blüte erinnerten. Ihre Belohnung war ein raues Seufzen. Isabelle küsste sie abermals und war überrascht über den würzigen, nicht unangenehmen Geschmack, den His Nässe auf ihren Lippen hinterließ. Sie wollte mehr davon kosten und tauchte ihre Zunge in die glitschige Scham hinein.

Im selben Augenblick drang auch Tsuki mit einem einzigen Stoß in sie und die Dicke seines Schafts, die Stärke, mit der er sich in sie trieb, raubte Isabelle den Atem. Sie warf den Kopf zurück, aber Tsukis Hand fand ihren Nacken und drückte sie wieder tiefer. Isabelle wimmerte wie eine junge Katze und leckte durch His Spalte, die sich daraufhin unter ihr zu winden begann.

Tsuki stieß in pumpenden Bewegungen wieder und wieder in sie, reizte jede noch so verborgene Stelle in Isabelle mit seinem überdurchschnittlich dicken Penis. Er hielt sie am Nacken fest und lenkte ihre Bewegungen so ein wenig. Ihre Erregung zeigte sich in ihren Bemühungen um Hi.

Immer wilder stieß sie ihre Zunge in das weiche Areal zwischen deren Beinen, immer heftiger und gieriger saugte sie an deren angeschwollener Klitoris. Schließlich wurden Tsukis Bewegungen härter, ungestümer und auch schneller. Er erreichte den Höhepunkt ebenso, wie seine Schwester, die heiser aufschrie und Isabelles Kopf fest auf ihre Scham presste.

Isabelle selbst stöhnte und ein flüchtiger Streifen von Tsukis Finger an ihrer überreizten Klitoris reichte aus, um auch sie in den Orgasmus zu treiben. Er schien sich, Welle um Welle noch zu steigern, bis er Isabelle gnädig aus seinen Fängen ließ und sie schließlich, schwach und zittrig, auf Hi zusammenbrach.

KAPITEL 7

Drei Tage vergingen, bis Isabelle Toshi wiedersah. Er war zuvor aus dem Gutshaus verschwunden, wie Kyo ihr erklärt hatte. Isabelle hatte er in der Obhut der Zwillinge und Kyos gelassen.

Nach der Nacht im Onsen verbrachte Isabelle den Großteil ihrer Zeit mit den Engländern. Kyo gegenüber verhielt sie sich höflich und auch freundlich. Wirkliche Herzlichkeit kam aber in ihrem Umgang nicht auf, denn Isabelle fühlte sich von ihm verraten und war sehr vorsichtig. Tsuki sprach wirklich nicht viel, aber Hi übernahm das gerne. Über ihre Vergangenheit und auch ihre Position innerhalb der Yakuza schwieg sie sich zwar weitestgehend aus, aber sie erklärte Isabelle viel über Japans Geschichte und auch den Werdegang des Gutshauses.

„Hat Isami-san euch eure Namen gegeben?", fragte sie einmal, als sie durch den Garten schlenderten. Er hatte tausend verborgene Winkel, und selbst nach zwei Tagen unermüdlicher Erkundungen hatte sie noch nicht alles gesehen. An diesem Tag führten die Zwillinge sie zu einem Bereich, in dem ein kleiner künstlicher Bach durch eine nachgebildete Felslandschaft floss und als kleiner Wasserfall in ein tiefer gelegenes Koi-Becken plätscherte. Während sie vorbeigingen, streckten die bunten Karpfenfische die Köpfe aus dem Wasser, um nach Futter zu betteln.

„Die Namen haben wir uns selbst gegeben", erwiderte Hi, die Hände in den Hosentaschen. Sie trug gerne westliche Kleidung und bewies dabei Stil und Geschmack. Diesmal war es eine weiße Seidenbluse mit aufgeschlagenen Ärmeln unter einer enganliegenden Nadelstreifenweste mit passender Marlene-Hose. Ihr Bruder, der einige Schritte vor ihnen ging, trug einen einfachen Anzug aus karamellfarbenem Stoff mit einem schokoladenbraunen Hemd darunter. Die halblangen Haare hatte er zurückgekämmt. Der Anblick der Zwillinge, wenn sie zusammen waren, begeisterte Isabelle jedes Mal aufs Neue.

Isabelle hatte sich einen Yukata übergestreift, den Kyo ihr am Vortag gegeben hatte. Er war aus weißem Stoff, der mit einem Muster aus blauen, wellenförmigen Linien und ‚Koi'-Karpfen bedruckt war. Der breite Gürtel, den sie sich dazu um den Bauch geschlungen hatte, war ebenfalls blau.

„Als Gaijin innerhalb der Yakuza bist du gezwungen, besser, schneller, effektiver und auch geheimnisvoller als alle anderen zu sein", fuhr sie fort. „Sonst sind deine Überlebenschancen nicht sehr hoch."

„Sonne und Mond", sinnierte Isabelle und lächelte. „Geheimnisvoller hättet ihr nicht sein können."

Hi antwortete nicht, aber in ihren blauen Augen hatte Isabelle etwas aufblitzen sehen.

Einen Abend später brachte Hi Isabelle in einen der Innenhöfe des Guthauses. Es befanden sich verschiedene zwischen den einzelnen Gebäuden des Gutshofs; einige waren mit Büschen, Gras und verschiedenen Pflanzen bewachsen, andere zeigten kompliziert anmutende Gebilde aus Kies und Felsbrocken. Die kleineren Steine waren mit Wellenmustern gezeichnet und wirkten beruhigend, wenn man sich nur darauf einließ, sie lange genug zu betrachten.

Der Hof, den sie nun betraten, war ein Hybrid aus beidem. Ein großes Rechteck mit Wegen, einem Koi-Teich und einer weichen Rasenfläche. Auf der saß Tsuki, auf einer ausgebreiteten Decke. Er nickte ihnen grüßend zu und sah dann wieder in den Himmel hinauf.

Isabelle kniete sich neben ihn und Hi nahm ebenfalls Platz. „Angenehm, wenn es kühler wird, nicht wahr?", sagte sie und zog einen Korb näher, der bisher neben Tsuki gestanden hatte.

Isabelle seufzte und legte ihren Kopf neben Tsukis Schenkel. Seit dem gemeinsamen Sex hatten sie untereinander weniger Berührungsängste, und Isabelle gestattete sich den Luxus, ein wenig menschliche Nähe zu teilen. Tsuki legte seine feingliedrige Hand auf ihre Stirn und strich sanft über ihre Schläfe.

„Es ist viel angenehmer, als in der Stadt", seufzte sie und lächelte Hi an. Die blonde Engländerin fischte einige Trauben aus dem Korb und schob lachend eine davon zwischen Isabelles Lippen, ehe sie selbst eine aß. Isabelle seufzte und schloss die Augen.

„Oh nein, Isa-chan, schlaf nicht ein", wies Hi sie gespielt streng an, und etwas Kaltes landete im Ausschnitt ihres Yukata. Isabelle quietschte erschrocken auf und fuhr hoch. Sie fischte hastig nach dem, was da zwischen ihre Brüste gerutscht war und holte einen schmelzenden Eiswürfel hervor. „Das war unfair!"

Hi lachte wieder, und selbst Tsuki grinste. Die blonde Frau zog einen Sektkübel aus dem Korb, aus dem wiederum der Hals einer Sakeflasche schielte. Sie war rosa. „Was ist das denn?", entfuhr es Isabelle, und sie zog die Flasche hervor. Es war tatsächlich Sake und er schimmerte zart Rosa in der Glasflasche.

„Etwas ganz Besonderes", intonierte Hi. „Ein Sake, extra für Frauen gebraut. Deswegen bekommt mein lieber Bruder auch nichts ab."

„Dann ist es ein Segen, dass ich nicht trinke", brummte Tsuki. Isabelle kicherte und sah Hi dabei zu, wie sie die bunte Flüssigkeit in zwei kleine Tonbecher goss. Beide Frauen nahmen sie auf und tranken gleichzeitig einen tiefen Schluck. Isabelle verzog das Gesicht. „Dafür, dass er so hübsch ist, ist er ziemlich gehaltvoll", sagte sie und hustete dabei. Hi lachte und schenkte nach. „Beim zweiten Mal schmeckt es besser."

Isabelle trank noch einen Becher und spürte, wie der Alkohol begann, ihr in den Kopf zu steigen. Kaltes Wasser lief über ihr Handgelenk, in den Ärmel ihres Yukata, und Isabelle hob verwirrt den Arm. Sie hatte den Eiswürfel vergessen, den sie noch immer in der Hand hielt. Jetzt war er fast geschmolzen und das Wasser lief über ihren Arm. Tsuki umfasste ihre Hand und streckte ihren Arm. Isabelles Yukata war schnell bis zur Schulter geschoben, und er leckte die einzelnen Tropfen von ihrer Haut. Der Effekt war mehr als nur angenehm, und durch den Alkohol spürte Isabelle die Wärme viel schneller in ihren Körper kriechen. Sie seufzte wohlig.

Eiskaltes Wasser ergoss sich über ihren Körper. Isabelle schrie auf. Tsuki hielt ihre Arme fest, und sie schlug die Augen auf. Hi kniete vor ihr, den tropfenden Kübel noch in der Hand. Sie sammelte einige der herausgefallenen Eiswürfel auf und warf sie zurück in das metallene Gefäß. Das Schmelzwasser hatte Isabelles Yukata auf der Vorderseite durchnässt und er klebte an ihrem Körper. Wegen der Hitze des Tages trug Isabelle nur einen Slip unter dem Kleidungsstück und das sah man nur allzu deutlich durch den weißgrundigen, klebenden Stoff.

„Gomen nasai, Isa-chan", entschuldigte sich Hi mit heiserer Stimme. Sie nahm einen Eiswürfel und fuhr damit zwischen die Falten des Yukata-Kragens. Isabelles Haut zog sich zusammen. Sie atmete scharf ein. Tsuki legte seinen Arm um ihre Taille und zog sie näher an sich. Stoff rutschte über ihren Leib und kurz darauf drückte sich Tsukis sehnig-schlanker, erhitzter Körper an sie. Es war ein starker Kontrast zu dem Eis und dem Wasser, das seine Schwester auf ihr verteilte. Sonne und Mond, Feuer und Eis. Isabelle keuchte.

Tsuki dirigierte ihre Knie höher. Isabelle winkelte sie an, und Hi schob gleichzeitig ihre Beine auseinander. Der Yukata wurde aufgeschoben, und Isabelle fühlte sich für einen kurzen Augenblick schutzlos.

Tsuki zog den Ausschnitt weiter auf und ließ sich von seiner Schwester zwei Eiswürfel reichen. Damit fuhr er über Isabelles Lippen, ließ die Tropfen ihren Hals hinab rinnen. Es war kalt, wurde aber sofort wärmer, als Hi das Wasser mit dem Mund aufnahm.

Tsuki nahm einen Eiswürfel in jede Hand und schob sie unter den nassen Stoff. Isabelle entfuhr ein zischender Laut. Das Eis war so kalt, dass es sich regelrecht in ihre Haut zu brennen schien. Am intensivsten war das Gefühl um die steifen Nippel herum. Tsuki deutete die Reaktionen ihres Körpers richtig. Er blieb an dieser Stelle und brachte Isabelle dazu, sich zu winden. Ihr freier Arm sank herab, und ohne es bewusst wahrzunehmen, schob Isabelle ihre Hand zwischen ihre gespreizten Beine.

Kaum hatte sie aber das weiche Schamhaar zwischen ihren Schenkeln berührt, zog Hi ihre Hand wieder weg. „Du hast uns beide und willst dich noch selbst streicheln?", fragte sie amüsiert.

„Ich … ich …" Isabelle verspürte Scham. Sie hatte sich eher unterbewusst streicheln wollen, einfach, weil sie diese köstlichen Gefühle intensivieren wollte. Aber die Zwillinge ließen sie nicht so schnell zum Orgasmus kommen. Tsuki hielt sie an seinen nackten Oberkörper gedrückt und rollte die Eiswürfel über ihre Haut. Hi hatte derweil einen weiteren Würfel zwischen ihre Lippen genommen. Ihr Atem ließ das Eis noch schneller schmelzen, und sie setzte immer wieder einige kalte Tropfen gezielt auf Isabelles Lenden und die entblößte Vagina. Es war jedesmal wie ein Schock, besonders, wenn das kalte Wasser auf ihre Schamlippen tropfte.

Isabelle hob die Hand, um irgendeinen Halt zu haben. Sie klammerte sich an Tsukis Nacken und hob ihre Hüften bettelnd an. Hi ignorierte es. Sie fuhr mit ihren Tantalusqualen fort. Auch Tsuki tat nichts, um das Tempo oder die Intensität seiner Berührungen zu steigern. Die Zwillinge waren so perfekt aufeinander eingespielt, dass Isabelle sich wie ein Instrument fühlte, das beide stimmten. Sie wussten genau, wie sie zu spielen war und Isabelles Schreie, ihr Keuchen und Betteln waren die Musik, die sie hervorbrachten.

Isabelle hielt es kaum mehr aus. „Bitte, fickt mich", bettelte sie ergeben und kaum noch Herr ihrer Sinne. Hi tauschte einen Blick mit Tsuki und der nickte; Isabelle fühlte es an ihrer Schulter. Die Engländerin nahm einen Eiswürfel zwischen Zeige- und Mittelfinger und schob ihn ohne zu zögern tief in Isabelles feuchte Scham. Die rothaarige Frau schrie auf, ohne sich darum zu scheren, wer sie hier eventuell hörte. Sie war ausgefüllt und das Eis in ihrem Schoß fühlte sich wie heiße und kalte Blitze an, die durch ihren Unterleib schossen. Ihre Hüften bewegten sich ohne ihr Zutun gegen His Finger, und ihre eigene Gier machte ihr Angst. Aber es war unmöglich aufzuhören. Hi ließ Isabelle eine Weile tun, was sie wollte, dann aber zog sie sich zurück. Isabelle blinzelte verwirrt und einen Augenblick später wurde sie von Tsukis Armen angehoben. Er lehnte sich zurück und Hi führte seinen steifen Schwanz in Isabelles Vagina ein.

„Ah!" Isabelle wusste nicht, ob sie sich wehren oder an Tsuki schmiegen sollte. Seine harte Erektion so unvorbereitet in sich zu spüren, ließ sie am Rande des Klimax taumeln, aber noch stürzte sie nicht. Tsuki hielt einen Augenblick still, um ihr Zeit zu geben, sich wieder an seine Dicke zu gewöhnen. Hi nahm einen weiteren Eiswürfel und beugte sich herunter. Sie fuhr mit der kalten Masse über Isabelles Po und über Tsukis Hoden. Der Engländer gab einen knurrenden Laut von sich und bockte hoch. Isabelle keuchte, als er sich plötzlich so in sie trieb. Er bewegte sie auf sich und sie gab seinem Rhythmus nach. His weiches Haar glitt über Isabelles Innenschenkel und das geschmolzene Eis hinterließ Spuren auf ihrem Körper. Hi behielt etwas von dem Wasser im Mund und stupste dann mit der gekühlten Zunge gegen Isabelles angeschwollene Klitoris.

Tsuki nahm Isabelle schärfer. Er stieß aber nicht einfach nur in sie, sondern bewegte ihre Hüften vor und zurück, ließ sie kleine Kreise beschreiben und sorgte dafür, dass Isabelle ihn auch wirklich in jeder noch so kleinen reizbaren Stelle und Hautfalte spürte.

His Lippen nahmen einen weiteren Eiswürfel und sie streichelte nun damit weiter über Isabelles empfindsamste Körperöffnung. Die drängte sich ihrem Mund und Tsukis Riemen entgegen und schrie wieder auf. Ihr Körper spannte sich in den Zügen des Höhepunkts und sie erstarrte. Tsuki hielt sie und Hi strich durch ihr Haar. Ihre Küsse versüßten die anhaltende Lust des Klimax, bis Isabelles Körper schlaff wurde.

Tsuki entließ sie sanft und zog sich aus ihr zurück. Isabelle spürte mit Schaudern, wie sein noch immer steifer Penis aus ihr glitt und drehte sich zu ihm um. Er war noch nicht gekommen. Isabelle zögerte nicht. Noch im letzten warmen Nachglühen ihres Orgasmus' handelte sie nur nach ihren Instinkten. Sie zog die langen Beine an den Leib und nahm Tsuki zwischen ihre Lippen. Der Geschmack ihrer eigenen Säfte und der seiner eigenen Haut verbanden sich auf ihrer Zunge. Die Mischung war verdorben, verrucht, und gefiel Isabelle dadurch nur umso besser.

Sie gab nun selbst etwas von dem zurück, was die Zwillinge an ihr getan hatten. Sie ließ ihre Zunge immer wieder nur ansatzweise über seine Eichel und das winzige Stück Haut darunter gleiten, aber sobald er begann, lauter zu stöhnen, ließ sie von ihm ab und streichelte ihn an anderen Stellen. Sie spürte His Präsenz, die ihr über die Schulter zusah. Dass Tsukis Zwillingsschwester sie beobachtete, verlieh dem Blowjob einen besonderen Reiz. Sie war sich nicht sicher, ob der Alkohol aus ihr sprach, oder sie selbst, aber es passte zu der Stimmung des ganzen Abends. Sie ließ sich darin fallen.

Tsuki war durch den vorangegangenen Sex schon weit fortgeschritten. Isabelle spürte, dass er kommen würde. Sie verstärkte ihre Bemühungen um seinen harten Penis und saugte nun hart und gezielt an seiner Eichel. Tsuki knurrte wieder und keuchte etwas auf Englisch, dann schob er sich tief in ihren Mund und kam. Reflexartig schluckte Isabelle die heisse Flüssigkeit, die sich in ihren Mund ergoss. Tsuki durchlebte seinen Orgasmus mit lautem Keuchen. Er zog Isabelle an sich und küsste sie. Sie spürte His Mund, der dasselbe mit ihrem Nacken tat, und seufzte wohlig in Tsukis Mund.

Als sie sich wieder einigermaßen erholt hatte, fühlte sie den Nachtwind. Sie war halbnackt und nass. In der kalten Nacht zitterte sie.

Tsuki zog sich bereits wieder an und Hi half Isabelle auf. Die zog ihren Yukata zurecht, so gut es ging. „Geh am besten direkt ins Bett, nicht dass du dich erkältest!", mahnte Hi, aber Isabelle sah deutlich, dass die Engländerin sie aufzog. Dennoch verabschiedete Isabelle sich rasch und ging in ihr Zimmer zurück. Dort zog sie sich aus und trocknete sich, so gut es ging, um dann unter die Seidendecken des Futons zu schlüpfen. Das seltsame Gefühl, beobachtet zu werden, das manchmal auftauchte, war wieder stärker geworden. Aber Isabelle war zu erschöpft – sie schlief bald ein.

Mit zitternder Hand schaltete Toshinaka den Monitor aus. Mühsam zerknüllte er mit der anderen Hand das Tachentuch, in das er sich erleichtert hatte. Er kam sich vor, wie ein halbwüchsiger Junge. Er saß in seinem Büro und beobachtete eine Frau beim Sex, nur um sich nebenher einen runterzuholen. Wieso verlor er ausgerechnet bei ihr ständig seine Beherrschung?

Es war eher Zufall gewesen, dass er die drei gesehen hatte. Dennoch hatte er sich von dem Anblick nicht mehr losreißen können. Allein der Gedanke an Isabelle, wie sie sich den beiden Yakuza ergab und ihre eigene Sinnlichkeit genoss ...

Toshinaka stöhnte unterdrückt. In seiner Hose begann sein Penis sich wieder zu regen. Dabei hatte er erst vor wenigen Minuten Abhilfe für eine Erektion gesorgt, die so hart gewesen war, dass er körperliche Schmerzen verspürt hatte.

Er mahnte sich selbst zur Geduld. Nicht mehr lange, und er würde sein Verlangen sooft ausleben können, wie er wollte. Mit diesem Gedanken und Isabelles Bild vor Augen, verließ er das Büro.

KAPITEL 8

Toshinaka besuchte Isabelle am nächsten Tag, als sie gerade auf der Terrasse vor ihrem Zimmer saß und Tee trank. Es war später Abend und mittlerweile konnte man es wieder riskieren, draußen zu sein, ohne gleich in Schweiß getränkt zu werden. Im Gegensatz zu ihrer ersten Begegnung war er in einen strengen anthrazitfarbenen dreiteiligen Anzug gekleidet, versehen mit einem schwarzen Hemd. Er trat so leise auf die Terrasse, dass Isabelle ihn erst bemerkte, als er sich neben ihr niederließ. Er neigte leicht den Kopf.

„Konnban wa, Lérand-san."

Isabelles Miene versteinerte. Sie wollte keinerlei Gefühlsregung vor diesem Mann zeigen, der wahrscheinlich ihren Bruder festhielt und sie erpresste. Dass ihre Gedanken in den letzten Tagen aber wieder und wieder zu ihm gewandert waren, versuchte sie zu vergessen. Es war nur Teil seines Vorhabens, sie einzuwickeln. „Guten Abend", erwiderte Isabelle seinen Gruß kühl.

„Ich hoffe, Ihr Aufenthalt hier war Ihnen nicht allzu unangenehm."

Die Worte trugen einen Hauch von Spott in sich, aber in seiner Miene lag nur Ernsthaftigkeit. Isabelle war versucht, verwirrt die Stirn zu runzeln, erinnerte sich dann aber an ihren Vorsatz. „So angenehm, wie es unter den gegebenen Umständen sein kann."

„Das freut mich zu hören." Diesmal war es eindeutig Spott, denn sie sah, wie seine Augen funkelten. „Erinnern Sie sich noch an das Geschäft, dass wir abgeschlossen hatten?"

„Wie könnte ich nicht?"

„Ich möchte ihnen heute gerne Ihre erste Aufgabe stellen."

Isabelle nickte leicht. Sie hatte eingewilligt und sie hatte versucht, sich auf die Aufgaben vorzubereiten, auch wenn sie nicht wusste, welcher Art diese sein sollten. Je schneller es vorbei war, desto besser.

„Bitte kommen Sie mit hinein. Ich habe ihnen etwas mitgebracht und ich möchte gerne, dass Sie es tragen. Kyo wird Ihnen dabei helfen, es anzulegen. Sobald Sie fertig sind, werde ich Sie abholen lassen."

„Und dann?", fragte Isabelle, bevor sie darüber nachdenken konnte. Toshinaka lächelte, aber es erreichte nicht seine Augen. „Dann fahren wir nach Tokio."

Es war ein Kimono. Isabelle konnte nicht anders – sie bewunderte das Kleidungsstück, sobald sie es auf dem Halter in ihrem Zimmer stehen sah. Er bestand aus lindgrüner Seide und war mit teuren Stickereien verziert, die fallende Kirschblüten und braune Äste zeigten. Einige der Äste waren auf die rechte untere Ecke des Kimono gestickt, drei weitere auf die linke Schulter. Ein Wind schien durch das gesamte Muster zu wehen, der die Blüten der Bäume über Vorder- und Rückseite des Kleidungsstückes tanzen ließ. Die Kirschblüten waren leicht rosa, und Isabelle fürchtete, dass sich die Farbe zu sehr mit ihrem roten Haar beißen würde, aber Toshinaka hatte ein gutes Auge für sie bewiesen. Als sie den Kimono vor ihre Brust hielt und sich in dem neu aufgestellten Spiegel betrachtete, sah sie, dass die Farben und Stickereien ihr schmeichelten. Das Grün unterstrich ihre Augen perfekt, und die rosafarbenen Kirschblüten waren kleine Akzente, die Isabelles rotes Haar betonten und sich nicht damit bissen. Die Ärmel des Kimono waren lang; sie reichten ihr fast bis zu den Fußknöcheln. Ein Zeichen für unverheiratete Frauen, hatte sie einmal gelesen.

Die Schiebetür öffnete sich, und Kyo, gekleidet in einen Yukata, trat ein.

Isabelle nickte ihm zu, und er nahm ihr sanft den Kimono aus der Hand. „Zieh dich aus, ich helfe dir."

„Woher weißt du, wie man einen Kimono bindet?"

Kyo lächelte schmal. „Ob du es glaubst oder nicht, ich habe schon mehrmals Frauen aus so etwas geschält und ihnen am nächsten Tag wieder geholfen, es anzulegen."

Er nahm einen weiteren, etwas dünneren Kimono vom Ständer. Er war weiß eingefärbt und auch sonst eher schlicht. Im Gegensatz zu dem anderen besaß dieser keine Stickereien oder Muster. „Zieh erst einmal den an. Der andere kommt dann darüber."

Isabelle schlüpfte aus ihrem Yukata und griff schnell nach dem Unter-Kimono. Kyo sollte sie nicht in ihrer Unterwäsche sehen. Toshinaka hatte ihr

Gepäck aus dem Hotel nachschicken lassen, und Isabelle war froh, zumindest ihre eigenen Slips und BHs wieder tragen zu können.

Als sie den Unter-Kimono anlegte, hielt Kyo sie hastig auf. „Nein, nein, die linke Seite über die rechte! Alles andere würde heißen, dass du zu einer Beerdigung gehst!"

Isabelle schlug die Seiten des Kimonos wieder um. „Das hat mir Shin nie gezeigt", murmelte sie.

„Du sorgst dich, mhm?"

„Natürlich." Isabelle wandte den Blick ab, damit Kyo ihre Augen nicht sah. „Deswegen bin ich hier."

Er nahm eine Art breites Band und trat näher an Isabelle heran. Geübt griff er um sie herum und band den losen Kimono fest. „Du wirst ihn wiedersehen. Toshi hat bisher immer Wort gehalten."

„Anders als du?", entfuhr es ihr bissig.

Kyos Miene verzog sich für einen kurzen Augenblick. Aber nicht für lang. „Du solltest dein Misstrauen mir gegenüber nicht zu sehr schüren. Ich gehöre nicht zu denjenigen hier, die dir schaden wollen", sagte er, während er den Gürtel fester zog. Isabelle musste fest einatmen.

„Wer will mir hier nicht schaden?", gab Isabelle zurück.

Kyo nahm den zweiten Kimono und hielt ihn Isabelle hin, damit sie problemlos hineinschlüpfen konnte. Diesmal schloss sie ihn sofort auf die richtige Weise. Kyo holte einen weiteren Gürtel. Dieser war wesentlich breiter als der erste und rot. Er wickelte ihn um Isabelle und wiederholte die Prozedur mit einem gelben Obi, der wieder schmaler war, so dass an seinen Rändern der rote Stoff des ersten Obi hervorschaute. Eine Kordel, in einem komplizierten Knoten geschlungen und um den Obi gewickelt, rundete das Bild ab.

Kyo griff in seine Hosentasche und holte ein kleines Kästchen hervor. Es bestand aus schwarzem Lack, und als er es öffnete, sah Isabelle, dass es mit Samt ausgeschlagen war. Darin lag eine Haarnadel aus Kupfer, an deren dickerem Ende mehrere Perlen auf Schnüren aufgereiht waren. Sie waren weiß, schimmerten im Licht aber in verschiedenen Farben, von blau über violett bis grün.

„Das gehört dazu." Er lächelte. Isabelle kam die Nadel wie ein Friedensangebot vor. Sie war sich nicht sicher, ob sie es annehmen sollte. Kyo hatte sie verraten. Aber wie sie für sich selbst schon festgelegt hatte, konnte sie niemandem trauen. Nicht, bis sie Shin gefunden und mit ihm weg von alledem war. Sie lächelte zögerlich und nahm die Haarnadel.

Toshi saß in seinem Büro hinter dem großen Schreibtisch und hörte His Report an, die ihm einen kurzen Abriss über die Ereignisse der letzten Tage gab. Die Videokameras im Haus hatten zwar alles aufgezeichnet, aber Toshi wollte eine persönliche Einschätzung Isabelles durch die beiden Zwillinge. Seit er sie bei einer seiner Europareisen getroffen hatte, war ihm klar geworden, dass er Experten vor sich hatte. Die beiden Engländer waren loyal, verschwiegen - und perfekte Schützen. Tsuki war, wie seine Schwester, Meister in Karate, Jiu-Jitsu und Iai-dō, und außerdem ein ausgezeichneter Scharfschütze. Hi bevorzugte kleine, handliche Feuerwaffen, mit denen sie ihr Ziel so gut wie nie verfehlte. Zusammen ergab das eine höchst gefährliche Mischung, die sich jedem in den Weg stellte, der es wagte, Toshi, oder der Yamanote-Gruppe etwas zu tun.

„Denkst du, es wird mit ihr Probleme geben?", fragte Toshi, nachdem Hi geendet hatte.

„Ich bin nicht sicher", gab die blonde Engländerin zu und wirkte unentschlossen. „Zurzeit sind die verschiedenen Yakuza-Clans uneins. Das Oberhaupt von Tokio ist gestorben, und jeder Clanchef versucht, sich an die Spitze zu drängen."

Toshi nickte nur abwesend. Er wusste selbst nur zu gut, wie die augenblickliche Lage war. Der Yamanote-Clan und dessen Anführer wurden zwar als Favorit gehandelt: Sie hatten im Augenblick die besten Chancen, sich nach ganz oben aufzuschwingen. Aber es gab genug andere Gruppen, die den Yamanote-Chef und ihn, als dessen rechter Hand, aus dem Weg räumen und den Clan auflösen wollten. Auf diese Weise konnten mindestens drei weitere Gruppen darauf hoffen, die Macht zu übernehmen.

„Dein Plan ist riskant, Oyabun", fuhr Hi fort. Toshi lächelte. Die Zwillinge waren zwar lange in Japan, aber ihren englischen Akzent hatten sie nie ganz ablegen können. Oyabun, die Anrede für einen sehr hochgestellten Yakuza, klang aus His Mund noch immer bezaubernd exotisch.

„Ich weiß, Hi. Aber genau deshalb brauche ich euch. Ich will, dass ihr beiden auf Isabelle achtgebt. Ihre Anwesenheit wird sich bald herumsprechen, und wenn bekannt ist, wer sie ist, wird ihre Sicherheit gefährdet. Ich befürchte, vor allem vom Mashimi-Clan haben wir etwas zu erwarten."

Tsuki hatte bisher stumm neben Hi gestanden und ihrem Bericht zugehört. Jetzt aber sprach auch er: „Ich kümmere mich darum."

„Das ist gut. Ich werde heute Abend mit unserem Gast zurück nach Tokio fahren. Sie soll Kamo Sensei kennenlernen." ‚Und mir verfallen', fügte er in Gedanken hinzu. Isabelle musste ihm absolut gehorchen, sie musste ganz ihm gehören, ansonsten war sein gesamter Plan gefährdet. Hi hatte recht: Was er vorhatte, war riskant. Aber es gab keine andere Wahl.

Später wartete er im Rücksitz seiner schwarzen Limousine auf Isabelle. Er hatte Hi und Tsuki geschickt, um die junge Deutsche zu holen. Sie schien zu den beiden so etwas wie Vertrauen gefasst zu haben, auch wenn sie sonst sehr misstrauisch war.

Die Wagentür öffnete sich, und Toshi war erstaunt über den Anblick, der sich ihm bot. Isabelle hatte den Kimono angelegt, den er in ihren Raum hatte bringen lassen, - die Wirkung war atemberaubend. Die Seide umschmeichelte ihre hohe, schlanke Gestalt. Isabelles Brüste waren wesentlich größer als die der meisten Japanerinnen, daher saß ihr Obi etwas tiefer als gewöhnlich und öffnete den Ausschnitt weiter. Das glänzende rote Haar hatte sie zu einem lockeren Knoten geschlungen, der von einer Haarnadel gehalten wurde. Die Perlen, die als Verzierung daran baumelten, wirkten wie Sterne in ihrem Haar. Selbst die weißen Socken, die Tabi, und die Getas hatte sie angezogen.

Toshi räusperte sich unmerklich und reichte ihr seine Hand, um ihr ins Innere des Wagens zu helfen. Isabelle sah nicht einmal auf, sondern stieg, ohne seine Hilfe in Anspruch zu nehmen, in den Wagen. Das geschah sehr umständlich, aber sie verzog keine Miene. Hi und Tsuki folgten ihr. Hinter Isabelles Rücken konnten die beiden sich ein spöttisches Lächeln in Richtung Toshi nicht verkneifen, was aber durch ein Stirnrunzeln seinerseits schnell verschwand.

Die Limousine war geräumig und bot genug Platz für alle vier. Isabelle setzte sich auf die Bank, Toshi gegenüber und neben Hi. Tsuki nahm neben Toshi Platz. Als sie die Tür hinter sich zugeschlagen hatten, fuhr der Wagen los.

„Sie wirken nicht nervös. Mein Kompliment, Lérand-san", beendete Toshi das Schweigen, nachdem sie bereits eine Weile gefahren waren.

„Ich habe keinen Grund", gab sie ruhig zurück. „Was auch immer Sie sich ausgedacht haben, ich werde das auch noch überstehen."

„Wollen Sie Ihren Bruder so sehr wiederfinden, oder sind Sie einfach derart dickköpfig?"

Sie war von ihm keine derart direkten Fragen gewohnt; er sah es ihr deutlich an. Die grünen Augen verengten sich leicht. „Ich halte Dickköpfigkeit für eine erstrebenswerte Eigenschaft", gab sie zurück. „Aber meine Charaktereigenschaften dürften für Sie wohl kaum von Interesse sein. Mich würde allerdings interessieren, was genau Sie heute mit mir vorhaben."

Toshi kam nicht umhin zu lachen. Ihr Versuch, ihn aus der Reserve zu locken, hatte etwas Naives, aber sehr Reizvolles an sich.

„Ich möchte gerne, dass Sie einige Freunde von mir kennenlernen. Und dass Sie etwas Neues lernen."

„Und was soll das sein, dass ich lernen soll?"

Hi legte den Arm auf die Rückenlehne der Sitzbank. Isabelle setzte sich automatisch aufrechter hin. „Wurdest du schon einmal gefesselt?"

Die grünen Augen weiteten sich und starrten Hi an.

„Shibari hat eine sehr lange Tradition in Japan", mischte Toshi sich ein. „Ursprünglich war es eine Kampftechnik der Samurai, um ihre Gegner zu fesseln. Mittlerweile haben wir allerdings wesentlich ästhetischere und ... lustvollere Verwendungen dafür gefunden."

War da ein Hauch von Rot auf ihrem Gesicht? Sie wusste, wovon er sprach. Er hatte sie richtig eingeschätzt.

Je näher sie Tokio kamen, umso nervöser wurde Isabelle. Sie hatte es bisher verbergen können - das hoffte sie zumindest. Aber es kostete sie all ihre Selbstbeherrschung, um nicht ihre eigenen Hände zu kneten oder ihren Nacken zu reiben. Eine Unart, die ihre Mutter ihr immer wieder hatte abgewöhnen wollen. Bis heute erfolglos.

Die Limousine schlängelte sich durch den Verkehr der großen Stadt. Nach den vergangenen Tagen voller Ruhe inmitten der Berge, wirkte der Lärm überlaut, selbst durch die Fensterscheiben hindurch.

Der Obi begann unangenehm zu drücken. Kyo hatte ihr erklärt, dass er eigentlich viel höher saß, aber Isabelles Körbchengröße hatte das unmöglich gemacht. Dennoch drückte der harte, mehrlagige Stoff unangenehm gegen ihre Brüste. Umso erleichterter war sie, als die Limousine endlich vor einer Stadtvilla hielt. Sie war kaum zu sehen, denn eine hohe Mauer umgab das Grundstück. Nur das oberste Stockwerk und das Dach schauten darüber hinaus.

Tsuki ging vor und betätigte die Klingel. Kurz darauf wurde das Gartentor geöffnet, und ein unscheinbar wirkender Mann kam heraus. Er verneigte sich und bat sie, einzutreten.

Tsuki ging vor. Isabelle spürte Toshis Hand in ihrem Rücken, der sie sanft führte und neben ihr ging. Hi war die letzte in der Runde, hinter der sich die Tür wieder schloss.

Der Garten hinter der Mauer ähnelte entfernt dem in Nikkō. Weite Rasen- und Kiesflächen, unterbrochen von einigen zurechtgestutzten Bäumen. Er war allerdings sehr viel kleiner und grell erleuchtet. Der unscheinbare Mann führte sie auf einem eingezäunten Weg direkt zum Haus, das Isabelle eher an einen überdimensionalen Betonklotz erinnerte. Das Innere war spartanisch eingerichtet – nur wenige zweckmäßige Möbel und weiße Teppiche. Das einzig Persönliche waren gerahmte Fotos. Isabelle konnte im Vorbeigehen nur einen flüchtigen Blick darauf werfen, aber sie war sich sicher, dass es sich um dieselben Bilder handelte, die sie auch im Sakura View gesehen hatte.

Ihr Weg führte durch einen dunklen Flur, an dessen Ende eine Tür offen stand. Der Mann bat sie, hineinzugehen, und alle vier folgten seiner Aufforderung. Isabelle blinzelte, als es so plötzlich wieder hell wurde. Sie befanden sich in einem Saal, der mit Kerzen und weichem elektrischem Licht beleuchtet war. Die Fenster waren mit Vorhängen verhangen, und überall im

Raum waren niedrige Podeste und Sitzgelegenheiten aufgestellt. Eine Menge Leute befanden sich bereits darin. Alle waren Japaner, soweit Isabelle das feststellen konnte, aber die Art der Kleidung war bunt gemischt. Einige Frauen trugen, wie sie selbst, einen Kimono, und einige Männer Hakama, Yukata und Haori. Es gab aber mindestens genauso viele Personen, die sich in Abendgarderobe nach westlicher Art gehüllt hatten. Ihre Ankunft wurde neugierig aufgenommen, zog das allgemeine Interesse aber nicht lange auf sich. Nur ein Mann nahm wirklich Notiz von ihnen. Er durchquerte den Raum, ohne auf die Leute zu achten, die versuchten, sich mit ihm zu unterhalten, und blieb vor Isabelle stehen. Er war etwas kleiner als Toshi, hatte die 40 erreicht und trug einen dunkelbraunen Hakama mit einem schwarzen Überwurf, einem Haori. Er verneigte sich leicht und Isabelles Begleiter erwiderten die Geste. Der Mann strahlte Autorität aus; auch wenn Isabelle gezwungen war, hier zu sein, wollte sie nicht als unhöflich gelten. Sie verneigte sich ebenso wie die anderen.

„Willkommen", sagte er und seine Stimme klang angenehm ruhig. Isabelle wurde aber das Gefühl nicht los, dass Stahl unter dieser Ruhe lag. „Sie müssen Toshi-kuns neue Begleiterin sein?"

Isabelle lächelte schmal. Toshi-kun? Das hieß wohl, dass dieser Mann in Rang und Alter höher stand als Toshinaka. Sie verneigte sich abermals und sagte: „Es freut mich, dass wir uns hier das erste Mal begegnen. Mein Name ist Isabelle Lérand. Bitte seien Sie nachsichtig mit mir." Es war eine übliche höfliche Floskel, mit der man sich vorstellte. Der fremde Mann schien allerdings entzückt darüber, dass eine Ausländerin, eine Gaijin, sie beherrschte.

„Ich muss zugeben, ich bin beeindruckt, Isa-chan", sagte er ganz selbstverständlich. „Mein Name ist Yuki Kamo."

Er berührte ihren Arm, und selbst durch die Lagen von Seide hindurch spürte Isabelle, wie hart sein Arm der war. Seine Berührung selbst aber war wie seine Stimme: sanft, mit verborgener Kraft. „Haben Sie jemals an einem Shibari-Treffen teilgenommen?"

„Ich befürchte, nicht." Allein die Tatsache, dass der Mann namens Kamo Toshinaka behandelte, als wäre er ein kleiner Junge, machte ihn Isabelle sympathisch.

„Aber Sie wissen, um was es sich handelt?"

Isabelle sah zu Toshinaka, der verlegen wirkte und den Blick Kamos mied. Sie konnte sich ein diebisches Grinsen nicht verkneifen, unterdrückte es aber, sobald sie sich wieder Kamo zuwandte. „Ich befürchte, nur sehr grob. Toshi-kun war, was Informationen zum heutigen Abend angeht, eher schweigsam", benutzte sie lächelnd Toshinakas Kosenamen.

„Wir hatten nicht viel Zeit, Sensei", presste der zwischen zusammengebissenen Zähnen hervor und durchbohrte Isabelle mit Blicken.

Ob nun wegen des ‚Kun', oder weil sie ihn schlecht dastehen ließ, war nicht klar. Jetzt erklärte sich allerdings, warum der Yakuza so kleinlaut wurde – Kamo war sein Lehrer, sein Sensei.

„Das ist kein Grund!", gab Kamo scharf zurück. „Eine Frau wie sie kannst du nicht unvorbereitet hierherbringen!"

Er legte seinen Arm um Isabelles Taille. Sie wollte protestieren, aber Kamo zog sie bestimmt mit sich. „Verzeihen Sie bitte die Dummheit meines Schülers", sagte er, und sein aufbrausendes Verhalten, das er noch Toshi gegenüber an den Tag gelegt hatte, verschwand. „Aber in einem Punkt muss ich ihm recht geben: Sie scheinen die richtigen Voraussetzungen mitzubringen."

„Ich fühle mich geschmeichelt", sagte Isabelle, auch wenn sie aufpassen musste, nicht zu lachen. Ihre Anspannung verflüchtigte sich zum Teil einfach durch den recht exzentrischen Lehrer. Mittlerweile hatten sie den Raum fast durchquert. Von Tsuki und Toshi war nichts mehr zu sehen; sie waren in der Menge untergetaucht. Isabelle konnte nur noch Hi ausmachen, die in der Nähe ein Gespräch mit einem Pärchen begann.

Kamo bot ihr einen Platz auf einem niedrigen Sitzkissen an und setzte sich daneben. Durch den Kimono musste Isabelle knien. Ihre Beine taten schon nach kurzer Zeit weh, aber sie ließ sich den Schmerz nicht anmerken.

Kamo hatte plötzlich ein Seil in der Hand. Es war zusammengerollt und sehr lang.

„Das ist ein Hanfseil", erklärte der Japaner ihr und gab es Isabelle in die Hand. Sie hatte erwartet, dass es sich rau und spröde in ihren Händen anfühlen würde, aber es war weich und geschmeidig. „Ich verspreche Ihnen, dass dieses Seil Ihre Schönheit verzehnfachen wird." Seine Hand legte sich auf Isabelles. „Was auch immer noch unter Ihrem bezaubernden Kimono verborgen ist, mithilfe dieses Seils werde ich es zum Vorschein bringen." Er lächelte charmant. „Das ist die Kunst des Shibari."

Während Kamo sprach, hatten sich einige der Gäste zu Grüppchen zusammengetan. Sie drängten sich um die verschiedenen Tischchen und Podeste, auf denen jeweils eine nackte Frau oder ein nackter Mann standen. Eine Person aus jeder Gruppe kam nun zu Kamo und verneigte sich vor ihm. Kamo erwiderte diese respektvolle Geste nur mit einem Nicken. Er stand auf und bedeutete Isabelle, es ihm nachzutun. Jetzt sah sie auch, wo er das Seil herhatte. Mehrere der gleichen Art lagen aufgerollt unter dem Tischchen. Kamo nahm einige davon und gab sie an die Vertreter der Gruppen, die damit zu den nackten Leuten zurückkehrten.

„Kommen Sie. Sehen Sie es sich an."

Er bot Isabelle den Arm, und sie hakte sich bei ihm unter. Kamo führte sie durch den Saal, an den Tischchen vorbei. Auf denen standen noch immer die nackten Gäste. Einige der anderen Anwesenden hatten begonnen, die Seile anzuwenden. Isabelle sah eine Frau, die mit unglaublicher Schnelligkeit und Geschick einem Mann die Arme auf den Rücken fesselte. Das Seil um seine Handgelenke schien ihr nicht genug, sie umschlang auch seine Oberarme kunstvoll. Auf seinem Gesicht war ein zufriedenes Lächeln zu sehen.

Das Bild wiederholte sich, auch wenn die Knoten oder die Art der Verschnürung variierten. Einige Leute lagen auf dem Rücken; ihnen wurden Arme und Beine an den Körper gefesselt. Andere wurden mit verschiedenen Seilen aneinander gebunden.

„Ich halte solche Treffen monatlich ab", erklärte Kamo neben ihr mit amüsierter Stimme. Isabelles Faszination war ihm nicht entgangen. „Es werden nur Schüler, deren Favoriten oder Liebhaber eingeladen. Was davon sind Sie?"

Isabelle antwortete nicht. Sie hatte etwas entdeckt, das ihren Blick nicht losließ. Kamo lächelte und führte sie näher heran. Die Leute machten ihnen freiwillig Platz, und schließlich standen sie in der ersten Reihe der Schaulustigen vor einem Podest. Es befand sich genau in der Mitte des Saals. Einige geschickt ausgerichtete Deckenlampen beleuchteten die Szenerie perfekt, und Isabelle war nicht die einzige, die gebannt auf das Geschehen starrte.

Eine junge japanische Frau stand nackt auf dem schwarz angemalten Holz. Ihre Haut war wie weißes Porzellan, was das pechschwarze Haar zu einem starken Kontrast machte. Ihre Lippen waren in einem sündigen Rotton geschminkt. Isabelle fühlte sich an das Märchen von Schneewittchen erinnert. Auch wenn Schneewittchen sich sicherlich niemals auf diese Weise vor dem Prinz oder den sieben Zwergen präsentiert hatte.

Schneewittchen hatte sich sicherlich auch nie tätowieren lassen. Anders als diese Japanerin. Auf ihrem schlanken Rücken schwamm ein weißer Koi mit einem roten Punkt auf der Stirn. Ebenso weiße Seerosen inmitten grüner Blätter bedeckten die schmalen Schulterblätter und wuchsen bis auf ihren Oberschenkel. Sie drehte sich um, und Isabelle sah kleine, aber straffe Brüste mit fast so roten Brustwarzen wie die Farbe ihrer Lippen. Ein kaum sichtbarer String verdeckte ihre Scham vor weiteren neugierigen Blicken.

Ihre Blöße schien sie nicht zu stören. Im Gegenteil, sie genoss die Blicke der anderen Gäste auf ihrem Körper sichtlich. Ihr Lächeln galt jedoch nicht der Menge, sondern einem Mann, der gerade dabei war, Jackett und Hemd abzustreifen. Er wandte Kamo und Isabelle den Rücken zu und offenbarte dadurch eine großflächige Tätowierung. Es war ein Drache. Der Rücken des Mannes war breit und muskulös – das Fabeltier zeigte eine beeindruckende Größe. Das aufgerissene Maul und die abgespreizten Klauen verliehen ihm eine Aura von Gefahr und Macht. Der schlangenähnliche, geschuppte Leib wand sich in bizarren Schlingen und schien zu tanzen, als der Mann weiter auf die Frau zutrat, und sich dabei die Muskeln und die tätowierte Haut bewegten.

Er wandte sich halb zur Seite, und Isabelle erkannte Toshi, der nach einem Hanfseil griff. Der Anblick und das, was er bedeutete, versetzte ihr einen Stich. Toshi würde die fremde Frau fesseln. Isabelle senkte den Kopf und schluckte hart. Warum kümmerte es sie überhaupt?

„Sie haben gemeinsam von mir gelernt", sagte Kamo, der ihre Geste wohl als Frage an ihn verstanden hatte. „Sie harmonieren gut miteinander, nicht wahr?"

Isabelle hob den Blick. Tatsächlich ergänzten sich Toshi und die Japanerin gut. Er war vor sie getreten und strich ihr sanft das lange schwarze Haar über die Schulter nach hinten. Anders als an Tomo war an dieser Frau nichts Niedliches. Selbst nackt strahlte sie noch eine kühle Eleganz aus. Nicht einmal das kleine Lächeln, das sie Toshi schenkte, konnte diesen Eindruck mindern.

Toshi legte eine Schlaufe des Seils um ihren Hals und band auf Höhe des Schlüsselbeins einen Knoten hinein. Die Enden des Seils, die nun lose über die Brüste der Japanerin baumelten, nahm er und knüpfte etwa alle fünfzehn Zentimeter einen weiteren Knoten hinein. Das restliche Seil führte er zwischen ihren Beinen hindurch und der Hanfstrick schmiegte sich in ihre weiche Spalte und in die Furche ihres Pos. Er wechselte seine Position und stellte sich hinter die Japanerin. Das dichte schwarze Haar nahm er zusammen und hob es an, um das Seil von unten durch die Schlinge an ihrem Hals zu führen. Dann brachte er es wieder unter ihren Achseln hindurch und schlang die Seilenden durch die mit Knoten fixierten, zuvor gespannten Seilstücke. Auf diese Weise entstand ein Rautenmuster auf der hellen Haut, durch dass die unter dem String verborgenen Schamlippen und die leicht eingequetschten Brüste überdeutlich hervorstachen. Sie hätte ebenso gut nichts tragen können – man sah alles nur zu deutlich.

Schlussendlich verknotete Toshi die Enden des Seils an ihrem Rücken.

„Man nennt diese Fesselung Karada", raunte Kamo Isabelle zu. „Auf diese Weise werden alle Vorzüge betont, und man kann verschiedene andere Arten von Verknüpfungen daran befestigen."

Toshi schien das auch vorzuhaben. Er ließ sich ein weiteres Seil reichen und verknotete die Arme der Frau hinter ihrem Rücken und an ihren Fußknöcheln. Dann knüpfte er eine Schlaufe und warf diese über einen Haken, der an der Decke befestigt war.

Die Japanerin beobachtete ihn genau dabei. Isabelle und auch alle anderen Gäste konnten deutlich sehen, wie ihre Scham an dem Seil zwischen ihren Beinen rieb. Mittlerweile stand niemand mehr abseits – Toshi und seine Partnerin hatten die Aufmerksamkeit aller Gäste auf sich gezogen.

„Passen Sie auf." Das war Kamos Stimme. Isabelle wurde dadurch abgelenkt und hätte fast den Moment verpasst, als Toshi die Frau hochzog. Ein Raunen ging durch die Menge, aber ausnahmslos alle Augen lagen nun auf dem entblößten Körper. Die Seilkonstruktion hielt die Japanerin in der Luft. Ihr Oberkörper stand senkrecht und das Seil, das sich um ihre Fußknöchel wand, sorgte dafür, dass ihre Beine weit gespreizt waren. Ihre Scham war nun auf Augenhöhe und für jeden war eindeutig sichtbar, wie sehr sie das Seil bereits erregt hatte. Der Stoff des Strings war vollkommen durchnässt. Jetzt presste er sich durch ihr eigenes Gewicht nur noch fester gegen das Seil. Die Augen geschlossen, bewegte sie ihr Becken, so gut es ging, in heftigen Stößen, um sich fester daran reiben zu können.

Isabelle stand der Mund offen. Toshi schien sein Werk nicht mehr zu interessieren, nachdem er es beendet hatte. Lässig griff er nach seinem Hemd und Jackett.

Er hatte sich kaum anstrengen müssen. Isabelle bemerkte keinen Tropfen Schweiß auf seinem nackten Oberkörper, seiner nackten Haut, mit dem brüllenden Drachen darauf ...

Sie riss ihren Blick los. Toshi streifte sich nachlässig das Hemd über. Der Luftzug trug seinen Duft zu Isabelle, und sie schauderte unwillkürlich. Er neigte leicht den Kopf vor Kamo, der zufrieden nickte.

„Das war passabel. Du solltest öfter herkommen, damit du mehr lernen kannst", war seine Antwort. Er wandte sich ohne weiteren Gruß ab und ging aus dem Saal. Verdutzt sah Isabelle ihm nach. Toshi hatte keine Augen für seinen Meister. Er beugte sich zu Isabelle und musterte sie eingehend. „Waren Sie aufmerksam, Lérand-san?" Er war wieder in den höflichen Ton gefallen. Isabelle beabsichtigte das nicht.

Sie reckte das Kinn vor. „Oh ja, das war ich durchaus, Toshi-kun."

Ein Muskel in seinem schönen Gesicht zuckte und Isabelle spürte Befriedigung.

„Gut", gab er kühl zurück und richtete sich auf, um sein Hemd zuzuknöpfen. „Dann bereiten Sie sich darauf vor, dies zu wiederholen. In drei Wochen werden Sie vor diesem Publikum jemanden fesseln. Und das, ohne die Regeln des Shibari zu verletzen. Wenn Sie dabei versagen, nun ..." Er ließ die Konsequenz offen. Sowohl Isabelle als auch er wussten genau, was er dann tun würde.

„Drei Wochen?" Isabelle spürte eine kalte Hand ihr Rückgrat entlang streichen. Drei Wochen! Und das vor Menschen, die Bondage seit Langem kannten und praktizierten. Das war unmöglich!

Toshi schien zufrieden, dass Isabelles Selbstsicherheit einen Knacks bekommen hatte, und wandte sich ab. Er folgte Kamo und ließ Isabelle mit ihren Sorgen allein.

KAPITEL 9

Isabelle erwachte. Sie waren am Vorabend nicht zurück nach Nikkō gefahren, sondern ins Sakura View. Die Angestellten hatten ihr eine ähnliche Suite zugewiesen, wie sie sie damals bei Kyo schon gesehen hatte. Allzu genau hatte sie sich ihre neue Behausung aber nicht ansehen können, denn vor lauter Müdigkeit hatte Isabelle nur noch den Kimono abgestreift und war ins Bett gefallen.

Jetzt lag sie nackt darin und die Erlebnisse des vergangenen Abends stürzten auf sie ein. Isabelle gab einen leicht unterdrückten, aufstöhnenden Laut von sich und zog sich die Bettdecke über den Kopf. Wo war sie nur hineingeraten? Was tat sie hier eigentlich?

„Steh auf", begrüßte sie eine Stimme. Isabelle schob versuchsweise die Decke ein wenig tiefer und blinzelte hoch. Hi stand vor dem Bett und sah auf sie herunter. „Geh weg", murmelte Isabelle und verkroch sich wieder.

„Steh schon auf. Wir haben dir Frühstück bestellt."

„Wer ist wir?"

„Tsuki und ich. Keine Sorge, Isami-san ist zu einigen Meetings gerufen worden."

Isabelle schlug die Decke mit einem Ruck zurück. „Ich habe keine Angst vor Toshi", fauchte sie.

Hi lachte. „Ich sehe es. Jetzt komm schon."

„Gib mir einen Bademantel oder so was", brummte Isabelle.

Die Engländerin lachte leise und gab Isabelle einen der Bademäntel mit dem Logo des Sakura View aus dem Badezimmer. „Isami-san hat dir einige Sachen besorgen lassen. Deine Handtasche und deine persönlichen Dinge sind auch hier. Nur deine Kleidung haben wir in Nikkō gelassen."

„Dann hoffe ich, er hat einen guten Geschmack für Bekleidung und kennt meine Größe", erwiderte Isabelle, während sie versuchte, aus dem Bett zu schlüpfen und dabei nicht allzu offensichtlich nackt vor Hi zu stehen. Die nahm einfach den Bademantel aus Isabelles Händen und wickelte sie hinein, als sie stand. Die beiden Frauen gingen in den nächsten Raum. Einige Sofas, die kreisrund um einen Tisch aufgestellt waren, bildeten in dem großen Zimmer den Mittelpunkt. Tsuki saß an einem davon. Er hatte die riesige gläserne Vase, die auf dem Tisch stand, beiseitegestellt und die einzelnen Teile eines Scharfschützengewehrs darauf ausgebreitet. Konzentriert reinigte er gerade den Lauf. Isabelle verzog das Gesicht. „Keine Sorge, ich hatte nicht vor wegzulaufen."

Tsuki hob den Kopf und sah sie verständnislos an. Hi legte ihr die Hand auf die Schulter. „So dumm würdest du nicht sein", pflichtete sie ihr bei. „Lass uns endlich frühstücken, ich sterbe vor Hunger."

Ein Tisch war an der Fensterwand aufgestellt und mit diversen Platten und Tellern belegt worden. Isabelle setzte sich und sog den Duft von heißem, frisch aufgebrühtem Kaffee und knusprigen Brötchen auf. Westliches Frühstück, nichts fehlte. Nicht einmal Waffeln und frisches Obst.

„Ich möchte gerne telefonieren", sagte sie während des Frühstücks. Die Zwillinge sahen nicht einmal von ihren Tellern auf. „Das steht dir frei – du bist hier nicht eingesperrt", brummte Tsuki.

„Also könnte ich auch rausgehen und mich mit Leuten treffen?"

Hi stellte ihre Kaffeetasse ab. „Du kannst anrufen und dich treffen, mit wem immer du willst."

„Auch mit der Polizei? Der deutschen Botschaft?", fragte Isabelle trocken. Die Antwort dazu lag auf der Hand.

His Lächeln wurde kühler und die blauen Augen verengten sich ein wenig. Isabelle hatte die Engländerin bisher nur freundlich erlebt – jetzt ahnte sie, was Menschen zu befürchten hatten, die sich Hi zum Feind gemacht hatten.

„Wie ich schon sagte: So dumm würdest du nicht sein", sagte sie lediglich. Isabelle presste die Lippen aufeinander und stocherte in ihrem Obstsalat herum. Sie hasste es, klein beizugeben, aber Hi hatte sie durchschaut. Isabelle würde nichts tun, was Shin irgendwie in Gefahr bringen würde.

Nach dem Frühstück ging Isabelle duschen und stand anschließend vor dem Schrank ihres Schlafzimmers. Hi musste Toshi beim Einkauf beraten haben. Die gesamte Garderobe trug die Labels teurer Marken, wie Kenzo, Gucci und Yves Saint Laurent und war klassisch geschnitten. Isabelle nahm einen cremefarbenen Hosenanzug aus dem Schrank und wählte dazu ein rotes Spaghettiträger-Top, der Farbe ihrer Haare entsprechend. Es war erstaunlich, der Anzug saß, als wäre er maßgeschneidert. Die Haare hochgesteckt, betrachtete Isabelle sich im Spiegel. Der Anblick gefiel ihr, wie sie zugeben musste. Was auch immer Toshi sonst noch mit ihr vorhatte, er sorgte in jedem Fall dafür, dass sie sich wohlfühlte. Der Gedanke ließ Isabelle lächeln – als sie es im Spiegel sah, wandte sie sofort den Blick ab. Nein, durch materiellen Firlefanz würde sie sich nicht kaufen lassen. Nur noch 26 Tage, dann wäre sie frei. Nur noch 26 Tage.

Gegen Mittag rief Isabelle Tomo über das appartementinterne Telefon an. Das Sakura View besaß eine eigene Etage mit drei Restaurants. Isabelle verabredete sich mit Tomo in einem davon.

Ihre Freundin kam eine gute Stunde später an und konnte ihren Mund kaum schließen. „Wann bist du denn in so eine feine Gegend umgezogen?", fragte sie fassungslos, nachdem sie sich begrüßt hatten. „Eine Übernachtung hier kostet mehr, als ich in einem Monat mit meinem Halbtags-Job verdiene."

Isabelle lächelte schwach. „Ich erkläre es dir gleich. Suchen wir uns einen Tisch."

Das war nicht nötig, wie sich schnell herausstellte. Der Restaurantleiter empfing sie am Eingang und führte sie unter vielen Verneigungen an einen Tisch direkt am Fenster. „Isami-san lässt Ihnen ausrichten, dass Sie sich als seine Gäste hier wohlfühlen sollen. Bestellen Sie, was immer Sie möchten."

Isabelle hüstelte verlegen. „Dann hätten wir gerne die Weinkarte", sprang Tomo ein, und der Restaurantleiter ging, um das Gewünschte schnellstmöglich zu besorgen.

Tomos fein gezupfte Augenbrauen zogen sich unheilverkündend zusammen. „Wolltest du nicht Shin suchen? Was soll dann das hier? Lässt du dich von irgendeinem Kerl aushalten?"

Isabelle sah düster auf den Tisch. „Ich lasse mich nicht aushalten", gab sie scharf zurück. „Die Sache ist komplizierter, als mir lieb ist." Sie senkte die Stimme, nicht aber die Eindringlichkeit ihres Tonfalls. „Und egal, wonach das hier aussieht – ich tue es für Shin!"

Eine Flasche Rosé-Champagner wurde an ihren Tisch gebracht, und der Kellner schenkte jeder von ihnen ein Glas mit dem prickelnden Getränk ein. Tomos Augenbrauen schossen wieder in die Höhe. „Ein großes Opfer, das du da bringst!", sagte sie.

Isabelle runzelte die Stirn. Konnte sie es Tomo erzählen? Immerhin wusste sie bereits, dass Shin sich mit der Yakuza eingelassen hatte. Aber reichte das? Würde sie ihren Halbbruder damit in Gefahr bringen?

Tomo nippte an ihrem Glas, und Isabelle gab sich einen Ruck. Sie beugte sich vor und sagte: „Erinnerst du dich? Kyo und du, ihr habt von Shins Verbindung zur Yakuza gesprochen. So falsch habt ihr beide nicht gelegen."

Tomo stellte das Glas mit einer vorsichtigen Bewegung auf den Tisch, als würde sie fürchten, es zu zerbrechen, wenn sie sich zu hastig bewegte. Ihr Blick lag lauernd auf Isabelle. „Was willst du damit sagen?"

„Shin hat sich mit eurer Mafia eingelassen. Ich versuche, ihn da rauzuholen."

„Indem du dich zur Yakuza-Braut machst?!", fragte Tomo entgeistert.

„Nein", beruhigte Isabelle sie. „Es ist ein wenig anders. Kyo arbeitet auch für die Yakuza – er hat ihnen verraten, dass ich Shin suche, und ihr Boss hat mich ..." Sie zögerte. ‚Entführt' erschien ihr falsch, auch wenn sie gegen ihren Willen fortgeschleift worden war und nun gezwungen wurde, Toshis perverses Spiel mitzuspielen. „Er erpresst mich", fuhr sie stattdessen fort. „Ich soll einen Monat lang verschiedene Aufgaben erfüllen – wenn ich versage, liefert er mich als Schnüfflerin den anderen Yakuza aus ... was dann mit Shin passiert, kann ich nur ahnen."

Tomo spielte nachdenklich mit einer Strähne ihres Haares. „Worauf hast du dich da nur eingelassen?!", fragte sie.

„Hatte ich eine andere Wahl?"

Tomo ging darauf gar nicht ein. „Und von was für Aufgaben sprechen wir? Drogenkurier?"

Isabelle nahm ihr Glas und trank einen großen Schluck, um ihre Antwort hinauszuzögern. Vor Tomo war es ihr peinlich, davon zu sprechen. Die wartete aber geduldig, bis Isabelle nicht länger ausweichen konnte.

„Bisher ging es nur um Sex", murmelte sie. „Er hat mich gestern zu einer Art ... Bondage-Treffen gebracht und gesagt, ich soll eine Fesselung in einem Monat genauso gut zur Schau stellen." Sie atmete tief ein. „Was soll ich tun, Tomo? Zur Polizei gehen und riskieren, dass Shin etwas passiert?"

Tomos Blick wanderte wieder aus dem Fenster, das die Skyline Tokios zeigte. Der Tag war, im Gegensatz zu den letzten, verhangen und düster. Die kurzen, aber heftigen Regengüsse des Sommers hatten sich zu einem anhaltenden Nieselregen gewandelt. „Nein", sagte Tomo schließlich. „Du bist stark genug, um diesen Yakuza in seine Schranken zu weisen, Isa-chan. Ein Monat geht schnell vorbei, und diese Aufgabe ist nicht unlösbar."

„Aber ich habe keine Ahnung von Bondage!", protestierte Isabelle. „Erst recht nicht von japanischem Bondage!"

„Das kann man lernen", schmetterte Tomo den Protest ab. „Zumindest was die Theorie angeht, kann ich dir weiterhelfen."

Isabelle fixierte ihre japanische Freundin. „Was hast du mir da bisher über dich verschwiegen?", fragte sie mit einem angedeuteten Lächeln.

Tomo grinste. „Mein neuer Freund hat versucht, es mir schmackhaft zu machen. Ist nichts für mich. Für dich kann es allerdings nützlich sein."

Isabelle prostete Tomo zu. „In diesem Fall lasse ich mir gerne etwas Neues von dir zeigen."

Tomo führte Isabelle später zurück in die Untiefen der unermüdlichen Stadt Tokio. Die zierliche Japanerin schien jede Ecke, jedes Viertel, nahezu jedes Haus in der Millionenstadt zu kennen. Sie fuhren einen Teil der Strecke mit dem Taxi und rannten dann durch viele kleine Gassen, um dem Regen zu entgehen. Der Schirm, den Tomo aus ihrer überdimensionalen Handtasche gezogen hatte, reichte kaum für sie beide aus. Schließlich blieben sie vor einem winzigen Haus stehen. Es war ein seltener Anblick in der Metropole, die hauptsächlich von modernen Neubauten geprägt war, und in der an jeder Ecke Baustellen zu finden waren. Ganz traditionell kauerten sich gleich aussehende Holzbauten aneinander. Das Haus, vor dem sie standen, unterschied sich nicht großartig von seinen Nachbarn, aber Tomo hatte es zielsicher und ohne Zögern angesteuert. Die Außenfassade war dunkel durch den Regen und die verschiedenen Witterungseinflüsse.

Ohne Scheu trat Tomo unter das Vordach, zog ihre Schuhe aus und schob die hölzerne Schiebetür auf. Isabelle stellte ihre Pumps neben Tomos flache Sandalen und trat auf nackten Sohlen neben sie. Hinter der Tür führte eine hölzerne Treppe eine Etage höher. Wollte man das Haus betreten, musste man automatisch die Treppe hinauf. Sie quietschte unter dem Gewicht der beiden Frauen, und Isabelle hoffte, dass nichts durchbrach. Oben angekommen, standen sie in einem breiten Flur, zu dessen Seiten sich verschiedene Schiebetüren aus Papier befanden. Eine bewegte sich zur Seite und eine kleine, alte Frau trat hervor. Sie sagte etwas, aber Isabelle verstand nicht, was. Es war kein Dialekt, den man in Tokio sprach. Shin hatte ihr damals erzählt, dass die Dialekte der verschiedenen Regionen in Japan sich manchmal so stark unterschieden, dass man sie für verschiedene Sprachen halten konnte.

Tomo schien das Problem nicht zu haben. Sie verbeugte sich und antwortete im gleichen Dialekt. Die alte Frau lachte und entblößte einige Zahnlücken. Sie winkte und wackelte dann den Flur hinunter bis zu der vorletzten Schiebtür auf der rechten Seite. Tomo winkte Isabelle, damit sie ihr folgte.

Hinter der Schiebetür war die Luft trocken, was Isabelle verwunderte. Durch das Wetter draußen und das viele Holz hätte sie damit gerechnet, dass Feuchtigkeit das ganze Haus durchdrungen hätte. Der Architekt musste einige Kniffe angewandt haben, um die Feuchtigkeit auszuschließen. Der Kunstgriff war auch nötig, denn im Raum waren verschiedene hauchzarte Tuschzeichnungen aufgereiht.

Tomo verneigte sich vor der alten Frau, die etwas in Isabelles Richtung sagte und lachte, bevor sie sich zum Gehen wandte. „Was war das für ein Dialekt?", fragte sie Tomo. „Von den Inseln. Sie kommt aus Hokkaidō. Meine Großmutter hat mir den Dialekt beigebracht." Tomo trat wieder neben Isabelle und grinste, die Hände hinter dem Rücken verschränkt. „Sie meinte, dein Hintern sei wie geschaffen dazu, eingeschnürt zu werden."

„Na wunderbar", brummte Isabelle. Das war bereits das zweite Mal, dass ihr jemand etwas in der Richtung sagte. Kamo hatte das auch getan. Sie nahm die aufgehängten Bilder in näheren Augenschein. Sie waren an gespannten Leinen befestigt und erinnerten an unzählige Wäschestücke, die fein säuberlich aufgehängt worden waren. Jedes einzelne von ihnen zeigte die verschiedensten Arten der Fesselung. Die ‚Opfer' waren verschiedenen Geschlechts, aber auf ihren, mit nur sparsamen Pinselstrichen gemalten Gesichtern war durchweg ein Ausdruck der Ekstase und des Genusses zu sehen. Isabelle sah verschiedene Variationen der Karada-Fesselung, die am Vorabend an Toshis Partnerin vorgeführt worden war. Auf einem Bild war eine Frau auf genau dieselbe Weise an einem Seil befestigt, das von der Decke hing; ihre weit entblößte Scham wurde von drei Männern gleichzeitig geküsst, geleckt und gestreichelt.

Tomo tippte auf dieses Bild. „Das war etwas, das mich vielleicht noch an Shibari gereizt hätte. Aber mein Freund scheint eher an so etwas zu denken."

Sie deutete auf ein Bild, zwei Wäscheleinen dahinter. Es zeigte eine Frau, die Arme waren an Ellbogen und Handgelenken zusammengebunden. Die gestreckten Arme waren zwischen ihre Beine hindurchgezogen und sie kniete. Zur Bewegungslosigkeit verdammt, konnte sie nichts anderes tun, als so zu verharren, während ein Mann von hinten in sie eindrang. Sonderlich unglücklich wirkte sie aber nicht.

„Seine persönliche Sexpuppe – das wäre ich damit", schnaubte Tomo. Isabelle betrachtete das Bild nur fasziniert und schritt weiter durch die Reihen. Einige Bilder zeigten nur einzelne Körperteile und enthielten japanische Anleitungen, wie man diesen oder jenen Knoten knüpfte oder wie man ein Seil befestigen musste. Einige Knoten waren nur für Männer bestimmt. Ein dünnes Seil, auf die richtige Weise geknotet, konnte den Penis eines Mannes stundenlang hart halten.

„Die beste Theorie, die du bekommen kannst", lächelte Tomo und folgte Isabelle auf ihrem Weg durch diesen erotischen Bildergarten. Die nickte leicht. „Oh ja, tatsächlich die Beste", murmelte sie und versuchte, sich soviel wie möglich einzuprägen.

Toshi nahm sich ein schmales Handtuch und schlang es sich um den Nacken. Die Dusche hatte nach seinem Kendō-Training gut getan, und jetzt wollte er sich ein wenig in den Heißwasserbecken des Sakura View entspannen. Natürlich besaß das Hotel keine wirklichen heißen Quellen, aber die eigens angelegten Wasserbecken sorgten für mindestens ebenso angenehme und komfortable Entspannung. Er ging an den normalen Swimmingpools vorbei und bemerkte sehr wohl die Blicke der Frauen, die ihm folgten. Aber sie reizten ihn nicht. Toshis Interesse weckten nur Dinge, die ihm eine Herausforderung boten. So wie die Gaijin mit dem Feuerhaar. Bei dem Gedanken an Isabelle stahl sich ein Lächeln auf sein Gesicht. Sie hatte sich am Vorabend besser gehalten, als er es erhofft hatte.

Zufrieden schloss er die Tür zum abgetrennten Heißwasserbereich auf und streifte den Bademantel ab. Dieser Bereich gehörte zum VIP-Teil des Hotels - man konnte ihn nur auf persönliche Einladung Toshis betreten.

Er schloss die Tür hinter sich und trug den Bademantel locker in der Hand. Das Einzige an Stoff, was er noch trug, war das Handtuch um seinen Nacken. Er ging zum Becken an der Wand und stieg hinein, ließ den Frotteemantel einfach neben den Rand fallen. Etwas darin klapperte leise.

Das Wasser hatte Körpertemperatur, und Toshi atmete tief ein, als er ganz hineinglitt. Das Wasser lockerte seine Muskeln und ließ zu, dass er sich für einen Moment fallen lassen konnte. Ein Luxus, den er sich als Vizechef eines Yakuza-Clans sonst nicht leisten konnte. Wie sich herausstellte, war es auch diesmal nur ein flüchtiger Moment. Etwas plätscherte leise, und er wandte den Kopf. Seine Hand schoss vor, glitt automatisch in den Bademantel und zog eine kleine GLOCK hervor. Die Waffe richtete sich in Richtung des Geräuschs, noch bevor Toshi wirklich bemerkt hatte, wer vor ihm stand. Als er es tat, seufzte er und sicherte die Pistole wieder. Es war Yusuri, seine Partnerin vom Vorabend und die Chefin des Mashimi-Clans. Sie war ebenso nass wie er und auch ebenso nackt. Seit ihrer gemeinsamen Zeit damals hatte sie nichts von ihrer Attraktivität eingebüßt – aber auch nichts von der Aura der Gefahr, die sie konstant umgab.

In diesem Moment lächelte sie und senkte Toshis ausgestreckten Arm mit der Waffe. „Ich wusste nicht, dass du den Schlüssel noch besitzt", brummte er und ließ die Waffe wieder im Inneren des Bademantels verschwinden.

„Ich habe nie behauptet, ihn dir zurückgegeben zu haben", schnurrte Yusuri und kam näher.

Toshi zuckte nur mit den Schultern. Er lehnte sich mit dem Rücken gegen den Beckenrand; mit seiner Entspannung war es seit Yusuris Erscheinen vorbei. „Du warst gut gestern Abend bei Kamo Sensei", sagte Yusuri und setzte sich neben Toshi. „Du hast nichts vergessen. Und das, obwohl du schon solange nicht mehr bei einer seiner kleinen Zusammenkünfte warst. Was hat dich dazu gebracht, uns wieder zu beehren? Deine kleine Gaijin?" Yusuri lachte leise. „Sie wirkte nicht sonderlich erfahren mit Seilen."

„Es war das erste Mal, dass sie mit Shibari in Berührung kam."

„Wo hast du sie her?"

Toshi schloss die Augen und zuckte abermals mit den Schultern. Je weniger Yusuri von Isabelle wusste, umso besser. Yusuri aber gab keine Ruhe. Sie beugte sich näher und flüsterte an Toshis Ohr: „Du willst sie biegen, nicht wahr, Tetsu?" Toshi schauderte unwillkürlich. Drache – so hatte nur Yusuri es bisher gewagt, ihn zu nennen. „Du willst sie Gehorsam lehren und zu deinem Spielzeug machen, so, wie du es mit mir getan hast."

„Bei dir war ich wenig erfolgreich damit", brummte er und wandte ihr das Gesicht zu. Yusuris katzenhafte Augen versanken tief in seinen. „Oh, du warst sehr erfolgreich damit. Dich hat nur ab einem bestimmten Punkt der Mut verlassen."

Toshi biss die Zähne zusammen. Während ihrer Beziehung war Yusuri an die Spitze der Mashimi-Gruppe aufgestiegen und hatte dabei Methoden angewandt, die Toshi zuwider waren. Er hielt am alten Kodex der Yakuza fest, Gewalt nur im äußersten Notfall zu gebrauchen. Er machte sein Geld mit Glücksspiel, Handel, Hosts und Wirtschaft. Yusuri aber kannte diesen Kodex nicht. Sie wollte ihn nicht kennen. Stattdessen machten die Mitglieder der Mashimi sich einen Namen durch Schutzgelderpressung, Prostitution und Mord. Toshi hatte bald genug davon gehabt und sich von Yusuri getrennt.

„Es war eine Frage der Ehre, nicht des Mutes, Yusuri." Er erwiderte ihren Blick fest. „Aber das ist es, was du nie verstanden hast. Das unterscheidet uns."

„Dafür verbinden uns andere Dinge. Die Lust an der Manipulation. Die Lust an der Unterwerfung und der Macht", hauchte sie an seine Lippen. Kurz bevor ihre Münder sich trafen, setzte Toshi sich weiter auf und strich durch sein nasses Haar. „Vielleicht", gab er zu. „Aber in diesem Fall ist es etwas anderes."

Yusuri lachte hell und ungläubig auf. „Du kannst mir nichts vormachen, Tetsu." Sie schmiegte sich an seinen Rücken. Ihre nackten, vom Wasser glitschigen Brüste pressten sich nur zu deutlich an seine Schultern, und ihr Haar fiel über seine Brust. „Du wirst sie langsam von dir und deinen Spielen abhängig machen. Sie wird Lust erfahren", schnurrte die Japanerin und atmete mit einem wollüstigen Stöhnen ein. „Oh ja, du verstehst es wunderbar, einem Ekstase zu schenken, mein schöner Drache. Aber sie wird dich nie bekommen, nicht wahr? Du wirst nicht mit ihr schlafen, bis sie dich darum anbettelt, und dann hast du sie. Dann gehört sie ganz dir."

Toshis Kiefer knirschte, als er die Zähne zusammenpresste. Yusuri kannte ihn in dieser Beziehung zu gut. Kein Wunder, hatte er sie doch auf dieselbe Weise an sich gekettet. Bis er selbst diese Kette wieder gelöst hatte.

„Aber wozu?", überlegte Yusuri laut. „Irgendetwas an ihr ist seltsam vertraut ... du hast sie aus einem bestimmten Grund ausgesucht. Welcher ist das nur?"

„Es gibt keinen Grund."

„Ich bin sicher, dass es einen gibt. Dass du ihn mir nicht verraten willst, macht mich neugierig. Ist sie die Tochter eines Diplomaten? Eines Staatschefs? Was macht diese Langnase nur so interessant für dich?"

Toshi schob Yusuris Körper mit einem Ruck von sich. „Mit wem ich mich einlasse und warum, liegt ganz allein bei mir", sagte er kalt. „Du kannst dich hier gerne aufhalten, doch wenn du das tust, wirst du dich damit abfinden müssen."

Yusuris Miene zeigte Erschrecken, aber in ihren dunklen Augen las Toshi eindeutigen Triumph. Sie hatte etwas gefunden, das ihn traf. Und Yusuri reagierte auf derlei Dinge wie ein Bluthund. Sie grub ihre Zähne hinein und ließ nicht locker, bis sie alles wusste, alles in Erfahrung gebracht hatte und es gegen ihn einsetzen konnte. Toshi stieg ohne einen weiteren Blick auf die Yakuza aus dem Becken, nahm den Bademantel und ließ sie allein zurück.

KAPITEL 10

Isabelle verbrachte fast den gesamten Tag in diesem seltsamen Museum der Fesselungen. Tomo hatte sich nach der ersten halben Stunde zu der alten

Frau in die Küche zurückgezogen, aber Isabelle hatte nicht aufhören können. Anfangs hatte sie nur die verschiedenen Fesselungstechniken angeschaut und war überrascht über die Vielfalt. Der Shrimp, der Harnisch ... es gab tausend verschiedene Arten, einen Menschen bewegungsunfähig zu machen oder ihn einfach nur ästhetisch mit einem Seil festzubinden. Nach und nach hatte Isabelle auch begonnen, die Anleitungstexte zu entziffern. Das war nicht immer leicht, denn es waren meist eher Kritzeleien als ausführliche Informationen. Nichtsdestotrotz war es mehr als nur lehrreich.

Als es dämmerte, verließ Isabelle das Haus mit Tomo und verabschiedete sich schließlich auch von ihrer Freundin. Ihr Kopf war übervoll, und nicht lange nach dem Abendessen mit Hi und Tsuki legte sie sich schlafen.

In ihren Träumen vermischten sich die Bilder der Fesselungen mit dem Toshis. Sie spürte ein raues Seil, das sich um ihre Hüften, ihre Fußknöchel und Handgelenke schlang. Es schlängelte sich ihre Beine hinauf und verlangte Einlass in ihren Schoß. Isabelle wollte die Beine zusammenpressen, aber das Seil zwängte sich dazwischen und verwandelte sich in warme, suchende Finger. Isabelle stöhnte und spürte einen harten Körper hinter sich. Mit dem traumwandlerischen Wissen des Schlafenden wusste sie, dass es Toshi war. Er hielt sie um die Taille gefasst, aber Isabelle konnte jederzeit fliehen. Sein Arm gab ihr Halt, denn ihre Knie waren weich und gaben ihr nicht genug Kraft. Grund waren Toshis Finger, die sie so wissend erregten. Wieder glitten seine Fingerkuppen über ihren Kitzler, streichelten über Isabelles weiche Schamlippen und rieben sie zwischen seinen Fingern.

Isabelle stöhnte, wand sich – und erwachte. Der Traum hing noch wie ein Trugbild in der Luft, und so glaubte Isabelle, noch zu träumen, als sie Toshi an ihrem Bett sitzen sah.

„Ohayō, Isabelle", begrüßte er sie und sah ihr seelenruhig beim Erwachen zu. Anscheinend hatte er ihr das ‚Toshi-kun' übel genommen und selbst jede Konvention fallen gelassen.

Isabelle zog die Decke bis zum Hals und fragte sich, wie lange er schon dort saß und was er mitbekommen hatte. Hatte sie im Schlaf gesprochen?

Isabelle war froh, dass sie diesmal in der Nacht eines der dünnen Nachthemden übergestreift hatte, die im Schrank gehangen hatten. Sie schob die Decke zur Seite und schwang ihre langen Beine aus dem Bett. „Guten Morgen, Toshi", erwiderte sie seinen Morgengruß. „Was tust du so früh schon in meinem Schlafzimmer? Fühltest du dich einsam?"

Er umfasste ihr Handgelenk, um sie davon abzuhalten, zum Schrank zu gehen. „Zieh dich aus."

Isabelle wollte ihr Handgelenk losmachen, aber sein Griff war unerbittlich. Stattdessen schüttelte sie den Kopf.

„Zieh dich aus", wiederholte er schärfer, und Isabelle biss sich auf die Unterlippe. Zaghaft zog sie wieder an seiner Hand und diesmal ließ er sie los.

Sein Blick aber war deutlich – er tat das nur, damit sie ungehindert Nachthemd und Slip ausziehen konnte.

Ihr Zögern entlockte ihm nur ein amüsiertes Schnauben. „Denkst du wirklich, ich würde dich wie eine billige Hure vergewaltigen wollen?", fragte er mit schneidender Stimme. „Zieh dich aus und dann komm her."

Isabelle schluckte schwer. Sie wandte sich halb ab, um nicht ganz Toshis Blick ausgesetzt zu sein, und streifte die dünnen Träger des Nachthemdes von ihren Schultern. Es rutschte ihren Körper herab und entblößte ihre nackten Brüste, den flachen Bauch und den schmalen Spitzenslip, den sie trug. Toshi stand unbeeindruckt neben dem Bett und wartete, dass auch der Slip fiel. Isabelle spürte eine Mischung aus Scham und Wut in sich aufsteigen. In einer hastigen Bewegung streifte sie den Slip ab und verfing sich dabei fast noch in einem der Beinlöcher. Nackt und mit roten Wangen ging sie zurück zum Bett. Toshi hatte eine Tasche mitgebracht und zog nun ein langes Seil daraus hervor. Es war heller als die Hanfseile, die Isabelle bei Kamo gesehen hatte. „Seide", erklärte er auf ihren fragenden Blick hin. „Es wurde mit Öl und Feuer behandelt." Mit einem schnellen Schritt war er hinter ihr und legte eine einfache Schlaufe um Isabelles Taille. „Ich habe es für dich anfertigen lassen. Und ich werde es auch niemals für jemand anderen benutzen."

Die Mischung aus seinem eigenen Duft und seinem Aftershave vernebelte Isabelles Sinne. „Soll ich mich jetzt geschmeichelt fühlen?", fragte sie, aber es klang nicht so bissig, wie sie es gern gewollt hätte.

„Das solltest du in der Tat", sagte er, und Isabelle spürte seine harten Muskeln unter dem Anzug, den er trug. Die Schlinge um ihre Taille zog sich fester, war aber nicht unangenehm. Das Material war weich und streichelte ihre Haut vielmehr, als dass es sie drückte.

„Du wirst den Tag heute mit mir verbringen." Toshis Mund streichelte über Isabelles Hals und sie konnte nicht umhin, leise aufzuseufzen. „Jeden Augenblick."

„Das ist alles?", hauchte sie und ließ zu, dass seine Lippen ihre Wange streiften. Der Traum hallte noch immer in ihr nach, und die Erinnerung daran ließ ihren Widerstand nochmals sinken.

„Ein kleines Handicap werde ich dir mitgeben." Abrupt ließ er Isabelle los, sodass sie mit einem erstickten Schrei hintenüber fiel. Zum Glück war das Bett hinter ihr und sie landete weich. „Was soll das?!", fuhr sie wütend auf. Toshi lachte und kniete vor ihr nieder. Isabelle wollte sich aufsetzen, aber er drückte sie bestimmt auf die Matratze zurück. Ohne ihren Blick loszulassen, spreizte er ihre Beine und hockte sich dazwischen.

Die bearbeitete Seide streichelte über Isabelles Scham, und sie zuckte zusammen, wollte sich wegdrehen. Ihre grünen Augen waren weit aufgerissen, und sie starrte den Yakuza an, nicht sicher, was er tun würde.

Toshi nahm das Seil weg. „Schau mich nicht so an, Isabelle", sagte er für ihr Empfinden erstaunlich sanft. „Ich werde niemals gewaltsam Hand an dich legen. Nicht, wenn du mir derart ausgeliefert bist." Diese Worte aus dem Mund eines Yakuza, der gedroht hatte, sie auszuliefern, sollten unglaubwürdig klingen. Isabelle jedoch beruhigten sie. Es war irrational – aber sie taten es.

Wieder spürte sie das Seidenseil, das sich an ihre Schenkel schmiegte und hauchzart die weiche Haut der Innenseiten streifte.

„Hast du dich jemals selbst zwischen den Schenkeln betrachtet?", murmelte Toshi entrückt und spreizte ihre Beine weiter, um mehr sehen zu können. „Diese delikate, zarte Haut ..." Er fuhr mit zwei Fingern durch ihre Spalte. Sie glänzten nass, als er sie wieder zurückzog. Fassungslos sah Isabelle mit an, wie Toshi ihren eigenen Saft von seiner Hand leckte. „Du schmeckst genauso süß, wie deine Spalte es verspricht."

Isabelle gab einen beschämten Laut von sich und wollte ihre Beine schließen, aber Toshi ließ sie nicht. Er formte einige große Schlaufen aus dem Seidenseil und schob sie über Isabelles Taille. Ihr Becken hob er dabei mit einer Hand an, als wäre es nichts. Zwei weitere Stränge des Seils führte er an ihrem Po und ihrer Scham entlang nach vorn und befestigte sie dort durch eine Reihe komplizierter Knoten. Dann fasste er Isabelles Hand und half ihr auf. Das Seil, das Isabelle erst so lang vorgekommen war, lag nun, einem Keuschheitsgürtel nicht unähnlich, um ihre Hüften. Die beiden Stränge zwischen ihren Beinen übten einen angenehmen, wenn auch nicht wild erregenden Druck auf ihren Schoß aus.

„Wunderschön", sagte Toshi leise und wandte sich ab. Er bückte sich nach der Tasche und holte etwas daraus hervor. Isabelle konnte durch seine Haltung nicht genau sehen, was es war. „Spreiz die Beine." Toshi wartete nicht darauf, dass Isabelle es tat, sondern verlieh seinen Worten gleich Nachdruck, indem er einen Fuß zwischen ihre Füße stellte. Ihn plötzlich so nah an sich zu spüren, ließ Isabelle heftig einatmen. Seine dunklen Augen sahen auf sie herunter; sie funkelten in einer Mischung aus Lust und Machthunger. Etwas Hartes drängte sich zwischen ihre Schenkel. Isabelle löste den Blick. Toshi hielt ein kleines Ei aus Plastik in der Hand um dessen dickste Stelle ein roter, dicker Gummiring lag.

„Was ist das?", stieß sie erschrocken hervor.

Toshi schob das Ei mit einer schnellen Bewegung in ihre nasse Scham. Isabelle stieß einen spitzen Schrei aus und klammerte sich Halt suchend an den Yakuza. Eine Welle aus Erregung und Schock raste durch ihren Körper, und sie brauchte mehr als nur einen Augenblick, um sich soweit wieder in den Griff zu bekommen, dass sie sich von Toshi lösen konnte. Der streichelte abwesend über ihren Bauchnabel.

„Das ist dein Handicap", antwortete er mit der ihm eigenen tiefen Stimme. Er zog etwas aus der Tasche seines Jacketts. Es war eine kleine Fernbedienung mit einem stufenlosen Regler. Als er den Regler ein wenig nach oben schob, begann das Ei in Isabelles Schoß zu vibrieren, und sie schnappte nach Luft.

„Ich werde das Ei betätigen, wann immer mir danach ist", sagte Toshi leise. „Ich will keinen Laut von dir hören, egal wie intensiv es wird. Ein Laut in der Öffentlichkeit und du hast versagt. War das deutlich?"

Isabelle spürte, wie die Vibration des Eis stärker wurde, und biss sich hart auf die Lippen, um nicht aufzustöhnen. Durch den Ring um die Mitte rutschte das Ei nicht ganz in sie, sondern übertrug die Bewegungen direkt auf ihre Schamlippen und die angeschwollene Klitoris. Das Seil sorgte dafür, dass es nicht ganz herausfiel. Isabelle presste die Beine zusammen, aber das machte es nur schlimmer. Die Erregung wurde unkontrollierbar. Ihr Traum hatte sie geil und nass zurückgelassen, und Toshis Vorbereitungen hatten gereicht, um sie an den Rand des Orgasmus zu treiben. Sie schüttelte den Kopf, aber in diesem Moment schob Toshi den Regler noch ein Stück hinauf.

Isabelle hielt es nicht mehr aus. Sie gab einen unterdrückten, keuchenden Laut von sich und kam. Toshi zog sie in diesem Moment an sich und Isabelle spürte seinen Mund auf dem ihrem. Sie stöhnte an seinen Lippen und konnte nichts weiter tun, als sich an ihn zu lehnen, während ihr Orgasmus sie noch immer schüttelte und ihren Körper nachgiebig machte. Sie ergab sich seinem Kuss, und etwas in ihr war dankbar für seinen sicheren Griff, der sie davon abhielt, zu Boden zu stürzen.

Toshi stellte das Ei ab, und Isabelle konnte sich langsam wieder beruhigen. Sie richtete sich auf und strich sich das wirre Haar aus der Stirn. Ihr Blick auf sein Gesicht, das so unbewegt aussah wie eh und je, ließ Scham und Ärger in Isabelle aufflammen. Schon wieder. Er hatte es wieder getan. Scheinbar mühelos trieb dieser Mann sie von einem Höhepunkt zum nächsten und genoss diese Macht. In Deutschland hatte Isabelle niemals zugelassen, dass irgendein Mann so etwas mit ihr machte. Sie war diejenige, die den Ton angab, sie hatte die Kontrolle! Und plötzlich erschien Toshi und drehte all das einfach um.

Sie machte sich von ihm los und ging zum Schrank. „Auf Unterwäsche kann ich in diesem Fall wohl verzichten", sagte sie, als wäre sie gerade erst aus dem Bett gestiegen.

Toshi sah auf seine Uhr. „Ich warte in der Lobby auf dich."

Isabelle hatte ein leichtes, kurzes Sommerkleid gewählt und trug ihr rotes Haar offen. Das Wetter war ein wenig kühler geworden, auch wenn die Sonne sich erstmal wieder blicken ließ. Sie hatte aus diesem Grund eine große

Sonnenbrille aufgesetzt. Toshi kam auf sie zu und bot ihr einen Arm an. Sie lächelte nur schief, nahm ihn aber diesmal an.

„Ich bin neugierig", sagte Isabelle, als sie darauf warteten, dass die Limousine vorgefahren wurde. „Machst du das aus einem bestimmten Grund oder bist du einfach pervers, Toshi-kun?" Isabelle sprach mit Absicht im Plauderton. „Macht es dich an, wenn ...?"

In diesem Augenblick flammte es in ihrem Unterleib auf. Das Ei! Isabelle starrte auf den Boden vor sich und versuchte, ihre Atmung wieder unter Kontrolle zu bekommen. „Du solltest mich nicht reizen", sagte Toshi freundlich und drückte ihren Arm leicht, zum Zeichen, dass die Limousine angekommen war. Der Fahrer stieg aus und hielt ihnen die Tür auf. Isabelle hatte das Gefühl, einen Hindernisparcours durchlaufen zu müssen. Die Vorrichtung zwischen ihren Beinen brachte ihr gesamtes Körpergefühl durcheinander. Toshi stellte das geräuschlose Spielzeug abrupt ab und Isabelle ließ sich äußerst unelegant in den Ledersitz des Wagens fallen.

Die Fahrt über begnügte sich Isabelle damit, stumm neben dem Yakuza zu sitzen. Ihr ganzer Körper war angespannt, immer in der Erwartung des nächsten Überfalls. Aber der kam nicht. Stattdessen fuhren sie ein Stück aus der Stadt hinaus, raus aus dem Verkehrslärm, den Menschen und den Straßen. Der Fahrer lenkte die Limousine zu einem Privatgrundstück, das mit einem altmodischen Eisentor gesichert war. Eine Pförtnerloge war direkt daneben platziert, und der Wächter in Uniform drückte, nach einem kurzen Blick ins Innere des Wagens, die Tür auf. Nahezu lautlos glitt das Auto über die geteerte Straße, die durch einen Park führte. Nach einigen Minuten Fahrt sah Isabelle ein Gebäude zwischen den Baumstämmen aufblitzen. Sie rutschte unruhig auf ihrem Sitz hin und her, denn das Ei machte sich mit jeder Bewegung bemerkbar. Stillsitzen war aber unmöglich – dann drückte sie das Sexspielzeug nur umso mehr.

Der Wagen fuhr vor einer hölzernen Halle vor und blieb stehen. Toshi legt seine große Hand beruhigend auf Isabelles Knie und wartete dann darauf, dass der Fahrer erst ihm, dann ihr die Tür öffnete.

Isabelle stieg aus und machte einige Schritte zu der Halle hin. Sie bewunderte den geschwungenen Dachfirst und die Schnitzereien, die die Dachränder schmückten. Toshi trat neben sie. Er legte seine Hand auf ihren Rücken und dirigierte sie sanft, aber unmissverständlich an der Vorderseite vorbei. „Das ist der Dōjō meines Kendō-Meisters", erklärte er dabei. „Hier trainiere ich." Isabelle bewegte sich und versuchte dabei, keine allzu großen Schritte zu machen.

Toshi führte sie durch einen Hintereingang. Hinter der Tür war eine kleine Vertiefung in den Boden eingelassen. Isabelle kannte das – selbst die kleinste Mietshauswohnung hatte so etwas. Dort wechselte man die Straßenschuhe gegen Schlappen oder ging barfuß weiter. Isabelle entledigte sich, wie Toshi auch, ihrer Schuhe und betrat dann den Dōjō. Innen wirkte die Halle wesentlich kleiner als von außen. Licht fiel durch schmale Oberfenster von draußen herein. Der Geruch von Schweiß hing in der Luft. Mehrere Männer in Hakama, Brustharnischen und Bambusmasken, die das gesamte Gesicht verdeckten, kämpften mit Bambusschwertern gegeneinander. Einige standen an der Seite und beobachteten die Kämpfer.

„Warte hier", murmelte Toshi und verschwand durch eine Tür, die zu einem abgetrennten Teil der Halle führte. Dort befanden sich wahrscheinlich die Umkleideräume, mutmaßte Isabelle und nahm sich Zeit, den Kendō-Kämpfern zuzusehen. Sie bewegten sich nach einstudierten Mustern. Wenn sie aufeinander zugingen, glitten sie mit unglaublicher Schnelligkeit zueinander und ließen ihre Bambusschwerter aufeinanderprallen. Es klapperte und klackte, und bei einem Treffer brüllte derjenige, der getroffen hatte, etwas. Isabelle verstand es nicht genau und versuchte, die Regeln des Kampfes zu begreifen.

Einige der Männer, die an der Seite saßen, warfen ihr verwunderte Blicke zu, aber keiner sprach sie an oder suchte eindeutigen Blickkontakt. Anscheinend wusste keiner von ihnen, wie er die fremde Europäerin im Dōjō einzuordnen hatte.

Toshi kam nach einer Weile zurück. Er trug nun ebenfalls Hakama und einen Brustharnisch. Die ausladende Maske, die auch Kopf und Hals der Kämpfer schützen sollte, trug er locker in der Hand.

In einer geübten Bewegung kniete er sich an den Rand der Halle, wo auch andere Kämpfer auf Kissen knieten, und zog ein dünnes Tuch aus den klobigen Handschuhen, die er trug. Ohne angesprochen worden zu sein, kam ein anderer Mann zu ihm, trat hinter den knienden Toshi und band ihm das Tuch um Hinterkopf und Stirn, damit ihm die Haare nicht ins Gesicht fielen. Dann setzte Toshi die Maske auf und der Mann band auch sie fest. So konnte sie nicht mehr verrutschten und ihn im Kampf behindern. Als er fertig war, stand Toshi auf und nahm eines der Bambusschwerter in die Hand, die in einem Ständer an der Kopfseite des Dōjōs standen.

Isabelle sah sich um. Neben ihr war ein Sitzkissen; sie stellte die Handtasche auf den Boden und kniete sich darauf. Das Ei bewegte sich dabei in ihr und füllte sie überdeutlich aus, sodass Isabelle die Zähne zusammenbeißen musste, um nicht aufzuschreien.

Hastig sah sie sich um, aber niemand schien etwas bemerkt zu haben. Die Aufmerksamkeit der Leute in der Halle lag nun ohnehin auf Toshi, der in die Mitte der Fläche trat. Ein weiterer Kämpfer trat vor ihn, verneigte sich und hob, ebenso wie Toshi, sein Bambusschwert. Jemand brüllte etwas, und binnen eines Lidschlags waren die beiden Kontrahenten aufeinander zugestürmt. Toshis Schwert zuckte durch die Luft und traf seinen Gegner auf dem Kopf. „Men!"

Im Augenblick des Schlages vibrierte das Ei plötzlich, und Isabelle keuchte. Zum Glück schrie Toshi laut genug, dass es niemand hörte.

Isabelle grub die Finger in ihre Oberschenkel und sah zu den vermummten Männern. Wo hatte Toshi die Fernbedienung? Er konnte sie unmöglich aktiviert haben!

Die Vibration verschwand und Isabelle atmete tief ein. Vielleicht hatte sie jemand in den Umkleideräumen gefunden und ausprobiert, weil er nicht wusste, was es war? Sie verlagerte ihr Gewicht, um dem Druck etwas auszuweichen. In diesem Moment schlug Toshi wieder zu und das Ei brummte, stärker noch als zuvor. Isabelle zerknüllte vor Schreck und aufwallender Lust den Stoff ihres Kleides. Ihre Erregung brandete auf und sie biss die Zähne zusammen. Die Vibration hörte diesmal nicht ganz auf, wurde nur schwächer. Ihr brach der Schweiß aus. Wieder schlug Toshi zu und wieder wurde ihre Vagina, ihre Klitoris durch die ansteigende Vibration gereizt. Isabelle zog ein Taschentuch aus ihrer Handtasche und fuhr sich unruhig damit über Hals und Wangen. Ihr Blick lag auf den Kämpfern, um den nächsten Schlag ahnen zu können.

Es bestand kein Zweifel mehr – die Fernbedienung lag nicht in den Umkleideräumen. Toshi hatte sie irgendwie in seine Rüstung geschmuggelt und bei jedem Schlag bewegte er den Regler. Isabelle hatte nur noch nicht herausgefunden, wie. Sie konnte sich auch keine Gedanken darüber machen, denn der Kampf zwischen dem Yakuza und seinem Gegner wurde schneller, die Schläge folgten dicht aufeinander. Die Vibration des Eis steigerte sich ebenso. Die Schwertkämpfer mussten sicher die Erschöpfung spüren. Isabelle erging es nicht anders. Angespannt versuchte sie, nichts von ihrer Erregung nach außen dringen zu lassen, aber ihre Körperspannung stieg immer weiter an. Sie presste die Schenkel zusammen, um die Lust ein wenig zu dämpfen. Es half nichts. Stattdessen massierte sie sich so nur selbst.

Ihre angeschwollenen Schamlippen und die steife Klitoris reagierten empfindlich auf jede noch so kleine Bewegung. Isabelle war sich sicher, dass man ihre steifen Nippel schon durch den dünnen Stoff des Kleids sehen konnte, aber je näher sie dem Orgasmus kam, desto weniger kümmerte es sie. Manchmal streifte sie ein Blick einer der Kämpfer - aber sie dachten wohl, dass ihr die Hitze zusetzte.

Isabelle hob die Hand an den Mund und schloss die Augen. „Men!", drang es an ihr Ohr und das bisher sanft vibrierende Ei schoss einen Blitz aus Lust Isabelles Unterleib hinauf. Er zog ihren ganzen Körper hinauf, erfüllte sie vollkommen und Isabelle biss sich auf die Zunge, als der Höhepunkt sie völlig in Besitz nahm.

Ein lautes Stöhnen schwelte in ihrer Kehle, aber Isabelle brachte gerade noch genug Beherrschung auf, um es nicht an die Öffentlichkeit dringen zu lassen.

Jemand berührte ihre Wange. Die Berührung ließ sie elektrisiert die Augen aufreißen. Ihr Blick wurde sofort von Toshis eingefangen. „Alles in Ordnung?", fragte er.

Isabelle, noch schwach und zittrig, spürte ihre Wut zurückkehren und sie streifte ihre Erschöpfung ab. „Wo hast du sie?", zischte sie leise. „Wo hast du sie versteckt?"

Toshi lächelte. Er legte die Maske, die er mit der rechten Hand gehalten hatte, zur Seite und zog sich den linken Handschuh aus. Darin lag die kleine Fernbedienung mit dem Regler.

Isabelle bekam große Augen. „Du ... Bastard!", flüsterte sie. Toshi beugte sich noch etwas näher. Sie spürte seinen vom Kampf erhitzten Körper. Trotz des Tuchs hatte eine Strähne seines Haares sich einen Weg zu seiner schweißnassen Stirn gesucht und hing ihm bis auf die Augenbrauen.

„Ich werde dich heute noch dazu bringen, dass du schreist, Isabelle", sagte er und hauchte ihr einen Kuss auf den Hals. So schnell, dass es nicht einmal einer der Kämpfer gesehen haben konnte. „Der Duft deiner Lust ist ein betörendes Parfum", raunte er. Dann stand er auf und verschwand in den Umkleideräumen.

Nach dem Kendō führte Toshi sie zurück zu seinem Wagen. Seine Haare waren noch ein wenig feucht und glänzten dadurch wie die kleinen Lackschachteln, die Isabelle oft gesehen hatte. Sie war noch immer erbost über sein Spiel mit dem Handschuh.

„Hast du etwas für Kunst übrig, Isabelle?", brach Toshi die Stille während der Fahrt. Isabelle drehte den Kopf zur Seite, um ihn ansehen zu können.

„Warum interessiert dich das?", fragte sie im Gegenzug, auch wenn das alles andere als höflich war.

Toshi lächelte. „Du bist furchtbar misstrauisch."

Isabelle presste die Lippen aufeinander und sah wieder aus dem Fenster. Die Limousine fädelte sich schließlich in den dichten Verkehr Tokios ein und brachte sie weiter ins Innere der Stadt. Schließlich fuhren sie in die Tiefgarage eines Hochhauses, in der es nach Abgasen und verbranntem Gummi stank. Wenigstens nicht nach Urin, dachte Isabelle und stieg aus. Toshi bot ihr seinen Arm an, aber sie schüttelte den Kopf. Sie fühlte sich zwar noch immer zittrig, aber das ging ihn nichts an. Er hätte es nur als Erfolg für sich gewertet.

Sie gingen zu den Fahrstühlen und Toshi berührte den Knopf mit der Zehn, nachdem sie eingestiegen waren. Es ruckelte kurz, aber sehr viel früher, als sie gedacht hatte, hielt der Fahrstuhl wieder an. Toshi wies ihr den Weg durch einen Vorraum, durch dessen große Fenster viel Sonnenlicht hereinströmte. Einige Japaner in schlichter, eleganter Kleidung gingen an ihnen vorbei, um in den Fahrstuhl einzusteigen.

Ein Kellner durchquerte den Vorraum, blieb aber stehen, als er Toshi und Isabelle sah. Er trug ein Tablett mit geschliffenen Champagnerflöten und wartete, bis Toshi zwei davon genommen hatte. Isabelle nahm das Glas an, das er ihr reichte. Ohne seinen Blick loszulassen, leerte sie es in einem Zug und drückte ihm das Glas wieder in die Hand. Der Yakuza schien sich von ihrem Trotz nicht einschüchtern zu lassen. Er wirkte nur amüsiert.

„Noch eins?", fragte er, die Augenbrauen spöttisch anhebend. Isabelle würdigte ihn keiner Antwort.

Er nippte an seinem eigenen Glas und schlenderte dann durch den Vorraum zu einer offenen Glastür. Um nicht dumm allein herumzustehen, folgte Isabelle ihm. Die Tür führte in einen Saal mit einer hohen Kuppel als Decke. Verschiedene Fenster in der Kuppel tauchten den Saal in helles Licht. Die Wände waren weiß, und in der Mitte waren verschiedene Trennwände aufgestellt, an denen Bilder hingen. Isabelle schlenderte näher an eine der Wände, um das Bild zu betrachten, und zuckte erschrocken zurück. Bei dem Kunstwerk handelte es sich um dünnes, gerahmtes Reispapier. Was Isabelle aber derart erschreckte, war das Motiv. Mit Tusche war das Abbild einer Frau gezeichnet worden. Sie war nackt. Die langen Haare hatte sie zu einem losen Knoten geschlungen und ihr schönes Gesicht war vor Lust verzerrt. Grund dafür war ein Oktopus, der zwischen ihren Beinen lag und sich anscheinend an ihrer Vagina berauschte. Das Bild war sehr detailliert, Isabelle sah jedes einzelne Schamhaar auf dem Venushügel der Frau. Der Künstler hatte sich alle Mühe gegeben, die Szene, die sich am Grund des Meeres abspielte, darzustellen. Der Anblick der Tentakel, die über den weißen Leib der Frau krochen, verursachte bei Isabelle jedoch eher einen Schauer aus Ekel und seltsamer Faszination als aus Erregung.

Toshi trat hinter sie und beugte sich vor, um das Bild genauer anzusehen. Seine Nähe machte Isabelle dabei die Kehle eng. „Gefällt es dir?"

„Das ist Pornographie - und nicht einmal besonders gute", gab sie murmelnd zurück und sah stur auf das Bild. Toshi betätigte in den Tiefen seiner Tasche den Regler, und zwischen Isabelles Schamlippen setzten die Vibrationen des kleinen Spielzeugs wieder ein. Sie presste die Lippen aufeinander und schluckte.

„Alle Stücke in dieser Ausstellung sind Shunga", fuhr Toshi im Plauderton fort, als würden sie sich als Pärchen ganz ungezwungen dieses verdorbene Bild ansehen. „Kleine Meisterwerke der japanischen darstellenden Kunst. Diese hier stammen alle aus der Meiji-Zeit, also meist aus dem 19. Jahrhundert. Du solltest ihnen gegenüber etwas mehr Respekt zeigen."

Das Wort ‚Respekt' wurde durch ein weiteres Verschieben des Reglers unterstrichen, und Isabelle spürte ihre Knie weich werden. Sie suchte nach Halt, fand aber nur Toshis Arm, den er ihr hingestreckt hatte. Sie klammerte sich daran wie eine Ertrinkende. Toshi setzte den Regler zurück, und Isabelle fand ihre Fassung soweit wieder, um weitergehen zu können. „Ich gebe zu, die Vorstellung einer Frau, die es mit einem Weichtier treibt, ist nicht sonderlich anregend", fuhr Toshi fort, „auch wenn ‚der Traum der Fischermannsgattin' eines der bekanntesten Shunga ist."

Isabelle antwortete nicht darauf, blieb aber an seiner Seite und an seinem Arm, für den Fall, dass Toshi wieder dafür sorgen wollte, dass ihre Beine sie nicht mehr trugen. Er führte sie zum nächsten Bild. Diesmal war kein Meerestier darauf zu sehen, aber der Inhalt war wesentlich expliziter als jener der ‚Fischermannsfrau'. Eine Dame mit hochgesteckten Haaren und kostbar aussehenden Haarnadeln darin kniete auf dem Boden, den Rücken zum Betrachter gewandt. Sie hatte sich vorgelehnt und stützte sich auf einem niedrigen Hocker ab. Jemand hatte ihr den Kimono von den Schultern gezogen und ihn bis zu ihrer Taille gezerrt. Auch das Unterteil war verschoben worden und zeigte ihren nackten Hintern. Ein Mann kniete hinter ihr und lehnte sich zurück, um dem Betrachter des Shunga keine Einzelheit des Koitus vorzuenthalten.

Wie bei dem vorangegangenen Bild war auch hier jede Einzelheit akribisch genau gezeichnet worden. Der Effekt war jedoch ein ganz anderer. Isabelle fühlte sich nicht abgestoßen, sondern spürte den Druck des Sexspielzeugs in sich immer deutlicher. Das Vibrieren setzte wieder ein, aber so zaghaft, dass Isabelle es anfangs kaum spürte. Toshi steigerte es langsam. Diesmal wurde sie nicht überfallen, was die Intensität der Erregung, die darauf folgte, aber nicht minderte. Isabelle grub ihre Finger fester in Toshis Anzug und bemühte sich, keinen Laut von sich zu geben. Sie starrte noch immer auf das Bild. Der Künstler hatte selbst das Glänzen des Safts aus ihrer Scham auf den Schwanz gemalt, und Isabelle biss die Zähne zusammen. Sie senkte den Blick. Toshi tätschelte ihr den Arm, als wäre nichts geschehen, und führte sie weiter, zum nächsten Bild.

Es zeigte ein weiteres Paar, das fast vollständig bekleidet war. Sie befanden sich in einem Zimmer, dessen einziges Fenster mit Rollläden aus Bambus verschlossen war. Der Blick des Betrachters führte zwischen die Lamellen des Bambus und schuf so den verbotenen Hauch des heimlichen Beobachtens. Das Paar bemerkte von alledem nichts.

Die Frau hatte ihren Kimono auseinandergezogen und kniete über dem Unterleib des Mannes. Der hatte seinen steifen Penis zwar entblößt, begnügte sich aber damit, ihn selbst zu streicheln. Seine Geliebte durchbohrte er dabei mit einem Daumen. Dem Gesichtsausdruck der Dame nach zu urteilen, bereitete es ihr göttliches Vergnügen. Isabelle schauderte und warf Toshi einen Seitenblick zu. Mit gleichmütiger Miene betrachtete der den erotischen Druck und schlenderte weiter zum nächsten. Toshi erhöhte die Vibration, und Isabelles Beherrschung erhielt erste Risse. Sie gab einen Laut von sich, der ein Schluchzen oder ein unterdrücktes Stöhnen sein mochte, und presste ihr Gesicht gegen Toshis Oberarm.

„Geht es dir nicht gut?", fragte der gespielt besorgt und strich ihr über das Haar.

„Ich glaube, ich muss an die frische Luft", murmelte Isabelle, noch immer in den Stoff seines Anzugs vergraben. Toshi stellte das Spielzeug ab. „Gleich. Ich möchte noch ein wenig diese Kunstschätze genießen." Er wanderte mit ihr weiter an den Ausstellungsstücken entlang und blieb manchmal stehen, wenn er eine besonders raffinierte Stellung oder eine genaue Darstellung einer Scheide oder einer Erektion sah. Isabelle erdolchte ihn dabei jedes Mal mit Blicken, aber sobald sie das tat, erhielt sie die Züchtigung durch die Fernbedienung. Das und die erotischen Bilder sorgten bei Isabelle für eine anhaltende Erregung, die nicht abklingen konnte. Jeder Schritt bedeutete mittlerweile eine Qual für sie, weil ihre angeschwollene Klitoris und die überreizten Schamlippen sich immer wieder an dem Seil rieben. Aber sie kontrollierte sich, so gut es ging. Sie würde Toshi nicht den Triumph kosten lassen, sie hier einen Orgasmus erleben zu sehen.

„Das hier gefällt dir vielleicht", sagte Toshi und deutete auf ein Bild, auf dem ein Mann seine Liebhaberin mit einer Maske befriedigte. Die Maske war rot und zeigte das Gesicht eines Mannes mit einer äußerst langen Nase. Sie war fast ganz im hungrigen Schoß der Frau verschwunden, und diese biss in den Ärmel ihres Kimono, um nicht laut zu schreien.

„Hätte ich vielleicht auch lieber eine solche Koboldmaske benutzen sollen, Isabelle?", raunte Toshi an Isabelles Hals. Sie sah sich hastig um, aber niemand war da. Die anderen Besucher der Ausstellung waren hinter den weißen Trennwänden verborgen. „Würdest du dann für mich schreien?"

Auch wenn sie es nicht zugab, die Lust hatte sie fest in der Hand. Ihr Begehren konzentrierte sich zwischen ihren Beinen, wo jetzt wieder sanft der Vibrator summte. Isabelle atmete tief ein und bereitete sich darauf vor, aufgeben zu müssen. Die Hitze in ihr war zu groß, ihr Schoß zu nass …

Toshi ließ sie los und jegliche Stimulierung verschwand. Nur der leichte Druck des eiförmigen Vibrators war noch in ihr zu spüren. „Lass uns essen gehen. Ich habe Hunger."

Sie fuhren in ein Restaurant auf Odaiba, einer künstlich aufgeschütteten Insel in der Bucht von Tokio. Während des Essens ließ Toshi Isabelle weitestgehend mit der Fernbedienung in Ruhe. Nur hin und wieder spürte sie es in ihrem Schoß aufflackern.

„Und das ist alles, was Yakuza den ganzen Tag über tun? Frauen quälen und sich im Luxus sonnen?", fragte Isabelle nach dem Zwischengang. Sie erwartete, dass Toshi sie für diese Frage, wie schon am Morgen, bestrafen würde, aber er legte nur Messer und Gabel beiseite. „Empfindest du es als derartige Qual?", stellte er ihr die Gegenfrage und griff nach dem langstieligen Weinglas.

Isabelle schob das letzte Stück ihrer Jakobsmuschel hin und her. „Es sind keine Schläge", gestand sie ein. „Aber mich mit der beständigen Angst um meinen Bruder und auch mich selbst leben zu lassen, ist vielleicht die schlimmere Qual."

Der Yakuza trank von dem roten, schweren Wein und stellte das Glas ruhig ab. „Ich denke, du belügst mich, Isabelle, und dich selbst ebenso."

„Wie bitte?"

Er fixierte sie mit seinem Blick. „Du wusstest um das Risiko, das du eingingst, als du Shin gesucht hast. Du bist dennoch auf die Suche gegangen. Und was den Luxus angeht ..." Er deutete auf ihre Kleid und ihre Handtasche. „Hast du bisher anders gelebt als ich? Deine Eltern sind reich, und beruflich bist du ebenfalls abgesichert. Du hattest niemals ein größeres Problem als die Frage, was du zu deiner nächsten Verabredung anziehen solltest."

Isabelle war nahe davor zu protestieren wie ein kleines Kind. Aber ganz Unrecht hatte Toshi nicht. Das war es, was seine Worte so schmerzhaft machten. In Deutschland hatte Isabelle in den Tag hineingelebt, und sie hatte dieses Leben genossen. Die Angst um Shin: Es war das erste Mal gewesen, dass Isabelle sich auf ein derartiges Wagnis eingelassen hatte.

Sie senkte den Blick und legte das Besteck zur Seite. Der Appetit war ihr vergangen. „Hast du mich beobachten lassen?"

„Eine äußerst arrogante Behauptung", erwiderte Toshi. „Nein, ich hatte das Vergnügen, mit Shin zu sprechen, bevor er Mitglied unseres Clans wurde."

„Kennt ihr euch?"

„Offensichtlich."

Isabelle ballte die Hände. „Geht es ihm gut? Wo ist er?", platzte es aus ihr heraus.

Toshi aß weiter. Isabelle schob ihren Stuhl zurück und verließ den Tisch. Sie wollte nur noch hier heraus. Die Blicke der anderen Restaurantbesucher oder die Toshis kümmerten sie nicht. Aber ihre Gefühle schnürten ihr die Luft ab.

Sie hatte den Raum zur Hälfte durchquert, als das Spielzeug zwischen ihren Beinen aktiviert wurde. Es war kein sanftes Tasten oder lustvolles Vibrieren – es war Stimulans, so heftig, dass Isabelle fast zusammengebrochen wäre. Sie keuchte, stützte sich an der Wand ab und schaffte es mit Mühe und Not zur Damentoilette. In dem weiß und schwarz gekachelten Raum lehnte sie zitternd an der Wand und presste die Hände zwischen die Beine. Die Seide des Seils rieb über ihre Haut, zwischen ihre Pobacken, und dieses verfluchte Ei ließ einfach nicht von ihr ab. Isabelle spürte Tränen ihre Wangen hinab rinnen und verfluchte Toshi dafür, dass er mit ihrem Körper und ihren Emotionen spielte, wie es ihm passte.

Die Tür klapperte, und als Isabelle aufsah, stand der Yakuza neben ihr, das Jackett geöffnet, die Hände versteckt in den Taschen seiner Hose. Dort befand sich mit Sicherheit auch die Fernbedienung. Isabelle wandte den Kopf ab, um ihm nicht die Genugtuung zu geben, sie weinen zu sehen.

Seine Hände legten sich auf das weiße Porzellan der Kacheln neben Isabelles Kopf. Sie konnte seinem Blick nicht mehr ausweichen, denn sein Gesicht schwebte nur wenige Zentimeter vor ihrem. „Du kannst es beenden, Isabelle", sagte er leise. „Jetzt und hier. Gib nach."

„Und dann? Tod für mich und Shin?", fragte sie brüchig und löste ihre Hände von ihrer Scham.

„Vielleicht. Vielleicht aber auch nicht. Vielleicht bin ich heute gewillt, gnädig zu sein."

Seine Worte passten nicht zu seiner Stimme. Sie war sanft, einladend. Sie sprach von Gnade ganz anderer Art. Von einem Mann, der sie beschützen würde, der sie auffing, wann immer sie fiel.

Das Ei rieb sich immer heftiger gegen Isabelle, die kleinste Berührung durch den Stoff ihrer Kleidung ließ sie immer wieder den Hang zu ihrem Klimax erklimmen, ohne sie zu erlösen. Es erschwerte ihr Denken und ließ nur ihren Körper agieren. Und ihr Körper missachtete die Worte. Er wollte nur dieser Stimme folgen. Isabelle tastete nach Toshis Schultern. „Ich ...", begann sie, als sie ihr Orgasmus wie ein Schlag ins Gesicht erreichte. Die Kraft war überwältigend und zu viel für Isabelle. Die grünen Augen ungläubig auf Toshis Gesicht gerichtet, fiel sie nach vorn. Schwärze hüllte sie ein und Isabelles letzter Gedanke war die Frage, ob sie dankbar oder undankbar darüber sein sollte.

Sie erwachte durch einen haarfeinen Schmerz in ihrer Vagina. Isabelle blinzelte und hob den Kopf. Sie lag in ihrem Bett im Sakura View und war nackt. Ihre Beine waren leicht gespreizt, und Toshi kniete dazwischen. Erschrocken wollte Isabelle sie schließen, aber der Yakuza hielt ihre Knie fest und gespreizt. „Halt still", brummte er, und Isabelle fühlte etwas Kühles auf ihrer Scham. Sie war überreizt. Es brannte.

„Entschuldige bitte", sagte er und machte sich inzwischen weiter an ihrer Scham zu schaffen. Sanft rieb er darüber. „Ich war zu hart zu dir. Du bist überreizt und wund. Die Salbe wird dir helfen, dich schnell wieder zu erholen."

Isabelle stützte sich auf ihre Ellbogen, um Toshi beim Auftragen der Salbe zusehen zu können. „Warum tust du das?", fragte sie und suchte seinen Blick. „Was willst du von mir? Einen Beweis deiner Macht? Meine Unterwerfung?"

Er blieb stumm und machte weiter. „Warum tust du das mit mir, Toshi?", fragte sie ihn eindringlicher.

Der Yakuza löste seine Hand und wischte sie sich mit einem Handtuch sauber. Dann stand er auf und ging zur Tür. „Warum tust du das, Toshi?", rief Isabelle verzweifelt. Er blieb stehen, den Türknauf in der Hand. „Weil ich es muss", sagte er leise und ging.

KAPITEL 11

Hi schob sich die Sonnenbrille auf die Nase und verschränkte die Arme vor der Brust. Die Sonne war noch nicht aufgegangen, aber die Neonlichter des Tokioter Fischmarkts waren grell. Die blonde Frau wusste, dass sie inmitten der Händler, Tagelöhner und Käufer auffiel, aber sie kannte genug Tricks, um dafür zu sorgen, dass man sie nicht als das erkannte, was sie war. Sie trug schlichtes Schwarz und eine große Tasche, um den Eindruck einer Touristin zu machen, die von dem berühmten Fischmarkt gehört hatte und ihn sich ansehen wollte. Dass in dieser Tasche mehrere kleine Handfeuerwaffen waren, musste niemand wissen.

Sie schlenderte an den kleinen Ständen vorbei, an denen verschiedene Plastikbecken mit lebenden Fischen und anderem Meeresgetier standen. Manchmal blieb sie an einem stehen und lächelte der Verkäuferin oder dem Verkäufer des Stands zu. Wenn diese einige Worte an sie richteten, signalisierte sie durch Gesten, dass sie kein Japanisch sprach. Auf diese Weise fiel keinem auf, dass Hi eigentlich einem Mann folgte, der sehr zielstrebig durch die engen Wege lief. Seine Aufmachung war völlig unpassend für diesen Ort, an dem der Asphalt nass glänzte vom geschmolzenen Kühleis. Sein Anzug war teuer, saß aber nicht, seine italienischen Lederschuhe klapperten überlaut auf dem Boden.

Hi wandte sich von einem Becken lebender Aale ab und bewegte sich zu einer Abzweigung zwischen den Ständen. Sie verfolgte Tanosuke schon, seit er aus dem Bürokomplex des Yamanote-Clans gekommen war. Er benahm sich seit längerer Zeit verdächtig. Tsuki hatte ihr berichtet, dass er ihn in den Akten des Oyabun hatte wühlen sehen, und Hi selbst hatte ihn einmal beim Schnüffeln am Computernetz erwischt. Tanosuke führte etwas im Schilde, und die Zwillinge waren sich einig gewesen, die Sache selbst in die Hand zu nehmen. Sie waren loyal, und besonders Hi hasste nichts mehr als Verrat. Der Oyabun musste nichts davon erfahren – noch hatten sie nichts Konkretes in der Hand, und Toshi hatte genug eigene Sorgen. Sie mussten ihn nicht damit behelligen, wenn sie es auch selbst erledigen konnten.

Tanosuke hatte sie noch nicht bemerkt. Er lief weiter, aus dem öffentlichen Teil des Marktes hinaus. Hinter der großen Halle, in der die Händler ihren

Fisch verkauften, wurden die ersten Großwaren verladen. Tanosuke schlüpfte zwischen zwei Lastwagen hindurch. Hi beeilte sich, um ihn nicht aus den Augen zu verlieren. Der Geruch nach Fisch war hier stärker, aber Tanosukes aufdringliches Aftershave, das er wie Wasser benutzte, war noch immer zu riechen. „Hast du ihn noch?", flüsterte die Stimme ihres Bruders in ihrem Ohr. Bei derlei Einsätzen standen sie immer mit einem kleinen Mikrofon und einem kabellosem Funkgerät im Ohr in Verbindung. Tsuki hatte sich auf dem Dach der Halle positioniert und behielt so einen groben Überblick über das Geschehen. Sollte Hi entdeckt werden, gab er ihr so mit seinem Scharfschützengewehr Deckung.

„Ja", erwiderte Hi, fast ohne die Lippen zu bewegen. „Siehst du ihn von da oben noch?"

„Nein."

Hi fluchte. Sie bewegte sich weiter an dem Lastwagen vorbei und versuchte einen Blick um die Ecke zu werfen. Tanosuke war stehengeblieben. Anscheinend hatte er seinen Treffpunkt erreicht. Nicht mal dumm, gestand Hi ihm zu. Es war eine Nische zwischen zwei kleineren Lagerverschlägen unter dem Vordach, das für die ankommenden LKWs reserviert und schwer einzusehen war.

Hi drehte sich um und ging wieder zurück. Wäre sie weitergelaufen, hätte Tanosuke sie gesehen. Sie musste aber näher ran, wollte sie hören, was er sagte. Die einzige Möglichkeit war, einen Bogen zu schlagen und sich hinter einem der Verschläge zu verstecken. Das war riskant, aber für Hi keine große Herausforderung.

Sie umrundete die LKWs von außen und drückte sich an der Wand der Verladehalle entlang, bis sie den Verschlag links von Tanosuke erreichte. Er war nun auf der anderen Seite. Die Engländerin duckte sich hinter den Verschlag. „Ich hasse diese Spionagespiele", sagte eine ungeduldige weibliche Stimme. Hi kannte sie, konnte sie aber nicht sofort einordnen. So wie es klang, musste es die Person sein, auf die Tanosuke gewartet hatte.

„Es gibt keine andere Möglichkeit", antwortete er in kriecherischem Tonfall. „Im Büro sind ständig diese beiden schrecklichen Gaijin. Sie sind misstrauisch geworden. Ich fürchte, sie sind mir gefolgt."

Hi konnte sich schon denken, wer die beiden Gaijin waren, von denen Tanosuke sprach.

„Deine Feigheit ist widerlich", erwiderte die Frau kalt. „Teil mir lieber deine Ergebnisse mit."

Papier raschelte. Hi wagte nicht, den Kopf zu heben, aus Angst, entdeckt zu werden. Stattdessen schloss sie die Augen, um sich besser auf das Zuhören konzentrieren zu können.

„Es gibt über die rothaarige Ausländerin, Isabelle Lérand, vertrauliche Informationen. Sie scheinen wichtig zu sein, denn sie sind unter mehrmaligem Verschluss."

„Und was für Informationen sind das?"

„Das", gab Tanosuke betreten zu, „habe ich noch nicht herausfinden können. Wie ich bereits sagte, sind die Sicherheitssysteme bei dieser Akte verschärft, aber ich ar ..."

„Das hoffe ich", unterbrach ihn die Frau. „Was noch?"

„Isami-san hat seine Anteile an den Unternehmen der Yamanote-Gruppe verkauft. Außerdem transferiert er seit einem halben Jahr kontinuierlich eigenes Geld auf verschiedene Konten im Ausland."

„Was?" Die Frau klang ehrlich erstaunt. „Was hat er vor? Will er den Yamanote-Clan verlassen oder übernehmen?"

„Das lässt sich nicht eindeutig sagen. Eine Übernahme des Clans wäre riskant, aber ein Verlassen ist trotz allem unwahrscheinlicher."

Hi lächelte schmal. Dummkopf. Natürlich hatten Toshis Aktivitäten, sein Vermögen betreffend, einen tieferen Zweck – er plante tatsächlich seinen Ausstieg. Als Vizepräsident des Yamanote-Clan kannte er die Regeln genau. Man verließ den Clan nicht lebend. Einige andere Clans hielten es anders, indem sie den ausgetretenen Mitgliedern strenge Regeln auferlegten, aber der Yamanote-Clan war nicht umsonst einer der größten Japans. Die Regeln waren streng, die Disziplin straff. Dachte ein Verräter wie Tanosuke wirklich, Toshi würde etwas Derartiges planen, ohne die nötigen Vorkehrungen getroffen zu haben? Was für ein Idiot!

„Was hast du vor, Tetsu?", fragte die Frau halblaut. Hi wurde hellhörig. Jetzt wusste sie, woher sie die Stimme kannte. Bei Tanosukes Partner handelte es sich um niemand anderen als Yusuri Akeba, die momentane Chefin des Mashimi-Clans. Anscheinend wollte sie Informationen aus dem internen Bereich der Yamanote, um sie auszuschalten.

Der Kampf um die Vorherrschaft in Tokio tobte noch immer, und bei ihren wenigen Zusammentreffen hatte Hi Yusuri als gnadenlose Spielerin kennengelernt. Dass sie es jetzt auf den Oyabun abgesehen hatte, gefiel ihr überhaupt nicht.

„Wenn du Näheres weißt, melde dich wieder. Ich will genau wissen, was es mit dieser Gaijin und Toshis Plänen auf sich hat", befahl Yusuri.

„Jawohl, Oyabun", verabschiedete sich Tanosuke, und Hi sah ihn regelrecht vor sich, wie er vor diesem kalten Fisch von Frau buckelte. Die Koi auf ihrem Körper passten zu ihr – Yusuri war ebenso kalt und glatt wie diese Fische.

Hi zog sich zurück. Das Treffen war beendet; jetzt hieß es, mit Tsuki zu beraten, wie sie weiter vorgehen würden.

Das Klopfen an der Tür weckte Isabelle. Es war Tsuki, der halbblaut ‚Frühstück' rief. Isabelle seufzte, drehte sich noch einmal zur Seite und starrte direkt auf einen schlafenden Mann. Nicht irgendeinen Mann, sondern Toshi, der nackt neben ihr lag. Zumindest nackt bis zur Taille – der Rest wurde durch die Decke ihren Blicken entzogen.

„Das ist mein Bett!", fuhr Isabelle im ersten Schreck auf und schlug sich im nächsten Augenblick gegen die Stirn. ‚Das ist mein Bett', war so ziemlich das Dümmste, was ihr hätte einfallen können. Toshi schlug die Augen auf und sah sie verwirrt an. „Was?"

„Was machst du hier?", setzte Isabelle noch einmal an.

„Bis vor einem Augenblick habe ich noch geschlafen."

Isabelle raffte die Decke bis zur Brust, auch wenn Toshi sie bereits mehrfach nackt gesehen hatte.

Er setzte sich ebenfalls auf und fuhr sich mit der flachen Hand über das Gesicht. Verschlafen und mit wirren Haaren hatte er etwas Verletzliches an sich. Isabelle atmete tief ein und tastete nach dem Bademantel, der noch vom Vortag neben dem Bett lag. Sie ließ die Decke fallen und streifte ihn sich rasch über. Hauptsache, sie musste Toshi nicht mehr ansehen und konnte weitere seltsame Gedanken verdrängen.

Er war ebenfalls aufgestanden, und Isabelle sah, dass er nicht ganz nackt war. Er trug enganliegende schwarze Boxershorts. Sie verschwanden aus ihrem Sichtfeld, als er seine Hose überstreifte.

Isabelle stand ebenfalls auf und zuckte zusammen. Ihre wunde Scham brannte. Toshi bemerkte ihren Gesichtsausdruck. „Tut es sehr weh?"

„Nein, geht schon", presste sie zwischen den Zähnen hervor. Toshi umrundete das Bett und drückte Isabelle bestimmt auf die Kante. Als sie saß, spreizte er ihre Beine und zog aus der Schublade ihres Nachttisches die Salbentube.

„Du bist gestern sehr schnell eingeschlafen. Und ich hatte keine Lust, mir extra ein neues Zimmer herrichten zu lassen – daher hielt ich es für das Einfachste, direkt hier zu schlafen. Immerhin ist das mein Bett", erklärte er ihr, während sich die Prozedur des Einreibens wiederholte. Isabelle versuchte, sich auf etwas anderes zu konzentrieren, als auf Toshis Finger, die sie sanft und umsichtig einrieben. Er verteilte die Salbe sorgfältig, aber ohne deutliche erotische Absicht. Isabelle konnte dennoch nicht verleugnen, dass sie zunehmend erregter wurde. Er bemerkte es – sie sah es an seinem Blick. Aber er sagte nichts und ließ auch seine Bewegungen nicht absichtlich lustvoller werden.

Nach einer Weile hielt Isabelle Toshis Handgelenk fest. „Es ... es reicht, denke ich", sagte sie. Toshi nickte und schloss die Tube. Er streifte sich sein Hemd und das Jackett über. „Heute Abend sollte es besser sein. Ich komme dann wieder und sehe es mir noch einmal an."

Isabelle sah ihm nach, als er ging, und schloss dann den Bademantel.

Den Tag verbrachte Isabelle zum größten Teil im Bett. Sie war allein – weder von Hi noch von Tsuki war irgendetwas zu sehen. Isabelle streifte durch die Räume. Die Schlafzimmer der Zwillinge waren ebenso geschmackvoll eingerichtet, wie Isabelles, aber auf den ersten Blick hätte genauso gut niemand darin schlafen können. Sie wirkten wie frisch gereinigt und bezogen. Unpersönliche Luxusschlafzimmer. Als sie am Nachmittag dem Zimmermädchen im Wohnzimmer in die Arme lief, wurde es Isabelle zu dumm. Ihrer Scham ging es besser, darum beschloss sie, sich ein wenig die Beine zu vertreten. Sie öffnete den Schrank und sah eine Schachtel auf dem Schrankboden - mit ihrem Namen darauf. Neugierig zog sie sie heraus und sah hinein.

Im Inneren lagen mehrere Seile und eine Karte. ‚Du hast dich gut gehalten. Als Belohnung möchte ich dir gerne etwas zeigen. Knote dir selbst einen Harnisch.'

Was für eine Belohnung sollte das sein? Isabelle legte die Karte zur Seite und besah sich die Seile. Sie waren aus Seidenstoff. Vielleicht auch eine Sonderanfertigung. Sie musste bei dem Gedanken daran lächeln.

Jetzt war es an der Zeit, ihr bisheriges theoretisches Wissen auszuprobieren. Versuchsweise presste sie die Schenkel zusammen, aber so wie es aussah, hatte Toshis Salbe wirklich geholfen. Sie schloss die Tür zum Schlafzimmer ab, falls doch einer der Zwillinge unerwartet zurückkam, und ließ den Bademantel von ihren Schultern gleiten. Nackt, das längste Seil in der Hand haltend, stellte sie sich vor den großen Spiegel. Isabelle hatte früher viel Sport getrieben. Leichtathletik, Schwimmen – es hatte ihr Spaß gemacht. Aber mit der Zeit waren die Anforderungen höher, die Strapazen größer geworden. Sie hatte aufgehört und sich einfacheren Dingen wie Shopping oder Ähnlichem zugewandt. Ihre schlanke Figur hatte sie sich aber all die Jahre erhalten. Straff und fest – kein Gramm Fett zu viel. Isabelle legte den Kopf schief und spürte ihre Haare, die die nackte Schulter streiften. Seufzend hob sie die Hand mit dem Seil und ließ es über ihr Dekolleté und die vollen Brüste gleiten.

Die Seide schmiegte sich wie ein Liebhaber an sie und Isabelle schloss einen kurzen Moment lang die Augen. Toshis Bild schob sich vor ihr inneres Auge, und sie sah sofort wieder in den Spiegel. Nein, sie konnte ihm nicht gestatten, auch noch ihre Gedanken zu beherrschen. Ihre freie linke Hand streichelte abwesend über ihre runden Hüften und den flachen Bauch. Toshis Hand war ebenso sanft gewesen. So zärtlich am Morgen, nur um sie mit der Salbe einzureiben. Ach, zum Teufel, wer außer ihr würde davon erfahren, wenn sie sich ihrer Fantasie hingab?

Sie ließ ihre Hand tiefer wandern. Drängend schob sie sich zwischen ihre leicht gespreizten Schenkel. So wie es der Yakuza auch damals in der U-Bahn getan hatte. So wie er es an diesem Morgen getan hatte. So wie er es in

Isabelles Vorstellung mit ihr tun würde, wenn sie alles vergaß und sich ihm vollkommen hingab.

Weiche Fingerspitzen kämmten durch das sorgsam getrimmte Schamhaar und berührten dann die Klitoris. Ihre Finger streiften die wunde Scham und Isabelle atmete heftig ein. Nein, sie durfte noch nicht so tief gehen. Ihre Klitoris war hungrig und begann, sich unter ihren Berührungen aufzurichten, aber ihre Vagina musste unberührt bleiben. Sonst würde es nur wieder schmerzen. Wer wusste schon, was Toshi an diesem Abend noch vorhatte?

Isabelle ließ das Seil fallen und stützte sich, den Arm angehoben, gegen den Spiegel. Ihr Gesicht berührte fast das Glas und ihr heißer, fliehender Atem wurde zurückgeworfen. Toshis heißer Atem. Er stöhnte und wand sich, weil Isabelle ihn streichelte. Ja.

Sie schluckte und gab sich ganz ihren Träumen hin, während ihre Hand um die kleine, harte Klitoris zirkelte.

Er lag nackt unter ihr, und diesmal war sie diejenige, die die Zügel in der Hand hielt. Sie war es, die die Macht besaß. Sie hatte ihm mit einem Seil die Hände auf den Rücken gebunden. Es war blutrot. Ein Weiteres hatte sie in kunstvollen Mustern auf seinen Oberkörper geknotet. Die Rauten und Bahnen aus rotem Hanf weckten Isabelles Hunger, fachten ihn weiter an. Nein, kein Hanf. Seide. Toshi murmelte etwas auf Japanisch, aber sie wollte es nicht hören. Sie wollte seinen heißen Atem und seine Schreie! Isabelle hockte nackt über ihm, ihre Hand an seinem aufgerichteten Penis. Er war hart und pulsierte unter ihrer Berührung. Gezielt glitten ihre Finger zu seiner Eichel, drückten einige Male zu, um die Härte zu prüfen. Toshi keuchte und wand sich. Seine dunklen Augen hielten sie fest, als wollten sie sie verschlingen. Isabelle lächelte nur und glitt tiefer, umfasste ihn mit der ganzen Hand. Seine Länge war zu groß für sie und sie musste ihre Linke dazu nehmen.

Vornübergebeugt biss sie in seine Schulter. Die Kaskade von rotem Haar fiel ihm über das Gesicht, und allein der Duft machte ihn zu Isabelles Opfer. Aber die Zähmung war das Beste daran. Die Zähmung trug den angenehmen Geschmack des Sieges in sich.

„Du hast einen wunderschönen Schwanz", raunte sie an sein Ohr und ließ ihre Scham nur kurz gegen seine tropfende Eichel drücken. Toshi keuchte und warf den Kopf zurück. „Wunderschön", murmelte Isabelle und ließ sich mit einem Ruck ganz auf die Erektion des Yakuza sinken.

Isabelle stieß ihre Finger tief in sich selbst, und der Schmerz verstärkte ihre Lust. Der Orgasmus ließ sie aufschreien, und sie riss auch den anderen Arm hoch, um sich am Spiegel abstützen zu können. Ihr Blick aus den grünen Augen traf sich selbst und sie versank darin. Trotz der Befriedigung fehlte ihr etwas. Eine Sehnsucht war nicht befriedigt worden. Sie wollte Toshi wirklich schreien hören. Sie wollte, dass er ihr gehörte, wenn auch nur für eine Nacht.

Sie wollte ihm heimzahlen, was er seit einigen Tagen mit ihr machte, und sie wollte ihn besitzen.

Isabelle wandte sich ab und nahm das Seil. Zeit also, ihr erstes eigenes Karada zu knüpfen.

Zwei Stunden nach dem Intermezzo im Schlafzimmer öffnete sich die Appartementtür und Isabelle erhielt Besuch. Hi und Tsuki kamen und brachten Toshi mit. Er trug einen Anzug, wie so oft, wenn sie sich begegneten.

Isabelle selbst hatte sich einen einfachen Rock und eine weite Bluse übergestreift. Die Knoten ihres Karada-Harnisches hätten sich sonst sofort abgezeichnet. Isabelle zog sich daher um, nachdem sie es bemerkt hatte. Jetzt zeigte sich das Seil nur noch, wenn Isabelle den Stoff durch eine Bewegung spannte. Es war ein Geheimnis zwischen dem Yakuza, der zweifellos davon ausging, dass Isabelle seinem Wunsch nachgekommen war, und ihr. Der Gedanke hatte etwas Erotisches an sich.

„Wir möchten dich zum Abendessen abholen", sagte Hi.

Ein Handy klingelte, und Tsuki zog ein flaches Modell aus der Tasche. Er sprach einige Worte auf Japanisch hinein, und seine Miene verdüsterte sich. „Wir müssen gehen, Hi", sagte er an seine Schwester gewandt. „Es ist ein Notfall."

Die Engländerin verdrehte die Augen. „Gut, dann später." Sie verabschiedete sich von Isabelle und Toshi und verließ mit ihrem Bruder das Appartement.

„Was genau tun die beiden eigentlich für dich?", fragte Isabelle. Toshi ging an ihr vorbei zur Bar und öffnete den Kühlschrank. Diesem entnahm er eine Flasche Sake und zwei Gläser. „Alles", antwortete er und schenkte ihr und sich ein. Isabelle nahm das Getränk entgegen und setzte sich auf die elegante Sitzgruppe. Toshi nahm neben ihr Platz.

„Alles, ja?", wiederholte sie, und Toshi lächelte amüsiert. „In der Tat."

Isabelle nippte an ihrem Glas und genoss den Alkohol, der ihre Kehle wärmte. Toshi beobachtete sie dabei wie ein Raubtier seine Beute. Er hob die Hand und fuhr mit dem Zeigefinger über ihre Kehle als wollte er dem Schluck nachfahren. „Und, hast du getan, worum ich dich gebeten hatte?"

„Ist es nicht zu sehen?", fragte sie und legte den Arm auf die Rückenlehne des Sofas. Ihre Bluse öffnete sich dadurch weiter und gab Toshi einen guten Blick auf den Ansatz ihrer Brüste. Das Spiel wurde nun nicht mehr nur von Toshi gespielt. Isabelle hatte die Karten aufgenommen und ihren Einsatz gemacht.

Er legte die Hand zwischen ihre Brüste und umfasste durch den Stoff den Knoten, der dort lag. „Sehr gut", lobte er sie.

„Du hast etwas von einer Belohnung geschrieben", erinnerte ihn Isabelle und gönnte sich einen weiteren Schluck des Reisweins.

Er trank nun selbst. „Ich bin von dir beeindruckt. Du tust, was immer ich dir auftrage, aber dennoch leistest du mir auf eine Art Widerstand, die ich nicht fassen kann", sagte er, als habe er ihren Einwand nicht gehört.

Isabelle stellte ihr Glas auf dem Lacktisch ab. Es klickte leise. Sie nahm ihren Arm von der Armlehne und beugte sich vor. Ihre Hände stützten sich auf dem schmalen Streifen Sofa zwischen Toshis Beinen ab und ihre Lippen streiften seine Wange.

„Meine Belohnung, Toshi", erinnerte sie ihn leise, aber es hatte etwas von einer Katze.

Ihre Reaktion hatte ihn überrascht. Sein Blick sagte es deutlich. Dann aber wich er leiser Verärgerung. Ob es die Tatsache war, dass sie ihn so hatte überraschen können, oder weil sie eine Reaktion von ihm erzwungen hatte, wusste Isabelle nicht zu sagen. Dennoch spürte sie einen Triumph.

„Komm mit", sagte er und stand abrupt auf. Sie folgte ihm und spürte das Karada gegen ihre Scham drücken. Weil sie aber noch empfindlich war, hatte sie einen Slip unter dem Seil anbehalten.

Toshi führte sie aus dem Appartement und zum Fahrstuhl. Er brachte sie ein Stockwerk höher. Hier erwartete sie ein Korridor mit verschiedenen Türen. Der Boden war mit dickem Teppich ausgelegt, der jeden Schritt verschluckte. „Das sind die Themenräume des Sakura View", erklärte Toshi ihr, während er sie den Gang entlangführte. „Sie sind alle nach einem bestimmten Motto oder einer Epoche entsprechend eingerichtet worden. Sie werden nur an spezielle Gäste vermietet."

„Gäste wie mich?", fragte Isabelle. Toshi runzelte die Stirn. Sie lächelte und genoss es, selbst ein wenig zurückschlagen zu können.

Er hielt vor einer großen Doppeltür.

Isabelle ging durch die Tür. Dahinter herrschte eine barocke Atmosphäre. Ein großer Spiegel hing über der Imitation eines Kamins. Sein Rahmen bestand aus vergoldetem Holz, das Eichenblätter und -zweige nachbildete. In ihm spiegelte sich ein überdimensionales Bett, das den Raum dominierte. Es war aus dunklem Holz und bot genug Platz für mindestens drei Personen. Vier gedrechselte Pfosten ragten bis fast unter die Decke und hielten einen Rahmen, über dem ein seidener, roter Baldachin gespannt war, dessen Ausläufer wie Vorhänge an allen vier Seiten des Bettes herabhingen.

Die Wände waren in hellem, sanftem Gelb gestrichen, und neben dem Bett war noch ein Tisch in der gleichen Farbe mit passenden Stühlen zu finden. Sie waren mit rotem Samtstoff gepolstert.

Isabelle hörte die Tür hinter sich klicken. Toshi war ebenfalls ins Zimmer getreten und hatte sie hinter sich geschlossen. Aber er war nicht allein. Kyo war bei ihm und die Blicke beider Männer lagen auf Isabelle.

Sie verschränkte die Arme vor der Brust und versuchte, sich ihre Gänsehaut nicht anmerken zu lassen, als Toshi auf sie zukam. Seine Art sich zu bewegen, dieser dunkle Blick – nichts davon hatte seine Wirkung auf Isabelle verloren. Im Gegenteil. Dabei hatte sie gedacht, sich endlich wieder im Griff zu haben.

Er umrundete sie halb, bis er hinter ihr stand, und fuhr mit seinen Fingerspitzen über Isabelles nackten Hals. Sie sah über die Schulter. „Du hattest noch nicht das Vergnügen mit Kyos Schwanz, nicht wahr?"

Isabelle sah Toshi lächeln. Es wirkte obszön, ebenso wie seine Worte, aber unheimlich erregend. Sie nickte. Die Finger des Yakuza verirrten sich in ihren Ausschnitt. „Ich will ihn kommen sehen. Ich will, dass du ihn dazu bringst, dass er abspritzt."

„Das ist wieder eine deiner Aufgaben, oder?", murmelte sie hitzig.

Toshi lachte. „Danach gehört er dir. An ihm wirst du lernen und üben, wie du die Knoten und Seile richtig schlingen musst, damit du bei deiner Vorführung in drei Wochen nicht versagst."

Isabelles atmete heftig ein und ihr Blick glitt zurück zu Kyo, der - die Hände in den Taschen seines Anzugs - am Kamin stand und tat, als wären sie nicht anwesend. Wie Toshi hatte er eine Vorliebe für Anzüge, allerdings bevorzugte er im Gegensatz zu ihm Hemden und Stoffe in schrillen Farben. Diesmal war es ein grünes Hemd mit einem elfenbeinfarbenen Zweiteiler.

Isabelle löste sich von Toshi. Sie sah an seiner Aufforderung keine Schwierigkeit. Die warme Hand des Yakuza hielt sie zurück. „Ohne dass er seinen Anzug auszieht oder ihn auch nur öffnet", raunte er an ihr Ohr. Isabelle sah über die Schulter, sah Toshi groß an. Der zog sich zurück und ließ sich auf einen der Stühle sinken. Die Beine übereinandergeschlagen, zog er ein Etui aus der Westentasche und zündete sich einen würzig riechenden Zigarillo an.

Isabelle presste die Lippen aufeinander. Ohne dass er seinen Anzug öffnete oder gar ausgezogen hätte ... Sie trat zum Kamin und legte ihre flache Hand auf den breiten Rücken des Hosts. Der sah auf, und seine braunen Augen zeigten, dass er genau wusste, was Isabelle vorhatte. Aber noch wartete er ab.

„Wirst du es mir schwermachen?", fragte sie leise. Sie hatten zwar Frieden geschlossen, aber vielleicht nahm er ihr die harschen Worte immer noch übel. Kyo lächelte jedoch und umfasste Isabelles Hand. Er führte sie zu seinem Schritt. „Sollte ich das?"

Isabelle atmete tief ein und zog Kyo mit sich zum Bett. „Setz dich", flüsterte sie an sein Ohr und wartete, bis er auf der Kante des Bettes Platz genommen hatte. Sie selbst blieb vor ihm stehen. Toshis Blicke auf ihrem Körper spürte sie nur zu deutlich, aber jetzt konzentrierte sie sich auf Kyo. Sollte Toshi nur zuschauen!

Sie streichelte über ihren Bauch. Die Umrisse des Karada auf ihrem Körper wurden sichtbar, und in Kyos Blick trat eine ganz besondere Art von Hunger, als er es bemerkte. Isabelle lächelte und fuhr sich mit gespreizten Fingern durch die Haare.

„Magst du Shibari, Kyo?", murmelte sie sinnlich und drückte den Rücken durch. Jetzt war das Karada deutlich zu sehen, ebenso wie Isabelles Brüste. Sie hatte auf einen BH verzichtet, denn das Seil stützte die verlockenden Halbkugeln genug. Die Bluse hätte genauso gut nicht existieren können – man sah alles auf Isabelles Oberkörper.

„Zeig mir mehr", forderte Kyo sie auf. Isabelle lächelte. Sie trat näher zum Bett und nahm Kyos Gesicht zwischen ihre Hände. Sie dirigierte es zwischen ihre vollen Brüste, und er küsste den Stoff über den harten Nippeln. „Sei nicht ungeduldig", mahnte sie ihn und zupfte an der Schlinge, die um ihren Hals lag. Die Knoten des Shibari-Harnischs bewegten sich unter der Bluse, und so auch Isabelles Brüste. Kyo wandte seine Augen nicht von dem Schauspiel ab. „Willst du sehen, wie ich mein erstes Karada geknotet habe? Wie die Seidenfesseln auf meiner Haut aussehen?"

Kyos jungenhaftes Gesicht bekam einen gequälten Ausdruck. „Zeig es mir, Isa-chan, zeig es mir bitte!" Der Gedanke an Isabelles Körperschmuck schien ihn in Aufruhr zu versetzen.

Isabelle richtete sich auf. Langsam, Knopf für Knopf, öffnete sie das erste Kleidungsstück. Erst als es vollständig offen war, ließ sie es mit einem lockeren Schlenker ihrer Schultern vom Körper gleiten - Kyo hatte nun uneingeschränkte Sicht auf Isabelles Brüste, die durch das Karada stolz hervor standen. Sie öffnete auch den Knoten des Rockes und ließ ihn einfach zu Boden gleiten. Ein kleiner Schritt zurück, und sie hatte sich auch dieses Kleidungsstückes ganz entledigt.

Kyo rutschte unruhig auf dem Bett hin und her, machte aber keine Anstalten, Isabelle zu berühren. Nur seine Augen ließen sie nicht los. „Warum trägst du einen Slip?", fragte er heiser, als wäre es für eine Frau das Natürlichste auf der Welt, keine Unterwäsche zu tragen.

„Ich bin ein wenig wund", gestand sie und kniete sich auf Kyos Schoß. Der keuchte überrascht. Ihre Haut war übersensibel. Die Klimaanlage im Raum war ein oder zwei Grad zu niedrig eingestellt. Sie fröstelte, jetzt, da sie halbnackt war. Kyos Hitze drang dafür noch durch den Stoff seines Anzuges, und Isabelle wollte mehr davon. Sie hielt sich an Kyos Jackettaufschlägen fest, um nicht versehentlich hintenüberzufallen, und sah über die Schulter. Toshi saß noch immer auf seinem Stuhl und musterte sie beide mit brennendem Blick.

Isabelle warf ihm ein leichtes, herausforderndes Lächeln zu. Es war irrational, aber etwas in ihr hoffte, dass er eifersüchtig wäre. Nein, dass er vor Eifersucht verging!

Sie ließ sich ganz auf Kyos Schoß sinken und spürte zufrieden die harte Ausbeulung in seiner Hose. „Gefällt dir mein Karada?", schnurrte sie und bewegte ihr Becken vor und zurück.

Kyo lachte atemlos. „Oh ja, das tut es, in der Tat." Er nahm ihre linke Brustwarze zwischen die Lippen und saugte daran. Isabelle spürte das Kribbeln bis in ihre Vagina fließen. „Rothaarige Hexe ... was tust du nur?", murmelte er abwesend und drehte den Kopf zur Seite, um mit der Rechten ebenso verfahren zu können.

„Nur das, was dein Freund mich anwies zu tun", raunte Isabelle an Kyos Lippen und bewegte ihr Becken härter. Kyos Erektion drückte sich verheißungsvoll gegen ihre verhüllte Scham, aber gerade das und die Tatsache, dass Toshi jede ihrer Bewegungen genau verfolgte, gefiel Isabelle so.

„Ich werde ihm ewig dankbar dafür sein", keuchte Kyo, und Isabelle spürte seine Hände ihren Po umfassen. Er war ein Host, er kannte sich mit Lust aus, aber anscheinend hatte Toshi genau gewusst, was er bei Kyo mit dem Shibari in Verbindung mit Isabelle auslösen konnte.

Kyo bewegte Isabelle auf sich und zog ihren Kopf zu sich herunter, um sie küssen zu können. Sein Zungenspiel war wild und gierig. Er biss sie leicht in die Unterlippe, rang mit ihrer Zungenspitze, nur um Augenblicke später zärtlich daran zu saugen. Er bewegte Isabelle so auf sich, als wäre da keine Kleidung. Das Seil bewegte sich auf Isabelles Haut, und sie klammerte sich noch immer an Kyos Jackett. Der warme Stoff reizte ihren abgekühlten Körper, und der Kontrast entrang ihr ein Stöhnen. Sie drängte sich enger an den Host und fühlte seinen Körper unter dem Anzug. Er unterbrach den Kuss nicht, drückte Isabelle dafür aber umso fester auf sich. Er keuchte in ihren Mund, und unter sich spürte sie Nässe. Kyo hatte sich in seine Hose ergossen.

Sein Kuss wurde ruhiger, sanfter, und schließlich löste er sich von Isabelle. Sein Haar war in Unordnung geraten, und lächelnd strich Isabelle es ihm wieder zurecht. „Ich danke dir", murmelte er entrückt und küsste flüchtig ihre Brüste. „Das war unglaublich."

Isabelle hob sein Gesicht an und stahl sich selbst einen Kuss. „Das war es. Oder nicht, Tosh..." Die Worte erstarben auf ihren Lippen, als sie sich umdrehte. Der Stuhl, in dem Toshi gesessen hatte, war leer.

Verfluchtes Weib! Toshi lief durch die Gänge des Hotels, ohne Notiz von den Leuten zu nehmen, die dem vorbeilaufenden großen Mann auswichen.

Verdammtes, verfluchtes Weib! Toshi holte die Schlüsselkarte eines seiner Zimmer aus der Tasche, steckte sie in die Tür und öffnete sie. Die Tür fiel hinter ihm wieder laut ins Schloss. Er ließ sich in einen Sessel fallen. Was tat sie nur mit ihm? Seit ihrer Ankunft brachte Isabelle alles durcheinander. Das war nicht geplant gewesen und schlimmer noch, es brachte ihn aus der Fassung. Sein Kopf fühlte sich zentnerschwer an, und er stützte ihn auf seine Hand. Die andere Hand wanderte zwischen seine gespreizten Beine. Sein Schwanz war noch immer hart. Isabelles Aktion an, nein, auf Kyo hatte ihn erregt. Es hatte ihn seine ganze Selbstbeherrschung gekostet, sich nicht vor ihnen beiden selbst einen runterzuholen.

Toshi stöhnte unterdrückt. Er öffnete den Knopf seiner Hose und schob seine Finger unter den Stoff seines Slips. Kundig umfasste er den steifen Penis und fuhr daran auf und ab. Isabelle … Sie hätte auf ihm sitzen müssen. Sie hätte ihm schmutzige Anweisungen zuraunen müssen, ihm und nicht Kyo!

Toshi rieb sich härter. Es schien, dass er sich bestrafen wollte. Die Augen geschlossen, tanzten die Bilder der schlanken, geschmeidigen Frau vor seinem Geist, die sich bewegte, und auf deren weißer Haut die verschlungene Seide lag. Sie hatte ihn herausgefordert, das wusste er, aber es gehörte zu ihrem Reiz. Es machte ihn aus. Sie gab sich ihm hin und gleichzeitig trotzte sie ihm. Doch was schlimmer war, war die Tatsache, dass er darauf reagierte. Sie faszinierte ihn, und er war schon lange nicht mehr so unbeteiligt, wie er es ursprünglich vorgehabt hatte.

Sein Rhythmus wurde stärker und Toshi stöhnte laut. Es hallte im Raum wieder und klang hohl. Verflucht, er sollte jetzt mit Isabelle in diesem Bett liegen und sie zum Stöhnen bringen! Toshi keuchte und spürte, wie sein Körper starr wurde, als er in sein Taschentuch spritzte. Der Orgasmus umklammerte ihn, aber er konnte nur an eines denken: an ihr rotes Haar und die grünen, funkelnden Augen, die ihn herausgefordert hatten.

KAPITEL 12

Kyo kam die kommenden Tage regelmäßig zu Isabelle. Toshi hatte nicht gelogen; der Host war ihre ganz persönliche Hilfe, was das Üben des Shibari betraf. Anfangs hatte sie Schwierigkeiten. An sich selbst ein Seil zu knoten, das war einfacher gewesen, als sie gedacht hatte, aber es an einem anderen Menschen zu tun, war schwerer. Die Aufgabe, sich in der letzten Woche vor einer Gruppe von erfahrenen Bondage-Liebhabern beweisen zu müssen, trieb Isabelle an.

„Das ist zu schwer", schnaubte sie, nachdem sie einmal mehr an einer komplizierten Figur gescheitert war.

„Es ist eine der angesehensten Figuren", mahnte Kyo sie und sah auf das Knotengewirr, das halb um seine Hüften und den Hals hing. „Aber so, wie es aussieht, hast du eher vor, mich aufzuknüpfen."

Isabelle stöhnte und raufte sich die roten Haare. „Das fehlte mir noch – ich erwürge dich vor dem Publikum!"

Kyo lachte und strich ihr beruhigend über die Oberarme. „Entspann dich, bisher hast du die meisten Figuren doch gut gemeistert."

„Das ist Kinderkram! Wenn ich bestehen will, muss ich etwas weitaus Komplexeres als ein dummes Karada schaffen. Und mir läuft die Zeit weg", seufzte Isabelle. Tatsächlich waren bereits die Hälfte der dreißig Tage verstrichen. Viel Zeit blieb ihr nicht mehr.

Kyo kniff die Augen zusammen, als wäre ihm etwas eingefallen. „Warte hier."

Er ließ Isabelle einfach im Wohnraum des Appartements stehen und verschwand aus der Tür. Isabelle ließ sich in einen Sessel sinken und drehte nachdenklich das Seil in ihren Händen. Einfacher Hanf, keine Seide. Aus irgendeinem Grund hatte Isabelle Furcht davor, die Seile, die Toshi für sie hatte anfertigen lassen, an jemand anderem auszuprobieren.

Das Bild des Yakuza war so plötzlich vor ihrem inneren Auge, dass Isabelle scharf die Luft einsog. Sie hatte ihn ganz verdrängt, aber der Gedanke an ihn kam dafür jetzt mit umso größerer Heftigkeit zurück. Isabelle kreuzte die Beine und knotete eine Schlaufe in das Seil. Es ging ganz automatisch, die Bewegung war ihr bereits in Fleisch und Blut übergegangen.

Seit der Aufgabe mit Kyo hatte Isabelle Toshi weder gesehen, noch hatte er angerufen. Auch die Zwillinge waren nicht mehr aufgetaucht. Isabelle hatte sich mit Tomo getroffen, war durch Tokio gelaufen, wenn ihr das Appartement zu eng wurde – aber kein Anzeichen davon, dass einer der drei in ihrer Nähe war oder überwachte, wohin sie ging und was sie tat. Aber irgendjemand musste für ihr Wohl sorgen. Für sie war Geld in einem Safe an der Rezeption hinterlegt worden. Eine Summe, die gereicht hätte, ihr einen luxuriösen Flug zurück nach Deutschland zu sichern. Einen Flug, der für sie bedeuten würde, Shin seinem Schicksal zu überlassen und auch ... Toshi nicht mehr wiederzusehen. Mit Kyo sprach Isabelle nicht darüber. Er half ihr jedoch umso intensiver bei den Shibari-Übungen. Kyo wusste mehr darüber, als er Isabelle bisher verraten hatte, aber das kam ihr jetzt zugute. Ohne seine Hilfe wäre sie keinesfalls so weit wie jetzt. Aber auch diese Hilfe hätte sie nicht bekommen, wenn Toshi ihn nicht hergebracht hätte. Toshi. Egal was, schlussendlich drehte sich alles nur um ihn. Und Isabelle wusste nicht mehr, wie sie für den Yakuza empfinden sollte. Es war nicht mehr nur Negatives, was sie für ihn empfand. Sosehr Isabelle sich auch wünschte, dass es nicht so wäre - sie konnte es nicht mehr ignorieren. Er faszinierte sie. Mehr noch, sie konnte ihn nie ganz aus ihren Gedanken verbannen, und auch wenn er nicht da war, war er auf die eine oder andere Weise bei ihr präsent.

Isabelle seufzte.

Die Tür ging auf und Kyo kam zurück. Er hatte sich umgezogen – anstelle der Hose und des Hemdes trug er einen leichten Yukata mit blau-weißem Muster. „So geht es vielleicht besser", grinste er und stellte sich in die Mitte des Raumes. Sie hatten den Glastisch weggetragen und so auf dem weichen Teppich die ideale Fläche für die verschiedensten Shibari-Übungen gefunden. Kyo stand in der Mitte dieser Fläche und öffnete den gestreiften Stoffgürtel, der den Yukata verschlossen hielt. Der Stoff rutschte zu Boden und der Host stand nur in einer Art Lendenschurz vor ihr. Isabelle bekam große Augen. „Was ist das denn?"

Kyo lachte. „Ein Fudoshi – mehr wird dein Opfer später auch nicht tragen."

„Einen Lendenschurz?"

„Eine traditionelle Unterhose. Das Praktische daran ist ...", er griff zu einem Knoten an seiner Hüfte und zog daran – das Tuch löste sich vollständig binnen eines Lidschlags.

Isabelle kicherte.

„Das kannst du tun, wenn du mit allen Verschnürungen fertig bist", grinste Kyo und bückte sich nach dem Tuch, um es wieder richtig zu knoten. Er nahm das Seil und reichte es Isabelle. „Einen nackten", er lachte und sah an sich herunter, „nun ja, fast nackten Körper zu fesseln, ist einfacher. Du hast keine störenden Stofflagen, die verrutschen und Falten werfen könnten."

„Natürlich habe ich auch mehr zu sehen?", schoss Isabelle trocken zurück. Kyo zuckte nur mit den Schultern und zwinkerte. „Machen wir weiter."

Zwei weitere Tage vergingen. Kyo trug mittlerweile nur noch ein Fudoshi, wenn sie übten. Auch wenn er ihr immer wieder als Scherze getarnte Angebote machte, näherte er sich ihr nie. Er schien darauf zu warten, dass Isabelle zu ihm kam. Die aber hatte keinen anderen Gedanken, der nicht ihre Aufgabe betraf.

Am Abend nahm Kyo ihr die Seile ab. „So geht das nicht. Du bist versteift und verkrampfst dich dadurch. Wir müssen deine Gedanken mal für eine Weile in andere Bahnen lenken."

„Kyo, ich habe dir gesagt, wir haben für so etwas keine ...‘

Er zog das Fudoshi aus und seine Hose an. Unter dem Stoff war sein nackter Penis deutlich zu sehen und Isabelle wandte den Blick ab. Kyo bemerkte es gar nicht. Er fasste Isabelle an der Hand und führte sie zum Fahrstuhl. Halbnackt wie er war, fuhr er mit ihr in die Etage mit den Themenräumen des Hotels. Isabelle war froh, dass ihnen niemand entgegen kam: Sie wäre vor Verlegenheit gestorben. Die Situation sah zu deutlich aus: ein halbnackter, gut aussehender Mann, mit dem sie in einem Hotelzimmer verschwand. Kyo schien das nichts auszumachen. Er schloss die Tür hinter ihnen und schaltete das Licht an. Das verdrängte die Finsternis jedoch kaum. Isabelle musste die Augen zusammenkneifen, um zu erkennen, wo sie sich befand. Die Wände waren schwarz gestrichen und das Licht der zwei Lampen wurde dadurch weitgehend verschluckt. In der Mitte stand ein großer thronartiger Stuhl aus schwarzem Eisen und Leder. An den Wänden waren weitere Apparaturen aufgestellt, aber Isabelle konnte sie durch das Dämmerlicht nicht genau erkennen.

„Sehr entspannend, in der Tat. Soll ich ein Nickerchen halten?", konnte Isabelle sich nicht verkneifen zu fragen.

Kyo hob die Hand, um ihr zu bedeuten, dass sie warten solle, und zog sein Handy aus der Tasche.

„Saitō? Ja ... bist du gerade frei? Ah, im Sakura? Das passt perfekt. Das schwarze Zimmer, genau. Bis gleich." Er legte auf und wies mit einer Verbeugung auf den Stuhl. „Setz dich doch."

Isabelle hob skeptisch die Brauen, ließ sich dann aber auf den gepolsterten Sitz sinken. Das Gebilde war wesentlich bequemer, als sie erwartet hatte. Die breiten Armlehnen waren bequem, und Isabelle stützte ihre Arme darauf. Kyo stellte sich hinter den Stuhl und begann, ihre verkrampften Schultern zu massieren. Er fand sofort die schlimmsten Knoten und knetete sie solange, bis Isabelle stöhnte. Kyo strich ihr die Haare von den Schultern. „Besser?"

„Ja", seufzte sie und schloss die Augen. „Das ist himmlisch."

Kyo machte weiter. Isabelle hörte die Tür knarren und schlug die Augen einen spaltbreit auf. Zur Tür herein kam ein Mann, jünger als sie. Sein Gesicht kam ihr bekannt vor.

„Saitō, das ist Isabelle", stellte Kyo sie vor, und seine Hände ließen von ihren Verspannungen ab. Isabelle machte Anstalten aufzustehen, aber Kyo bedeutete ihr mit einer Geste, sitzen zu bleiben. Sie überlegte noch, woher sie den hübschen Mann kannte, der zu ihr geführt wurde, und dann fiel es ihr wieder ein. Sie hatte ihn an ihrem ersten Abend im Sakura View gesehen. Er hatte mit Kyo zusammen eine Kundin ‚bedient'.

Seine Frisur hatte etwas Wildes; sie erinnerte an einen Hahnenkamm, und das zusätzliche Gel unterstrich den Eindruck noch. Die Spitzen waren blond gefärbt, der Ansatz natürlich schwarz. Er trug eine Jeans, die sich eng an seine Hüften schmiegte, und ein halboffenes Hemd in changierenden Farben. Seine Gesichtszüge waren weich, aber sein Lächeln prophezeite ihm bereits jetzt eine Karriere als Host, dessen war sich Isabelle sicher. Zu ihrer Überraschung kniete er vor ihr nieder. Sie setzte sich kerzengerade auf. Kyo setzte sich auf die breite Armlehne und spielte mit einer von Isabelles Haarsträhnen.

„Wenn du jemanden fesselst, besitzt du Macht", sagte er leise zu ihr. „Du musst dir dieser Macht bewusst sein und sie richtig einsetzen. Der, den du fesselst, begibt sich in deine Hände. Er vertraut dir. Dieses Vertrauen darfst du nicht enttäuschen."

Isabelle sah noch immer auf den Host namens Saitō. Er kniete weiterhin vor ihr und erwiderte ihren Blick offen.

„Versuch, deine Macht einzusetzen. Unterwerfe dir Saitō."

Isabelle schüttelte den Kopf. „Nein, ich kann das nicht, ich bin doch keine Domina!"

Kyo lächelte und beugte sich zu Isabelles Hals hinunter. Er machte Anstalten, ihre Haut zu küssen, tat es aber nicht. „Du musst keine Domina sein, Isa-chan", flüsterte er. „Erinnerst du dich, was Toshi dir sagte? Ich wurde hergerufen, um für dich da zu sein. Und genau das tue ich. Stell dir Saitō als jemanden vor, der nur geschaffen wurde, um dir Vergnügen zu bereiten. Was auch immer er tun soll, was immer er sagen soll, das bestimmst allein du."

Kyo drehte ihr Gesicht zu sich und küsste ihre Stirn. „Probier es aus."

Isabelle gab nach. Was sollte auch schon passieren? Kyo konnte sie schlecht hier drin festhalten; wenn sie wollte, würde sie einfach gehen. Aber sie musste sich selbst eingestehen, dass der Gedanke, diesem hübschen Mann befehlen zu können, was immer sie wollte, sie reizte. Nur zum Test sagte sie: „Steh auf."

Er tat es widerstandslos. Das machte Isabelle mutiger. „Zieh dich aus."

Saitō knöpfte sein Hemd nicht auf, sondern kreuzte einfach seine Arme und zog es sich über den Kopf. Langsamer öffnete er den Knopf seiner Hose und ließ sie einfach auf seine Knöchel rutschen. Er trug keine Unterwäsche. So musste er nur aus der Hose heraussteigen und Schuhe und Strümpfe ausziehen, bis er völlig nackt war. Isabelle ließ ihren Blick, mutiger geworden, über seinen Körper gleiten. Er war kaum älter als einundzwanzig oder zweiundzwanzig. Sein Körper war dementsprechend straff und glatt, ebenso wie sein Glied. Lang und vollkommen haarlos hing es zwischen seinen Beinen. Nur eine Ader pochte leicht an der Wurzel. Isabelle leckte sich bei dem Anblick unwillkürlich über die Lippen.

Kyo lachte leise neben ihr. „Weiter. Das alles steht dir zur Verfügung."

Sie schlug die Beine übereinander und genoss den leichten Druck ihrer eigenen zusammengepressten Schenkel. „Komm her, knie dich wieder vor mich", sagte sie heiser, und Saitō führte ihren Befehl aus, ohne mit der Wimper zu zucken. Er sah zu ihr auf, und in seinen jungen Augen funkelte die Erwartung. Isabelle gab dem Drang nach, sein Gesicht zu berühren. Er schloss sinnlich die Augen und öffnete die Lippen. Sie schob ihre Fingerspitzen dazwischen und schauderte, denn Saitō benetzte sie mit seiner Zungenspitze. Langsam schob sie ihre Finger tiefer, und Saitō saugte an ihnen, bis sie genug hatte.

Sie schob ihren Rock höher auf ihre Taille und spreizte die Beine. „Näher", murmelte sie und führte ihre feuchten Fingerspitzen über seine Lippen. Saitō verstand, was sie von ihm wollte, und rutschte vor. Er kniete zwischen ihren Beinen und schob ihren Slip zur Seite. Mit einem letzten Blick in ihr Gesicht versicherte er sich Isabelles Erlaubnis, dann vergrub er sein Gesicht zwischen ihren Beinen. Anfangs waren seine Berührungen vorsichtig und tastend. Isabelle sackte gegen die Rückenlehne des Stuhls und schloss die Augen. Kyos Hand strich durch ihr Haar, aber sie bemerkte es kaum. Sie fühlte nur Saitōs Zunge, die über ihre Schamlippen streichelte und gegen ihren anschwellenden Kitzler stupste. Seine Zärtlichkeit war neu, aber angenehm. Saitō nahm einen Finger hinzu und schob ihn zwischen ihre feuchten Lippen. Isabelle sah seinen glatten Schwanz vor ihrem inneren Auge und spürte Lust, ihn ebenso zu berühren, wie er sie. Und es war an ihr, die Befehle zu geben, oder nicht?

Sie drückte Saitō ein wenig zurück. Er atmete ebenso schwer wie sie und seine dunklen Augen waren verschleiert. Isabelle zog ihren Schuh aus und schob ihren Fuß zwischen seine Schenkel. Sein Glied war bereits härter geworden und hatte sich fast ganz aufgerichtet. Sie fühlte seine seidige Haut an ihrem Spann und seufzte genießerisch auf.

„Leg dich hin", sagte sie und stand selbst auf. Ohne ein Wort legte der Host sich vor Isabelle auf den Rücken. Etwas Hartes berührte sie am Arm. Es war eine Gerte, die Kyo ihr reichte. Isabelle wollte erst ablehnen, aber ein Blick auf Saitōs makellosen Körper ließ sie anders entscheiden. Sie nahm die Gerte am Griff und zog auch den zweiten Schuh aus. Barfuß stellte sie sich breitbeinig über Saitōs Hüftengegend und sah auf ihn herab. Seine Augen wanderten zwischen ihrem Gesicht und der Gerte in ihrer Hand hin und her. Er wusste nicht, was sie vorhatte, konnte nur ahnen, ob sie ihn damit züchtigen wollte oder nicht. Isabelle genoss das Gefühl der Macht, das sie durchströmte.

Die Spitze der Gerte glitt über die ganze Länge des aufgerichteten Schafts. Saitō zuckte bei der ersten Berührung zusammen und machte Anstalten, sich zur Seite zu drehen. Isabelle klapste mit der Gertenspitze gegen seine Hoden. Nicht fest, aber es reichte, um Saitō erstarren zu lassen.

„Du bewegst dich erst, wenn ich es dir erlaube", sagte sie und fuhr mit der Gerte über seinen flachen Bauch, der sich rasch bewegte.

„Ja, Herrin", sagte er atemlos. Isabelle lächelte und belohnte ihn durch weiteres Streicheln mit der Gerte. Die rote Eichel hatte sich ganz unter der Vorhaut hervorgeschält. Isabelle tippte leicht mit der Gerte dagegen und sah ihn zusammenfahren. Bevor sie ihn aber weiter mit dem Reitgerät traktierte, ließ Isabelle sie einfach fallen und kniete sich nieder. Sein Penis streifte ihren Schenkel. Sie fasste in seine seltsame Hahnenfrisur. Sie hob seinen Kopf an und kostete seine Lippen. Sie waren weich und nachgiebig. Isabelle wollte sie auf ihrer Scham fühlen. Geschmeidig stand sie auf und zog ihren Rock abermals hoch. Das Höschen streifte sie diesmal aber ganz ab und drehte sich herum. Kyo zwinkerte, als sie ihm so das Gesicht zuwandte, und machte eine einladende Geste. Isabelle schüttelte zittrig lächelnd den Kopf und kniete sich wieder nieder. Ihre Knie waren neben Saitōs Schultern und ihre Scham vor seinem Mund. Er hob die Hände und hielt ihre Hüften fest, dirigierte sie näher zu sich, um seine Zunge in ihren Schoß bohren zu können.

Isabelle keuchte und beugte sich tiefer. Saitōs pralle Eichel war direkt vor ihrem Gesicht, und sie berührte sie versuchsweise mit den Lippen. Ein Stöhnen war die Antwort. Isabelle wurde mutiger, ebenso wie der Host. Seine Liebkosungen ließen sie zittern, und um ihrer Anspannung irgendwie Luft zu machen, nahm sie ihn in ihren Mund. Sein Geschmack war herb und berauschend. Sie kreiste mit ihrer Zunge um den vorstehenden Eichelkranz, fühlte seine Form nach und tastete über die Kuhle darunter.

Saitōs Atmen streichelte über ihre Scham, und seine Zunge drang immer tiefer in sie. Isabelle riss den Kopf zurück und bewegte ihre Hüften gierig seiner Zunge entgegen. Sie schrie und keuchte abgehackt, rieb dabei immer heftiger und schneller über seinen pulsierenden Penis. Und in dem Augenblick, als es ihr kam, stieß er mit seinen Fingern in sie, saugte hart an ihrer Klitoris. Isabelle bäumte sich auf. Er spritzte den deutlichen Beweis seiner Lust über ihre Hand und traf ihre Brust.

Isabelle keuchte und versuchte noch zu verstehen, was da passiert war. Kyo trat vor sie und kniete sich zu ihr. Er hob ihr Kinn an und sah ihr lächelnd ins Gesicht. „Ich glaube, jetzt können wir beruhigt weitermachen."

Nach einigen Tagen saßen Kyo und Isabelle im Esszimmer und gönnten sich eine Pause nach den letzten schweißtreibenden Stunden. Isabelle hatte ein leichtes Abendessen mit Lachs in Teriyaki-Sauce kommen lassen. Während Kyo noch kaute, nippte Isabelle an ihrem Weinglas und sah aus der Fensterfront, die jeden Raum vereinnahmte. Die Lichter Tokios funkelten wie Miniatursterne in einem See.

„Warum meldet er sich nicht?", fragte sie unvermittelt. Kyos Lachs blieb auf halbem Weg zwischen Teller und Mund stehen. „Was?"

Isabelle stellte ihr Glas ab und atmete tief ein. „Toshi. Keine Nachricht, kein Besuch, nichts."

„Sag nicht, du vermisst ihn etwa?", grinste der Host und legte die Gabel zurück auf den Teller.

„Das ist es nicht", wehrte Isabelle heftig ab.

„Was dann?" Kyo grinste noch breiter und beugte sich, die Ellbogen auf dem Tisch abgestützt, zu Isabelle hin.

Die fühlte sich ertappt und verschränkte die Arme vor der Brust. „Es ist nur ... ich hatte gedacht, er würde mehr aus diesem Deal machen."

„Mehr in deinem Bett?" Kyos Grinsen wurde nicht kleiner. Isabelle ballte unbewusst die Hände zur Faust.

„Was soll ich mit diesem ... diesem Yakuza?"

„Du verurteilst ihn schnell. Dabei bin ich sicher, dass er eine andere Meinung von dir hat."

Isabelle rang mit sich. Nach einer kurzen Pause fragte sie: „Was für eine Meinung hat er von mir?"

„Ah, das interessiert dich also doch!"

Isabelle schnaubte. „Verdammt, Kyo, jetzt sag endlich, was du zu sagen hast!"

Der Host nahm die Gabel wieder auf und kaute erst genüsslich an seinem Lachs, ehe er Isabelle, die ihn wütend anstarrte, antwortete: „Ich glaube, du lässt Toshi nicht ganz so kalt, wie du denkst."

„Wer sagt dir das?"

Kyo aß weiter. „Ich kenne ihn noch nicht solange, aber ich habe bisher nicht erlebt, dass er sich einer Frau so intensiv widmet. Für Toshi steht die Yakuza an erster Stelle. Frauen waren nie ein so zentraler Punkt für ihn, wie du es die letzten Wochen gewesen bist."

„Ich habe ihn seit Tagen nicht mehr zu Gesicht bekommen", widersprach Isabelle Kyos Theorie, auch wenn etwas in ihr einen Sprung tat.

„Was nicht heißt, dass er sich dir nicht widmet. Du unterschätzt die Yakuza und besonders Toshi, Isabelle."

Das klang ernst. Isabelle sah wieder aus dem Fenster. „Warten wir einfach ab", seufzte sie.

Toshi legte die letzte Akte beiseite. Neue Glücksspielhallen, neue Geschäfte — er konnte förmlich spüren, wie ihm diese immer weiter anwachsenden Verpflichtungen die Kraft aussaugten, wie Schlangen an seinen Adern. Er verließ sein Büro kaum noch und widmete sich nur noch Dingen, die mit den Jahren begonnen hatten, für ihn zu einer Last zu werden. Aber die Yakuza verließ man nicht einfach so.

Er hob die Hand und nahm die schmale Brille ab, die er zum Lesen benötigte. Er hasste sie, aber ohne würden seine Augen nur noch schlechter werden. Seine Finger massierten geübt seinen Nasenrücken, und er schloss die Augen, um sich einen kurzen, kostbaren Moment der Ruhe zu gönnen. Natürlich war er selbst nicht ganz unschuldig an der Situation. Etwas in ihm hatte die Masse an Arbeit begrüßt, um sich abzulenken von Gedanken, die ihn störten. Gedanken an Isabelle. An Isabelle, die tagtäglich mit Kyo zusammen war. Hi und Tsuki lieferten ihm jeden Tag einen Bericht über die Vorkommnisse im Appartement, aber er hatte noch nicht gewagt, hineinzusehen. Die Akten lagen als säuberlich aufgeschichteter Stoß an der äußersten Ecke seines Schreibtischs. Wenn im Sakura View etwas geschah, was Isabelle und Kyo betraf, wollte Toshi es eigentlich nicht wissen. Es fiel ihm schwer genug, die Gedanken an Isabelle zu verdrängen. Er musste etwas tun, um sicher zu werden, was genau er für sie empfand. Es konnte viel sein, was seine Faszination für diese Frau ausmachte. Bevor er die nötigen Schritte unternahm, um es zu unterbinden, musste er erst ganz sicher darüber sein, was es überhaupt war.

Es klopfte, und nach seiner Aufforderung traten Hi und Tsuki ein. Sie verneigten sich leicht und stellten sich vor seinen Schreibtisch. Toshi setzte sich aufrechter hin. „Was gibt es?"

„Der Zeitpunkt des nächsten Treffens der Clans ist bekannt gegeben worden, Oyabun", sagte Hi. „In zwölf Tagen soll endgültig entschieden werden, welche Gruppe das Vorrecht in Tokio erhält."

Toshi runzelte düster die Stirn, als er das Datum hörte. „Yusuri hat das Treffen angesetzt?", fragte er. Eine Ahnung machte sich in ihm breit.

Hi und Tsuki tauschten einen Blick.

„Sie hat von der Abmachung mit Isabelle erfahren", murmelte Toshi mehr zu sich selbst. Wieder tauschten die Zwillinge einen Blick aus. Der Yakuza stand auf. „Was ist los?", fuhr er sie an und hatte sofort die Aufmerksamkeit der beiden Engländer. „Sie hat es wahrscheinlich von Tanosuke erfahren", gab Hi zögerlich zu.

Der Sekretär war seit einigen Tagen verschwunden, und Toshi hatte diverse Leute aufgefordert, ihn zu suchen. Im Augenblick vermuteten sie ihn am anderen Ende Japans, in Hokkaidō. „Was hat Yusuri mit Tanosuke zu schaffen?"

His Gesicht nahm einen schuldbewussten Zug an. „Wir haben ihn schon länger im Verdacht, seine Flucht hat uns nur so überrascht, dass wir ..."

„Hi!"

Sie zuckte zusammen. Ein äußerst seltener Anblick. „Yusuri wollte Informationen über Isabelle. Sie hat Tanosuke durch Geld geködert und ihn zu ihrem Spitzel gemacht. Anfangs anscheinend nur auf gut Glück, um etwas gegen dich in der Hand zu haben. Tanosuke hat noch keine Informationen über Isabelle, aber über ihren Handel mit dir gefunden und an Yusuri weitergegeben. Da wir ihm aber auf den Fersen waren, wurde es ihm zu heiß. Deshalb ist er wohl geflohen."

„Verdammt!" Toshi stöhnte innerlich auf. Er war so kurz vor der Vollendung seines Planes und jetzt drohte nicht nur dieser, sondern auch Isabelle in Gefahr zu sein. Aber noch wusste Yusuri nicht, warum Isabelle in Japan war. Da Tanosuke nicht mehr in der Firma herumschnüffeln konnte, bestand für ihn zumindest auch keine Chance, es herauszufinden. Aber Yusuri war nicht dumm. Sie würde es weiter versuchen. Dass sie das Clantreffen genau auf den Ablauf des Fristmonats gesetzt hatte, war kein Zufall. Sie gab ihm deutlich zu verstehen, dass sie von dem Handel wusste, und dass mehr dahinter steckte als eine einfache Liebelei mit einer Gaijin. Yusuri wollte ihn einschüchtern.

Toshi rieb sich wieder über die Nasenwurzel. „Vernichtet die Daten über Isabelle. Tanosukes Verschwinden verschafft uns ein wenig Zeit. Vielleicht haben wir Glück, aber ich will mich nicht darauf verlassen. Ihr beiden behaltet jeden im Auge, der mit ihr in Kontakt kommt. Beim kleinsten Verdacht benachrichtigt ihr mich."

Hi und Tsuki nickten. Er wusste, dass sie seine Anweisungen gut ausführen würden, aber es war, wie er gesagt hatte. Ihnen blieb nur ein kleines Zeitpolster, bis der nächste Versuch Yusuris, Toshi irgendwie beeinflussen zu können, erfolgen würde. Bis dahin musste der Yakuza das Chaos in sich zur Ruhe bringen. Ab jetzt durften keine Fehler mehr passieren.

Isabelle öffnete die Tür zum Appartement. Entgegen ihrer sonstigen Gewohnheit hatte sie sich von Kyo überreden lassen, mit ihm und Tomo einige Bars in Kabukichō zu besuchen. Tomo, in ihrer fröhlich-lauten Art, hatte sie zum Schluss sogar in eine Karaoke-Bar gezerrt. Nicht in eine, in der man in einer kleinen Kabine mit Freunden saß und hemmungslos falsch ins Mikro sang, sondern in die Sorte, in der man sich auf einer Bühne vor den ebenso betrunkenen Gästen blamierte.

Tomo hatte gesungen, ebenso wie Kyo, und zu guter Letzt hatten beide Isabelle überredet, mit ihnen ein Duett zu singen. Isabelle war zu diesem Zeitpunkt schon stark angetrunken vom Sake und Martini gewesen und hatte wie die beiden anderen lachend den Text mitgesungen. Oder besser geschmettert. Es war ein japanischer Schlager gewesen, den Isabelle nicht kannte, aber das hatte sie nicht daran gehindert, ungehemmt und ebenso laut wie die beiden anderen mit einzustimmen. Als sie jetzt ins Wohnzimmer wankte, fühlte sie sich gelöst wie lange nicht mehr. Sie summte die Zeilen des Liedes noch nach, als sie die Gestalt am Fenster bemerkte. Es war dunkel, und Isabelle fand nicht auf Anhieb den Lichtschalter. Die Gestalt bewegte sich. „Guten Abend, Isabelle", begrüßte sie Toshis Stimme. Der leichte Dunst von Alkohol verflog und Isabelle spürte, wie ihre Sinne augenblicklich geschärft wurden. Diesen Moment hatte sie gleichzeitig herbeigesehnt und fortgewünscht. Aber jetzt war er da.

„Komm zu mir, Isabelle", lud Toshis Stimme sie warm ein. Es war noch immer dunkel im Appartement – nur der Schein von draußen hüllte das Zimmer in ein flüchtiges Zwielicht. Der Alkohol und die angenehme Geborgenheit des Halbdunkels ließen Isabelle Toshis Bitte ohne Zögern nachkommen. Sie trat neben ihn und sah wie er hinaus. „Ich genieße den Anblick immer wieder", raunte er, und Isabelle nickte. „Ja, ich au ..." Sie hatte ihm den Kopf zugewandt, als sie das sagte und bemerkte erst jetzt, dass er gar nicht auf den Verkehr unter ihnen, sondern in ihr Gesicht geblickt hatte.

„Warum bist du hier, Toshi?", fragte sie ebenso leise und suchte seine Augen.

Er hob die Hand und berührte ihr Gesicht. „Weil ich diesen Anblick vermisst habe", sagte er und hob auch die andere Hand. Sie streichelte ihre Wangen, berührten den nackten Hals und umfasste ihre Brüste durch den Stoff hindurch. Isabelle schauderte und schloss die Augen.

„Nein, sieh mich an", forderte er sie auf. „Ich will, dass du nichts davon verpasst. Und ich will auch, dass sie nichts davon verpassen."

Isabelle hob erstaunt den Kopf und bemerkte Toshis Blick, der sie zu dem Gebäude gegenüber wies. Es musste sich um einen Bürokomplex handeln. Ein Eckbüro bestand fast nur aus Glasfronten und war als einziges in dem Haus beleuchtet. Es war eine helle Lampe, die zwei Figuren zu Schattenumrissen machte, die an den Fenstern standen. Sie bewegten sich nur leicht und sahen eindeutig zu ihnen herüber.

Isabelle gab einen abwehrenden Laut von sich und wollte vor Toshi zurückweichen, aber der fasste ihre Handgelenke und hielt sie zurück. „Nein", sagte er nur und stellte sie vor sich, mit dem Gesicht zum Fenster. „Sieh hin. Ich will, dass du ihren Blick spürst."

„Nicht ... das ist mir peinlich!"

„In der Bahn waren sehr viel mehr Menschen, und trotzdem hat es dir nichts ausgemacht. Im Gegenteil, du wurdest so heiß, dass ich dich mühelos zum Orgasmus bringen konnte", sagte er scharf, und Isabelle biss die Zähne zusammen. „Ich war damit nie einverstanden gewesen!", presste sie hervor.

Ein Licht flammte hinter ihnen auf. Eine Stehlampe, sehr hell und genau auf ihren Körper ausgerichtet. „Dann musst du auch in diesem Fall nicht einverstanden sein", sagte Toshi und zog Isabelle das T-Shirt aus der Hose.

„Was soll das werden?!", knurrte sie und versuchte, sich zu wehren. Toshi zog sie mit einem Ruck an sich und schlang seine Arme um ihren Oberkörper. Sie konnte sich kaum noch rühren. An ihrem Po spürte sie jedoch deutlich eine harte Erektion. Kyo hatte vielleicht recht – vielleicht ließ sie den Yakuza doch nicht so kalt, wie er es gerne wollte.

„Anscheinend muss ich diesmal etwas deutlichere Mittel sprechen lassen." Mit einer schnellen Bewegung hatte er ihre Arme gehoben und das T-Shirt ausgezogen. Isabelle entwand ihm ihre Hände und kreuzte sie vor der Brust, die nur noch durch einen halb durchsichtigen BH verdeckt war. „Der auch noch", verlangte er.

„Ich will nicht, dass sie uns zusehen!", bestimmte Isabelle, aber Toshi schien das nicht zu interessieren. Wieder zog er ihr mühelos die Arme auseinander. Die Kraft, die in seiner Bewegung lag, veranlasste Isabelle, ihm, zumindest körperlich, nachzugeben. Sie hatte ihm an Kraft nichts entgegenzusetzen, so sehr sie dieses Wissen auch ärgerte.

Toshi zog ihr auch den BH aus und hob ihr Haar an. „Isabelle", sagte er mit rauer Stimme, und ihr Klang jagte einen Schauer über ihren gesamten Körper. Toshi folgte ihm mit seinen Lippen, den Nacken hinab, über die Kuhle ihres Rückgrats entlang. „Mir scheint, du bist heute ein wenig rebellisch", sagte er und trat einen Schritt zurück. „Ich möchte daher eventuellen Angriffen deinerseits vorbeugen."

Etwas raschelte und kurz darauf spürte Isabelle wieder Toshis Atem an ihrem Ohr. „Du hast die Seidenfesseln nicht für Kyo verwandt? Soll ich geschmeichelt sein?"

„Sei lieber still", murmelte Isabelle schwach. Ihre Stimme verriet sie; allein der Gedanke an die schmalen, weichen Seile in Toshis großen Händen ließ weiteren Widerstand dahinschmelzen. Himmel, sie wollte, dass er sie fesselte!

Toshis Antwort war ein raues Lachen und er bog ihr die Arme nach hinten. Er hielt sie gerade, und Isabelle fühlte, wie er eines der kleineren Seile mehrmals in entgegengesetzte Richtungen um ihre Handgelenke schlang und sie dann in der Mitte noch einmal umeinander wand, um sie dann zu verknoten. Sie bewegte versuchsweise die Handgelenke. Das Seil saß locker genug, dass es sie nicht einschnürte, aber daraus befreien konnte sie nur noch Toshi. Der Gedanke erregte sie. Als ihr Blick auf die Zuschauer fiel, die noch immer zu ihnen sahen, wurde sie jedoch rot. Sie konnte auf die Entfernung nicht ausmachen, ob es sich dabei um Männer oder Frauen handelte, aber das machte keinen Unterschied. Dort waren Menschen, die genau wussten und sahen, was Toshi mit Isabelle tat. Sie sahen ihre nackten Brüste, die durch die Haltung, die Isabelle dank der Fesselung automatisch einnahm, noch weiter hervorgestreckt wurden. Es war anders als in der Bahn, aber nichtsdestotrotz spürte Isabelle eine stetig anwachsende Lust in ihrem Inneren, der sie nicht lange standhalten konnte. Und dieses Etwas in ihr, das sich seit ihrer ersten Begegnung nach Toshi verzehrte, begrüßte dies.

Toshi öffnete den Knopf ihrer Hose und ließ sie einfach bis auf ihre Knöchel fallen, ebenso tat er es mit ihrem Slip. Auf seinen Befehl hin machte sie einen Schritt nach vorn, damit er beide Kleidungsstücke zur Seite schieben konnte. Er trat wieder hinter sie und legte eine Schlinge um ihren Hals, deren Knoten zwischen ihren Brüsten lag. Geschickt wickelte er die Seide um Isabelles Oberkörper und knüpfte Knoten über ihrem Brustbein, sodass ihre Brüste nur noch deutlicher hervortraten. Der leichte Druck machte sie noch empfindlicher.

Isabelle stöhnte ungewollt auf. Toshi schob sich zwischen sie und das Fenster und schirmte sie für einen Augenblick vor den Blicken der Voyeure gegenüber ab. Er hob Isabelles Kinn an und küsste sie zart auf die Lippen. Sie wollte den Kopf wegdrehen, aber er dirigierte sie sanft wieder zu sich. Als sie stillhielt und seine Lippen auf ihren duldete, öffnete er Jackett und Hemd und ließ beides als Kleiderhaufen unbeachtet neben sich fallen. Er löste den

Kuss und beugte sich tiefer. Sein Mund küsste den Mittelpunkt ihres Schlüsselbeins und legte sich dann auf ihre bloßen Brüste. Isabelle stöhnte und schloss die Augen. Toshis Berührung verlor alles Zärtliche. Er umfasste eine der prallen Halbkugeln mit der Hand und drückte ein wenig zu, während sein Mund sich gierig und suchend über ihre Brustwarze legte und an dem steif werdenden Nippel saugte. Das Saugen setzte sich direkt bis in ihren Schoß fort, und Isabelle kämpfte gegen die Fesseln an. Sie wollte aktiv sein, wenigstens sich selbst berühren, wenn schon nicht ihn. Aber es war zwecklos.

Toshi bemerkte es kaum. Er wechselte die Seite, küsste, saugte und biss in die andere Brustwarze, während seine beständig suchenden Finger dafür sorgten, dass auch die der anderen Brust hart blieb.

Isabelle gab einen keuchenden Laut von sich und öffnete die Augen. Die Personen gegenüber hatten sich bewegt. Eine stand neben der anderen und hatte ihre Hand irgendwo im unteren Bereich dieser liegen. Isabelle rang nach Atem, denn in diesem Moment kniete Toshi vor ihr nieder. Er schob ihre Beine auseinander und glitt mit der Zunge über ihren spärlich behaarten Schamhügel. Seine Knie sorgten dafür, dass sie ihre Beine gespreizt hielt und seine Hände streichelten ihre Hüfte und die Innenseite ihrer Schenkel. Isabelle sah auf den Kopf zwischen ihren Beinen herab und merkte erst jetzt, dass sie schauderte.

„Toshi", murmelte sie, ohne es zu wollen, aber es war zu leise. Er hörte sie nicht oder wollte sie nicht hören. Seine Zunge wanderte derweil tiefer und tupfte gegen die langsam hart werdende Klitoris. Diese kleine Reizung brachte Isabelle dazu, heiser zu keuchen, aber Toshi hatte mehr mit ihr vor. Nun missachtete er ihren empfindlichsten Punkt völlig und fuhr mit der Zungenspitze über die Außenseite der Schamlippen. Diese Liebkosung war so nah und gleichzeitig so fern von dem Zentrum ihrer Lust, dass sich Isabelle ein frustriertes Knurren entwand. Toshi ließ sich davon aber nicht beeindrucken. Er fuhr mit der Zunge weiter, wechselte nur manchmal die Seite und glitt dann für den Bruchteil einer Sekunde über die langsam nass werdende Spalte. Isabelles Zittern verstärkte sich. Am liebsten hätte sie ihre Finger in Toshis schwarzes Haar vergraben und sein Gesicht tiefer auf ihren Schoß gepresst, aber sie war gefesselt und hilflos. Sie konnte nur darauf warten, dass er gnädig genug war, sie dort zu lecken, wo sie ihn am dringendsten fühlen wollte. Noch hatte der Yakuza aber nicht genug vom Spielen. Er wanderte wieder höher und küsste die weiche Haut über der Klitoris.

Isabelle zerrte wieder an ihren Fesseln. Die Lust steigerte sich, und je heißer es wurde, umso mehr wünschte sie sich, Toshi ganz fühlen, ganz schmecken zu können. Aber die Seidenfessel hielt sie davon ab. Sie war ganz Toshis Zunge ausgeliefert – und den Blicken der beiden Menschen. Durch den Schleier aus Erregung konnte Isabelle erkennen, dass auch diese zwei nicht mehr untätig waren. Der Gedanke, zuzusehen und selbst dabei gesehen zu werden, ließ sie nicht mehr erröten. Vielmehr spreizte sie ihre Beine schulterbreit. Toshi sah überrascht auf, aber sein Lächeln bestätigte Isabelle darin, dass er ihre Handlung begrüßte. Sie wollte mehr, und er gab ihr mehr. Seine Hände verharrten auf ihren Hüften, um sie ruhig zu halten, und er stieß seine Zunge in sie. Isabelle schob ihr Becken vor und stöhnte wohlig.

„Mehr Toshi, mehr!", bettelte sie und spürte seine weiche Zunge ihre Klitoris reiben.

Diesmal tat er ihr den Gefallen und reizte sie stark genug, um sie endlich die Schwelle überschreiten zu lassen. Ihr Unterleib zuckte gegen seinen Mund und sie schrie auf. Isabelles Knie wurden weich und sie konnte nichts dagegen tun. Toshis Arm legte sich um ihre Taille, damit sie nicht fiel. Er richtete sich auf, hielt sie dicht an sich gedrückt und küsste ihren Nacken. Isabelle lehnte einfach an ihm und versuchte, wieder zur Ruhe zu kommen.

„Wieder kein ‚Nein'", flüsterte er und öffnete mit einem einzigen Handgriff die Verschnürung um ihre Brüste. Das Seil fiel zu Boden. „Wieder kein Versagen. Was soll ich nur mit dir tun, Isabelle?"

„Ich werde jede deiner verdammten Aufgaben lösen", murmelte sie, das Gesicht in seiner Schulter vergraben. Der Duft seiner Haut und seines Aftershaves waren betörend und männlich zugleich. Unter ihrem Kinn brüllte der Drache. Die Situation war absurd: Sie lehnte an diesem Yakuza und genoss das Nachglühen ihres Orgasmus, den er ihr verschafft hatte. Und in diesem Augenblick wollte sie nirgendwo anders sein.

„Jede deiner Aufgaben, und dann wirst du Shin und mich gehen lassen."

Toshis Antwort war nur ein sanftes Streicheln durch ihr Haar.

KAPITEL 13

Tanosuke fuhr sich mit einem Handtuch über das Gesicht. Die Hitze in der Großstadt war bereits unerträglich gewesen; hier auf dem Land war sie die reinste Hölle. Die Bedienung brachte ihm einen weiteren Eistee und ließ ihn dann allein auf der Veranda. Er war froh darüber. Erst am Tag zuvor hatte er einige Leute des Yamanote-Clans abhängen müssen. Es waren nicht ihre schlimmsten Bluthunde gewesen, und Tanosuke betete im Stillen darum, dass es so blieb. Soviel wusste er: Wenn Toshinaka herausfand, dass er die Lérand-Akten kopiert hatte, würde er sofort die beiden schießwütigen Zwillinge auf dem Hals haben. Verfluchte Gaijin! Was taten die überhaupt hier?

Er leerte das Eisteeglas fast zur Hälfte und starrte auf den Bildschirm seines Laptops. Die Daten zu kopieren war einfach gewesen, sie zu entschlüsseln allerdings schwieriger. Ihre Sicherung bestand aus einer Kombination aus Codes und Passwörtern, die er bisher nicht hatte knacken können. Zu allem Überfluss saß Yusuri ihm im Nacken. Sie hatte ihn für diese Informationen bezahlt, und im Gegensatz zum Yamanote-Clan würde sie nicht zögern, die Ware, die sie wollte, aus ihm herauszupressen. Auf eine sehr schmerzhafte Weise.

Er tippte einige Zahlenreihen in den Computer ein, aber der gab nur ein schrilles Piepsen von sich. Tanosuke vergrub das Gesicht in den Händen und verfluchte Toshinaka. Es würde eine Ewigkeit dauern, bis er das entschlüsselt hatte. Und Ewigkeit war etwas, das er sicher nicht besaß. Wie besessen machte Tanosuke weiter. Er musste dahinter kommen, was es mit dieser Ausländerin auf sich hatte. Er musste einfach!

Die vorangegangenen Tage wiederholten sich. Isabelle erhielt keinerlei Nachricht von Toshi. Nach der Nacht am Fenster war er gegangen, und seither hatte sie nichts mehr von ihm gehört.

Isabelle fesselte Kyo kaum noch. Es gab viele Techniken, die sie noch nicht beherrschte, aber sie war auf der Suche nach etwas anderem. Es gefiel ihr, Kyo zu fesseln, aber Toshis Hände auf ihrem Körper, die ihn gefühlvoll streichelten, die prüften, ob das Seil zu fest saß oder zu locker, die Knoten hineinknüpften – das hatte ihr vor wenigen Nächten nie zuvor gekannte Ekstase beschert. Jetzt stand sie oft vor dem Spiegel und übte selbst mit den Seilen. Aber die Ekstase blieb aus.

Als Kyo eines Nachmittags zu ihr kam, bat sie ihn zu sich aufs Sofa. „Fummeln und Knutschen – einverstanden", grinste er und ließ sich neben Isabelle auf die Polster fallen. Die lächelte und schüttelte den Kopf. „Du kennst dich mit Shibari aus, oder? Kennst du einen Mann namens Kamo?"

„Meister Kamo?" Auf Kyos Gesicht erschien ein Stirnrunzeln. „Was willst du bei ihm? Neue Lektionen?"

Isabelle fuhr sich ein wenig verlegen durch die Haare. „Nein, ich sollte erst einmal die perfekt beherrschen, die ich schon kenne. Ich möchte nur ..." Sie zögerte und biss sich auf die Unterlippe. „Ich will wissen, ob es sich immer so anfühlt, wenn man gefesselt wird."

„Ob es sich wie was anfühlt?", fragte der Host lauernd.

„So gut", erwiderte Isabelle leiser als geplant.

„So gut oder so gut wie bei Toshi?"

„Ich will es einfach nur wissen", erwiderte Isabelle kühl.

Kyo stand auf und holte aus seiner Tasche die Hanfseile, mit denen Isabelle ihn immer fesselte. „Zieh dich aus."

„Kyo, ich vertraue dir nicht genug, um mich von dir fesseln zu lassen!"

Kyo trat auf sie zu und fasste Isabelles Arm. Er zog sie auf die Füße. „Meister Kamo wird dich nicht zu sich lassen. Man kommt nur auf Einladung in sein Haus. Und außer mir hast du niemanden, den du gut genug kennst, um dich fesseln zu lassen."

Isabelle ging die Alternativen durch, aber so wie die Dinge standen, hatte Kyo recht. Der wickelte das Seil auf. „Also?"

Isabelle nickte nur. Sie zog sich, den Rücken Kyo zugewandt, aus und stellte sich dann so weit weg vom Fenster wie möglich. „Fang an", wies sie Kyo an.

Er wählte eine einfache Fesselung. Ein Karada mit auf den Rücken gebundenen Händen. Isabelle spürte das angenehme Gefühl des Seils und der Fesselung. Aber die Erregung, die Ekstase, die sie bei Toshi verspürt hatte, stellte sich nicht ein. Es lag wohl doch nicht an den Zuschauern oder der Fesselung. Allein die Tatsache, dass Toshi es war, der sie hilflos machte, und dem sie sich auslieferte, reichte, um sie zu erregen. Das war es, was sie wollte.

Kyo hielt inne und sah sie an. „Es ist nicht dasselbe, nicht wahr?"

Isabelle nickte nur. Er trat hinter sie und löste die Handfesseln. In diesem Moment schlug eine Tür zu und beide fuhren herum. Dort stand Toshi und sah sie mit versteinerter Miene an.

Kyo trat einen Schritt von Isabelle zurück, als wäre sie gefährliches Sprengmaterial. Zum Glück hatte er die Knoten bereits gelöst, sodass Isabelle sich rasch von dem restlichen Seil befreien konnte. Sie nahm ihre Sachen und zog sich hastig an.

Toshi tat, als wäre nichts. Er ließ sich in einen Sessel sinken und wartete, bis Isabelle sich wieder angezogen und Kyo das Seil aufgerollt hatte. Isabelle fragte sich, warum sie das Gefühl hatte, Verrat begangen zu haben. Sie hatte nichts getan und selbst wenn – Toshi und sie waren nicht auf solche Weise verbunden, bei der er Grund zur Eifersucht gehabt hätte.

Stumm setzte sie sich auf das Sofa und schlug die Beine übereinander. „Entschuldige, dass du warten musstest", sagte sie und fragte sich, wo der unterschwellige Spott in ihrer Stimme herkam.

Kyo wirkte noch immer weitaus verlegener als sie und verneigte sich in Toshis Richtung. „Ich gehe besser", verabschiedete er sich und verschwand, bevor Isabelle ihn aufhalten konnte.

„Ich sehe, du machst Fortschritte", sagte Toshi neutral und deutete auf die Seile.

„Das habe ich dir bereits gesagt – ich werde jede deiner Anforderungen bestehen."

„Das ist gut – bis zu unserem vereinbarten Termin dauert es nicht mehr lange. Du solltest in Form sein."

„Deine Sorge um mich ist rührend."

Toshi hob die Brauen und musterte Isabelle. Die erwiderte den Blick ruhig. „Ich dachte, einige letzte Tage Ruhe würden dir guttun. Ich fahre zurück nach Nikkō und wollte dich bitten, mich zu begleiten."

„Ich habe tatsächlich eine Wahl?"

Toshi stand auf. „Die Limousine wartet vor der Tür", sagte er und wartete gar nicht erst auf eine Erwiderung Isabelles, bevor er ging.

Die Fahrt nach Nikkō verlief schweigend. Isabelle wollte nicht reden und auch Toshi schien nicht in der Stimmung für Plaudereien zu sein. Am Gutshof in Nikkō wurde Isabelle von Hi begrüßt. Toshi verschwand nach einem kurzen Gruß, während Hi Isabelle zu ihrem alten Zimmer führte.

„Was habt ihr beiden gemacht? So frostig habe ich ihn selten erlebt", fragte die Engländerin und sah Isabelle beim Auspacken zu.

Isabelle öffnete eine Truhe, um ihre wenigen Habseligkeiten zu verstauen. Hi griff in eine andere Truhe und holte einen Yukata mit grünem Bambusmuster heraus. Isabelle nahm ihn lächelnd. Die richtige Kleidung für den heißen Sommer in den Bergen.

„Ich habe mich von Kyo fesseln lassen, und Toshi hat uns dabei überrascht", sagte sie, als wäre es etwas Alltägliches, während sie sich umzog. Hi lehnte an der offenen Schiebetür zum Garten und wartete darauf, dass Isabelle fertig wurde. „Sonst noch etwas?"

Isabelle drehte ihre langen Haare zusammen und steckte sie mit einer einfachen Haarspange fest. „Nein."

Hi nickte, als würde sie einige schwierige Fakten miteinander vergleichen. Dann zog sie Isabelle mit sich. „Komm, du brauchst jetzt einen Tee."

Toshi erschien später nicht zum Abendessen, das Isabelle mit Hi und Tsuki verbrachte. Der Engländer schien noch wortkarger geworden zu sein, als bei ihrer ersten Begegnung. Er begrüßte Isabelle, sprach dann aber kein weiteres Wort mehr. Aber seine gesamte Körpersprache wirkte angespannt, und er sah sich immer wieder um.

Hi dagegen plauderte und tat auch sonst alles, damit Isabelle das Ganze für einen Entspannungsurlaub halten konnte. Nach dem Essen unterhielten sich die beiden Frauen noch etwas und spazierten dabei durch den Garten. Hi führte sie in einen Bereich, der Isabelle bisher vollkommen entgangen war. Eine Art abgeschirmtes Areal, das hinter dem Onsen verlief und von außen kaum einzusehen war. „Wieweit bist du mit deinen Shibari-Lektionen?", fragte Hi, während sie weiterschlenderten.

„Ich bin nicht schlecht, denke ich", sagte Isabelle und drehte einen kleinen Bambuszweig, den sie vom Boden aufgehoben hatte, zwischen den Fingern. „Ich weiß nur nicht, ob es schon reicht."

Hi lachte. „Das macht den Reiz aus, nicht wahr?"

„Für ihn und euch vielleicht. Für mich nicht."

Die Engländerin lächelte. „Zerbrich dir morgen wieder den Kopf darüber", sagte sie und gähnte. „Geh ins Bett. Ich tu das auch."

Isabelle schüttelte den Kopf. „Später."

Hi zuckte mit den Schultern. „Wie du willst." Sie wandte sich ab und verschwand hinter einigen hohen Bambusstämmen. Isabelle seufzte und sah auf den Bambushalm in ihrer Hand.

Etwas raschelte, und Isabelle sah auf. Toshi stand vor ihr. Er sah aus wie an dem Tag, als er neben ihrem Futon gesessen hatte, aber sein Blick war düster.

„Was tust du hier draußen?", fragte Isabelle und kam näher. Toshi fasste wortlos ihren Arm. Seine Finger gruben sich fest in ihr Fleisch, und Isabelle spürte den Drang zurückzuweichen. „Lass mich los!"

„Nein." Ohne auf ihren Widerstand zu achten, zog er sie mit sich. Der Weg führte in einen größeren Raum mit vielen Tatami-Matten auf dem Boden. Isabelle hatte ihn zuvor noch nicht gesehen und stand nun verwundert in dem bis auf wenige Möbelstücke leeren Raum. Toshis Gesicht war noch immer grimmig, und er zog aus dem Ärmel seines Yukata mehrere lange Seile. Irgendetwas an seiner Haltung sorgte dafür, dass Isabelle einen Schritt zurückwich.

Toshi kam näher. Er streckte den Arm aus und löste mit einem Griff Isabelles Yukata-Gürtel. Darunter trug sie nur einen Slip. Sein Gesicht verzog sich missbilligend, als er das sah. Wortlos ließ er die Seile fallen, kniete sich vor sie und zog ihr dies letzte Kleidungsstück über die Hüften nach unten.

Isabelle fröstelte und kreuzte die Arme vor sich. Toshi fasste ihre Handgelenke und drängte Isabelle rücklings an die Wand. Sie keuchte, als sie die Außenwand an ihrem nackten Rücken spürte. Sein Körper drückten sich an ihren und Toshis Lippen berührten ihr Ohr. „Das ist keine Aufgabe", knurrte er heiser. „Das ist eine Lektion. Eine Lektion, darin zu unterscheiden, wer dich in Zukunft fesseln wird und wer nie wieder Hand an dich legen darf."

„Kyo hat nur ..."

„Ich will nicht wissen, was Kyo getan hat! Es ist das, was ich dir sage. Eine Lektion. Und damit du sie gut lernst ..."

Er hatte ihr die Hände schneller zusammengebunden, als Isabelle reagieren konnte. Sie waren vor ihrer Brust zusammengeknotet und Isabelle brauchte sich nicht erst zu vergewissern, um zu merken, dass sie sich unmöglich daraus lösen konnte. „Ich werde meine Lektion ein wenig verdeutlichen."

Seine großen Hände strichen über ihre gefesselten Arme hinauf zu den Schultern. Sie waren gierig und suchend. Sorgsam befühlten sie die Struktur ihrer Schultern, tiefer hinab zu ihren Brüsten. Er knetete sie und rollte die kleinen harten Nippel zwischen seinen Fingerkuppen. Isabelle stöhnte.

Toshi biss in ihr weiches Fleisch. „Du wirst noch viel lauter stöhnen", murmelte er und ließ sie los. Isabelle taumelte und stützte sich mit dem Rücken an der Wand ab.

Toshi hatte sie nur losgelassen, um eine Truhe vom anderen Ende des Raums zu holen. Er stellte sie in die Mitte, dort, wo die Tatami-Matten zusammentrafen, und zog eine schmale Gerte aus dem Inneren. Isabelle öffnete den Mund, um zu protestieren, aber etwas verschloss ihre Lippen. Der Anblick des langen, gebogenen Stück geflochtenen Leders jagte eine bisher ungekannte Erregung bis in die kleinste Faser ihres Körpers. Sie schauderte.

„Beug dich über die Truhe."

Mit weichen Knien brachte Isabelle die wenigen Schritte bis zur Truhe hinter sich und sah Toshi an, wie um sich zu vergewissern. Er nickte unmerklich, und sie beugte sich über die hohe Truhe. Sie konnte stehenbleiben. Ihre Brüste wurden an das glatte Holz gepresst und die Kälte ließ sie zusammenzucken. Ihre Arme hingen über die Rückseite des Möbelstücks.

Toshi kniete sich wieder zu ihr und stellte ihre Füße auseinander. Er nahm ein weiteres Seil und ein Stück dicken Bambus. Mit wenigen Handgriffen hatte er Isabelles Knöchel an den Bambus gefesselt. Sie konnte ihre Beine nicht mehr schließen, selbst wenn sie es gewollt hätte. Ihr Hintern stach deutlich hervor und sie erschrak, als sie statt der Gerte seinen Atem darauf spürte.

„Bist du bereit?", fragte er und küsste erst ihre linke Pobacke, dann die rechte. „Ich fange jetzt an."

Isabelle kratzte unruhig mit den Fingernägeln an der Truhenseite. Sie wollte entweder seinen Mund fühlen oder die Gerte hinter sich bringen. Sie hatte niemals das Bedürfnis nach Schlägen verspürt, ja, sie hätte jeden Mann aus ihrem Bett geworfen, der es gewagt hätte, so etwas von ihr zu verlangen. Aber jetzt war sie gespannt, jetzt wollte sie Toshis Hand fühlen, die die Gerte schwang. Allein die Vorstellung, wie er den Arm hob, um ihre Haut mit roten Striemen zu zeichnen, versetzte sie in Furcht, erregte sie gleichzeitig aber maßlos.

„Du wirst jetzt schon feucht?" Toshi schob seinen Finger tief in sie, und Isabelle schrie erschrocken auf. „Nein, sogar nass." Für den Bruchteil einer Sekunde spürte sie, wie seine Zunge den Finger ersetzte. „Ich hoffe, du wirst trotzdem aufmerksam sein", sagte er, auch wenn seine Stimme rau und fahrig klang.

Der erste Schlag kam so überraschend und leicht, dass Isabelle den Schmerz gar nicht spürte. Der zweite folgte direkt danach und diesmal fühlte sie ein leichtes Brennen an der Stelle, an der die Gerte sie getroffen hatte.

„Toshi", stöhnte Isabelle und wand sich. Ihre Scham stand weit offen, und Toshi tauchte einmal mehr seinen Finger in sie.

„Ich möchte, dass du dir jeden Augenblick bewusst bist, wer das mit dir tut", raunte er. „Ich fessele dich, ich züchtige dich und ich bestimme, wer dir Lust verschaffen darf."

Isabelle keuchte, denn jedem seiner Worte folgte ein weiterer Schlag mit der Gerte. Er traf niemals dieselbe Stelle zweimal, sondern zeichnete sie an jedem Zentimeter ihres weißen Pos mit seinem Mal. Isabelle musste es nicht sehen, um zu wissen, dass ihr Hintern mittlerweile nicht mehr weiß, sondern leuchtend rosa war. Noch ein Schlag mehr, und das Brennen, das immer stärker geworden war, würde zu einem feurigen Schmerz werden.

Sie hob den Kopf. „Toshi." Es war kaum mehr als ein Flüstern. Sie versuchte ihre zitternde Stimme wieder unter Kontrolle zu bringen. Mühsam sah sie über die Schulter. Ihr Atem ging in schweren Stößen. Toshi erwiderte ihren Blick mit ruhiger Miene. Er ließ den Arm mit der Gerte sinken und trat näher. Sein Blick glitt über ihre kirschrote Haut.

„Hast du es verstanden?", fragte er samten und stützte sich neben Isabelles Po ab. Seine Hand strich über ihre gereizte Haut. „Soll ich aufhören?"

Isabelle wimmerte. „Ja", murmelte sie und ließ den Kopf sinken. „Ja, bitte. Ich gehöre dir. Nur für einen Monat, aber in diesem Monat gehöre ich dir."

Toshi schob ihr überraschend sanft das dichte Haar aus dem Nacken, um einen Kuss darauf setzen zu können. Isabelle spürte seinen Yukata und den festen Körper darunter. Durch den Stoff seines Hakama drückte sich seine Erektion gegen ihre weit offene, nackte Scham.

„Dann benutz mich", murmelte sie. „So wie ich dich in der Bahn benutzt habe. Ich gehöre dir."

Stoff raschelte. Isabelles spürte, wie die Spitze seines pochenden Schwanzes ihre Schamlippen berührte. Sie wand sich, aber seine freie Hand streichelte ihre Seite hinab bis zur Hüfte, um zum Stillzuhalten zu bewegen. „Sh, still, Isabelle", flüsterte er. „Lass es mich genießen."

Sie zitterte, bewegte sich aber nicht mehr. Seine Eichel drang in sie, aber noch gewährte er ihr keine Erlösung. Er zog sich zurück, streichelte sie weiter mit den Fingern, bis sie aufschluchzte.

„Willst du ihn?" Seine Erektion legte sich in die Furche zwischen ihren Pobacken. Isabelle verkrampfte sich und hörte Toshi leise aufstöhnen.

„Ja", lachte er atemlos und rieb sich an ihr. „Du willst meinen Schwanz, nicht wahr?"

Sie stieß ihren Hintern weiter hoch, um ihm zu zeigen, wie sehr sie ihn wollte. Sie bettelte darum, dass er endlich in sie eindrang und sie nahm.

Toshi setzte seine Eichel ein weiteres Mal an. Isabelle spürte seine Arme an ihrer Seite und sah seine Hände, die den Rand der Truhe umfassten, um Halt zu haben - bevor sie begriff, was das bedeutete, stieß er seine Hüften hart nach vorne und drang bis zum Anschlag in sie.

Isabelle warf den Kopf zurück und schrie. Er war groß und reizte jede empfindliche Stelle in ihr; sie konnte es überdeutlich fühlen. Er war noch immer angezogen, der Stoff seiner Kleidung reizte ihren malträtierten Hintern und rieb über die sensible Haut.

Toshi etablierte einen harten, tiefen Rhythmus. Er richtete sich auf, und Isabelle schluchzte auf, weil sie ihn noch tiefer fühlte. Er war so tief in ihr, dass sie nicht wagte, sich zu bewegen, aus Angst, zu früh zu kommen. Sie wollte es auskosten und jede Sekunde davon genießen.

Seine Hände legten sich um das Fleisch ihres Hinterns und kneteten es. Feiner, dünner Schmerz wallte in ihr auf und verband sich mit der Lust, die Isabelle lauthals Toshis Namen schreien ließ.

Er wurde langsamer, stieß nur flüchtig und mit halber Kraft in sie.

„Toshi!", flehte Isabelle und versuchte, sich umzudrehen. Er beugte sich zu ihr hinunter und strich mit dem Fingerrücken über ihre Wange.

„So gierig", lachte er leise und stieß plötzlich wieder hart zu. Sie ließ den Kopf sinken. Toshis Hand wühlte sich in ihr rotes Haar und fuhr durch die dichten Strähnen. Die Haarspange hatte sich schon lange gelöst und lag irgendwo auf dem Boden. Isabelles rote Haargarben fielen ihr weich über den Körper. Er nahm sie, bereitete ihm und ihr Lust, und trieb sie unaufhaltsam auf den Gipfel zu. Seine Hand in ihren Haaren lenkte sie, während er sie auf seine eigene Weise zuritt und gefügig machte.

Isabelles sehnte sich nach Halt. Was Toshi mit ihrem Körper tat, war unfassbar. Sie kratzte unruhig über die Truhe und bewegte ihr Becken soweit es ihr möglich war, um ihn tiefer in sich zu holen. Sein Körper klatschte gegen ihren und das Geräusch steigerte ihre Ekstase noch um eine weitere Nuance.

Ihre Klitoris rieb sich an der Truhe und sie konnte nicht mehr warten. Sie presste sich so fest wie möglich an Toshi und kam. Nur einen Augenblick später spürte sie, wie er tief in sie spritzte. Toshi bewegte sich kaum noch. Er sackte auf sie und küsste ihren Nacken und die feine Kuhle des Rückgrats. Isabelle spürte die letzten Wellen der Lust durch sich laufen und Erschöpfung von ihr Besitz ergreifen.

Toshi löste sich aus ihr, und sie spürte ihren eigenen Saft ihr Bein entlangrinnen. Toshi zog sich wieder richtig an und kniete vor die Truhe hin, um Isabelle von ihren Fesseln zu befreien.

Als sie sich aufrichtete, sackten die Beine unter ihr weg, und er hob sie auf seine Arme. Sie wollte ihm sagen, wie dankbar sie ihm war, aber er küsste sie nur und trug sie zu seinem Zimmer. Dort rollte er den Futon aus und legte sie darauf. Isabelle sog scharf die Luft ein, als ihr Po die Matratze berührte, und Toshi lachte leise.

Er drehte sie auf den Bauch und küsste ihren malträtierten Hintern. Dann verschwand er aus dem Raum. Isabelle seufzte leise und zog sich die Nackenrolle, die als Kissen diente, heran, um ihr Kinn darauf abzustützen. Sie fühlte sich geborgen. Zufriedenheit breitete sich in ihr aus und sie fühlte sich zu wohl, um dieses Gefühl zu bekämpfen. Es war richtig, für einen

Moment, sei er auch noch so winzig, nicht gegen die Gefühle anzukämpfen, die Toshi in ihr auslöste.

Die Tür schob sich auf und der Yakuza kam zurück. Er trug ein Tablett und stellte es neben Isabelle ab. Darauf dampfte Wasser in einer tiefen Schale; die Tube mit Salbe, die Isabelle schon kannte, lag daneben. Er tauchte einen Schwamm in das warme Wasser, drückte ihn aus und fuhr damit über Isabelles Beine und Scham, um sie von den letzten Zeugnissen ihrer Vereinigung zu befreien.

Auch wenn Isabelle nichts dagegen gehabt hätte, sie noch ein wenig länger tragen zu können. Toshis zärtliche Art, sie zu umsorgen, nachdem er sie zuvor regelrecht geplündert hatte, war aber um ein Vielfaches besser.

Er wusch den Schweiß von ihrem Körper und behandelte ihren wunden Po sorgsam mit der Salbe. Als Isabelle zusammenzuckte, lachte er wieder leise und kniff sie herausfordernd. Sie quietschte auf und wollte sich wehren, aber Toshi hielt einfach ihre Handgelenke fest und hauchte einen Kuss auf jede einzelne Fingerkuppe. Sie schauderte und konnte ihren Blick nicht von ihm abwenden.

„Ruh dich aus", sagte er sanft und strich mit seinen Lippen über ihre Stirn. „Morgen sehen wir uns wieder."

Isabelle nickte und sah ihm ein wenig enttäuscht nach, als er sich erhob und sie allein in seinem Bett zurückließ.

KAPITEL 14

Die vergangene Nacht hing Isabelle auch noch am Morgen nach. Sie fühlte eine seltsame Ruhe in sich und musste immer wieder lächeln, wenn sie sich auf seinem Futon umdrehte und sein Duft ihr urplötzlich in die Nase stieg. Noch immer lächelnd stand sie schließlich auf und fand einen sauberen Yukata mitsamt Gürtel ordentlich gefaltet auf dem Boden neben sich liegen. Wahrscheinlich von Toshi, der daran gedacht hatte, dass ihr Yukata sich noch in dem anderen Raum befand, und sie nackt durch das Haus hätte laufen müssen.

Sie streifte ihn sich über und begegnete auf dem Flur vor der Tür Tsuki. „Guten Morgen", begrüßte sie ihn, und er neigte den Kopf zur Erwiderung.

„Du bist gut gelaunt", bemerkte er, und Isabelle nickte. „Der Tag ist schön."

Tsuki runzelte die Stirn als wäre das nicht die Antwort, mit der er gerechnet hatte, dann aber nickte er. „Du solltest mit rauskommen. Eine der Frauen aus dem nahen Dorf ist da."

„Und was soll ich dort?"

„Tee trinken", erklärte Tsuki nur knapp. Isabelle folgte ihm durch das Haus und genoss, dass die meisten der Türen nach draußen geöffnet waren. Eine leichte Brise wehte durch die Flure. Die aus dem Garten kommende Luft brachte den harzigen Duft von Zedern und den leichten Hauch von Hibiskusblüten mit sich.

Tsuki führte sie hinaus in den Garten und einen der knirschenden Kieswege entlang. Sie hielten an einem kleinen Pavillon mit offenen Seiten, in dem Hi sich gerade mit einer jungen Japanerin unterhielt. Sie sahen auf, als Tsuki und Isabelle ihre Getas abstreiften und den Pavillon betraten.

„Guten Morgen, Isa-chan", begrüßte Hi sie und lächelte breit. Die junge Frau neben ihr verbeugte sich leicht und lud die beiden Neuankömmlinge mit einer Handbewegung ein, sich zu ihnen zu setzen. Der Boden des Pavillons bestand aus Holz. Um den Komfort zu erhöhen, waren darauf gepolsterte Sitzkissen ausgebreitet, und zwischen den beiden Frauen dampfte eine altmodische, flache Metallkanne vor sich hin.

„Das ist Ayumi", stellte Hi die Frau vor und nannte auch Isabelles Namen. Sie begrüßten sich, und Isabelle musterte Ayumi. Sie war unscheinbarer als ihre Freundin Tomo, was aber nur an der Kleidung und ihrem Verhalten lag. Tomo war schrill, frech und laut. Ayumi wäre ihr wahrscheinlich erst auf den zweiten Blick aufgefallen, obwohl sie ein außerordentlich hübsches Gesicht hatte.

Hi reichte Isabelle eine Tasse ohne Henkel, die mit kleinen Schriftzeichen bedeckt war. Sie las sie und lachte. Es war ein Haiku über grünen Tee. Und genau diesen enthielt die Tasse auch. Isabelle nippte an ihr und genoss den leicht bitteren Geschmack. Tsuki wurde auch eine Tasse gereicht, und er nahm sie dankend an. Das waren insgesamt schon mehr Worte, als Isabelle ihn je an einem Tag hatte sprechen hören und sie schmunzelte. Sie merkte erst jetzt, dass sie die beiden Engländer in Tokio durchaus vermisst hatte. Sie waren eine angenehme Gesellschaft, und ihre gegensätzliche Art ließ keine Langeweile aufkommen. Isabelle nippte einfach an ihrem Tee und lauschte Ayumi und Hi, die sich über den Monsun und den drückenden Sommer unterhielten. Ihre Stimmen bildeten einen angenehmen Hintergrund, der sich mit dem Zirpen der Zikaden und dem Rauschen der Bambusblätter vermischte. Sie atmete zufrieden ein und genoss den Tee.

Als sie sich aber an einen der Pfosten des Pavillons lehnen wollte, verzog sie das Gesicht. Das Liegen auf der Truhe hatte ihre Schultern und den Rücken verspannt, und scharfer Schmerz zuckte durch ihren Körper.

Ayumi runzelte die Stirn. „Hast du Schmerzen?"

Isabelle massierte sich über den Nacken und lächelte gequält. „Schon gut, ist nur eine Verspannung."

Hi schob Isabelles Hand weg. „Lass Ayumi es sich mal ansehen. Sie hat Goldhände und lässt die Verspannung einfach verschwinden."

Die Gelobte lächelte schüchtern, nickte dann aber. „Ich würde es gerne versuchen, wenn du mich lässt."

Isabelle zuckte mit den Schultern. „Von mir aus, sehr gerne."

Hi stand auf und lockerte Isabelles Yukata am Kragen, während Ayumi sich hinter sie setzte. Ihre Hände waren kühl, aber nicht unangenehm. Sie massierten mit festen Strichen über Isabelles Nacken, und ihre Finger berührten und drückten genau die Punkte, in denen die Knoten saßen. Isabelle seufzte wohlig und verlagerte das Gewicht. Sie hatte dabei aber ihren geschundenen Po vergessen und gab ein unterdrücktes Stöhnen von sich.

Ayumi zog erschrocken die Hände zurück. „Habe ich dir wehgetan?", fragte sie.

Isabelle schüttelte den Kopf. „Nein, nein, ich habe nur S ...". Sie stockte. „Ich habe mich nur gestern angestoßen", verbesserte sie sich hastig.

Ayumi schnaufte kritisch. „Leg dich auf den Bauch. Ich sehe mir das an", sagte sie mit sanfter Stimme, aber etwas darin ließ keine Widerrede zu. Isabelle musste innerlich schmunzeln und nahm einige Kissen, um sich bäuchlings auf den Pavillonboden zu legen. Sie hörte Schritte auf dem Kiesboden, die sich entfernten. Tsuki und Hi verließen wohl den Garten.

Isabelle war zu entspannt, um sich darüber Gedanken zu machen, denn Ayumi hatte ihre Arbeit wieder aufgenommen. Sie schob den Yukata etwas tiefer und löste den Knoten des Obi auf Isabelles Rücken, damit sie das Kleidungsstück ganz öffnen konnte. Isabelle spürte den Stoff unter sich auseinanderrutschen, hielt Ayumi aber nicht auf. Sie würde sich später wieder anziehen, wenn die Japanerin mit ihrer Massage fertig war.

Ayumi hatte von irgendwoher Öl hervorgezaubert und knetete Isabelles Rücken mit erstaunlich kraftvollen Bewegungen.

Der Yukata war nun bis zur Hälfte von Isabelles Rücken gezogen worden, und Ayumi hatte jeden Zentimeter Haut mit Öl eingerieben und massiert. Jetzt ließ sie ab und schlug den unteren Teil des Stoffes hoch, sodass Isabelles lange Beine und ihr Po freilagen.

„Was tust du da?", murmelte Isabelle fragend, als es plötzlich kühler wurde.

„Ich will es mir nur ansehen", wiederholte Ayumi und berührte einen der Striemen auf Isabelles Po. Sie waren fast ganz verblasst, nur dünne, zart rosafarbene Schatten waren noch zu sehen, aber da Isabelle sehr helle Haut an dieser Stelle besaß, waren sie noch gut zu erkennen.

Es gluckerte leise, und kurz darauf spürte Isabelle Ayumis nasse Hände auf ihrem Hintern. Die Japanerin massierte ihren Po. Dennoch brannte es. Isabelle atmete scharf ein, aber nicht nur aus Schreck. Ayumis Berührung weckte Erinnerungen an die vorangegangene Nacht und entflammte den zarten Schmerz aufs Neue. Mit ihm kehrte auch die Erregung zurück, und

Isabelle bemerkte, dass ihr Körper zu deutlich reagierte. Sie versuchte wegzurücken, aber Ayumi hielt ihre Hüften fest. „Entspann dich", sagte sie leise, und ihre Fingerspitze kitzelte Isabelles Anus.

„Ayumi!" Es sollte empört klingen, aber Isabelle hörte selbst, dass es mehr ein Aufstöhnen war. Die zierliche Japanerin ignorierte es und machte weiter. Ihre Fingerkuppe drang in Isabelles enge Pforte ein und diese japste.

Ayumi beugte sich tiefer; Isabelle spürte ihre Haare, die über ihren blanken Po strichen. Ihr Finger drang tiefer, ihre Lippen fanden Isabelles Scham. Sie drückte deren Beine weiter auseinander, um leichteren Zugang zu ihrem Schoß zu finden. Isabelle spürte ihre kleine Zunge, die sich einen Weg an den Schamlippen entlang suchte, nur um sie zu spalten und nach der würzigen Nässe in Isabelles Schoß zu suchen. Sie klammerte sich hilflos an einem Kissen fest, da sie sich immer weiter in Ayumis Liebkosungen verlor. Seit sie in Japan war, schien ihr Körper sich immer leichter verführen zu lassen. ‚Nein', korrigierte sie sich selbst in Gedanken. ‚Nicht, seit sie in Japan war, sondern seit dem Moment, in dem sie Toshi begegnet war.'

Plötzlich verschwand der Finger aus ihrem Po und auch Ayumis Zunge verließ sie. Isabelle richtete sich mühsam mit den Ellbogen auf und sah hinter sich. Ayumi hatte jetzt einen Samtbeutel in der Hand und holte etwas daraus hervor, das auf den ersten Blick Ähnlichkeit mit einer Glasröhre aufwies.

„Eigentlich wollte ich Hi damit verwöhnen", sagte die Japanerin. Isabelle sah ein verschmitztes Lächeln auf ihrem Gesicht. „Sie liebt ihn und fragt mich immer wieder danach."

Isabelle kniff die Augen leicht zusammen. Ayumi war von einer sanften Lotosblüte zu einer verschlagenen Katze mutiert – und das binnen Minuten, direkt vor ihren Augen. Sie nahm jetzt die Teekanne und goss etwas von dem Inhalt in die Röhre. Isabelle sah genauer hin und bemerkte, dass es sich dabei um einen nachgeformten Glaspenis handelte, der an einem Ende offen war. In diese Öffnung floss nun der Tee und färbte den gläsernen Dildo smaragdgrün. Ayumi füllte ihn nur knapp bis zur Hälfte und verschloss ihn dann mit einem passenden Deckel. „Hi und Tsuki haben mir erzählt, dass du dich mit Shibari auskennst?"

„Ich lerne es erst noch", sagte Isabelle, die sich trotz ihres wunden Hinterns auf den Rücken gedreht hatte. Auf einen Ellbogen gestützt, hielt sie den offenen Yukata zusammen, um nicht ganz nackt dazuliegen. Ihre Augen ließen aber keine Sekunde von dem Dildo ab.

„Dann kennst du sicher diese Schnürung." Ayumi war aufgestanden und schob ihren eigenen Yukata unterhalb des Obi auseinander. Sie trug keine Unterwäsche und Isabelle sah ihre glatt rasierte Scham. Die Haut sah weich und samtig aus. Die Perfektion wurde von einem hellblauen Seil untermalt, das sich um ihre Lenden, die Oberschenkel und ihre Spalte wand. Zwei Seilstränge teilten ihre Schamlippen und offenbarten das rötliche Schimmern auf der Innenseite. Isabelle leckte sich unwillkürlich die Lippen. Diese Schnürung hatte Toshi bei ihr angewandt, als er ihr das vibrierende Ei gegeben hatte. Den einzigen Unterschied bildete eine Schlaufe über Ayumis Schamhügel, in die sie jetzt den Dildo schob.

Isabelles Augen wurden groß. Ayumi kniete sich wieder zu ihr und schob ihre Hände weg. Der Yukata wurde nicht mehr gehalten und glitt vollends auseinander. Isabelle fröstelte, obwohl der Tag warm war. Sie setzte sich auf und merkte erst da, dass es für Ayumi aussehen musste, als würde sie ihr entgegenkommen. Die Japanerin legte ihre Arme um Isabelles Nacken und bedachte sie mit einem leidenschaftlichen Kuss. Im Gegensatz zu Hi, der ersten Frau, die Isabelle jemals geküsst hatte, war Ayumis Kuss unendlich zärtlich und nachgiebig. Ihre Zunge streichelte und neckte Isabelles, lud sie zu sich ein und umgarnte sie dort weiter. Isabelle gab einen behaglichen Laut von sich, zuckte aber wie verbrannt zurück, als sie etwas Warmes gegen ihren Bauch drücken fühlte. Es war der grüne Glasdildo.

Ayumi hielt die Hand vor den Mund und kicherte. „Hast du Angst vor ihm?" Es klang, als wäre es ein Witz. „Hier." Sie nahm Isabelles Hand und legte sie darum. Er fühlte sich glatt und warm an. Nicht viel anders als sein lebendes Vorbild. „Der Tee macht ihn heiß", flüsterte Ayumi und lächelte. „Wenn ich damit zustoße, bewegt sich die Flüssigkeit in dir."

„Du kennst dich damit aber sehr gut aus", erwiderte Isabelle mit verlegenem Lächeln. Ayumi küsste ihre Mundwinkel. „Ich sagte doch, Hi bittet mich oft darum. Ich habe auch einen anderen, den ich selbst benutze."

Isabelle atmete tief ein und ließ Ayumis Spielzeug los. Die Japanerin drückte sie auf den Rücken und küsste nur flüchtig Isabelles Brüste. Sie nahm stattdessen deren rechtes Bein am Knie und legte es sich auf die Schulter. „Deine Beine sind wunderschön", lachte sie leise und schmiegte mit geschlossenen Augen die Wange an Isabelles Oberschenkel.

Diese räkelte sich auf dem Boden des Pavillons. Der schwere Duft der Bäume und Blüten des Gartens lag noch immer in der Luft, aber jetzt mischte sich auch Ayumis Duft darunter. Der Glasdildo wurde an Isabelles Scham gerieben, um ihn durch ihren eigenen Saft glitschig zu machen, und drang ebenso zärtlich in sie ein, wie zuvor Ayumis Zunge. Das Gefühl war ungewohnt und gleichzeitig vertraut. Der künstliche Penis in ihr war glatt und glitt dadurch schneller in sie. Reflexartig verengte Isabelle sich daraufhin und spürte, wie der Dildo in ihr hin und her rutschte.

„Gut, nicht wahr?", murmelte Ayumi und hielt vollkommen still, um Isabelle Zeit zu geben, sich an das fremde Spielzeug zu gewöhnen. „Es wird gleich noch besser, warte nur einen Augenblick."

Ayumi zog sich ein wenig zurück und begann dann mit langsamen, sachten Stößen. Sie behielt recht. Wann immer sie sich aus Isabelle zurückzog oder in sie eindrang, bewegte sich die Flüssigkeit im Dildo in die entgegengesetzte

Richtung. Der Effekt war berauschend. Es fühlte sich an, als würde Isabelle mit zwei Dildos abwechselnd gefickt. Ihr Bein über Ayumis Schulter öffnete sie gleichzeitig weit, und Isabelle stöhnte heiser. Ayumi schien ihre Lust durch das Beobachten und Zustoßen zu erhalten. Isabelle spürte ihre Blicke auf sich, die Lider halb geschlossen und voller Lust. Sie bewegte sich schneller, nur um innezuhalten und Isabelle mit langsamem Zurückziehen zu quälen. Ayumis eine Hand hielt ihr Bein fest, aber die andere glitt über die Außenseite, verharrte an ihrem Po und schob sich dann tiefer zu der Furche. Ihr Mittelfinger drückte sich in die runzelige Öffnung und verdoppelte so Isabelles Wonne. Sie keuchte und fuhr mit den Händen zu ihrer weit geöffneten Scham. Sie rieb ihren harten Kitzler zwischen zwei Fingerkuppen und genoss die Reizung an den drei sensitivsten Stellen ihres Körpers.

„Ayumi", keuchte Isabelle und stöhnte.

„Gleich", gab diese schwer atmend zurück und fasste Isabelles Bein fester. Die Stöße wurden wieder schneller und Isabelle erkannte, dass die Japanerin noch nicht ganz in sie eingedrungen war. Erst jetzt, als die Spannung in ihrem Körper immer intensiver wurde, und Isabelle ihren Orgasmus bereits herannahen spürte, schob sie sich bis zum Anschlag in sie. Isabelle fühlte Ayumis Unterleib, der sich Haut an Haut an ihren presste, und die volle Länge des Glasdildos in sich. Die Reizung wurde zu intensiv. Isabelle zog die Hände von ihrer Klitoris und klammerte die Finger um Ayumis kleinen Po. Das schien der Japanerin Zeichen genug zu sein. Sie zog sich kaum noch zurück, sondern ließ ihre Stöße in rascher Folge kommen. Isabelle fühlte dankbar, wie ihr Körper sich wand und in lustvollen Krämpfen erging. Sie schrie, ungeachtet dessen, dass sie im Garten jeder hören konnte. Ayumi hielt derweil still, den Dildo noch immer tief in Isabelle versenkt.

Diese blinzelte. Die Welt um sie herum hatte für einen winzigen Moment jegliche Struktur verloren. Nur langsam nahm sie wieder mehr von ihrer Umgebung wahr.

Zu ihrer Überraschung war aber nicht nur Ayumi vor ihr, die langsam ihr Bein sinken ließ, sondern auch Toshi. Er betrachtete Isabelle, die nackt und mit noch vom Sex gerötetem Körper vor ihm lag. Hastig ließ Isabelle Ayumis Dildo aus sich gleiten und setzte sich auf. Als sie aber versuchte, sich wieder zu bedecken, hielt Toshi sie auf. Er streichelte Isabelles straffe Brüste und hob dann ihr Kinn an.

„Eine schöne Vorstellung."

„Es war nicht zu deinem Vergnügen." Isabelle fühlte keinerlei Wut in sich, weil Toshi sie beobachtet hatte. Ihre Stimme klang eher amüsiert, als sie das sagte, und so hörte es sich auch an.

Toshi erwiderte ihr angedeutetes Lächeln und hob ihre Hand an seine Lippen. Anstelle des Handrückens berührte er jedoch das empfindliche Handgelenk mit seinen Lippen.

„Ich weiß. Das machte es nur noch aufregender", sagte er und half Isabelle und dann Ayumi auf. Die Japanerin hatte den Glasdildo aus dem Seil gelöst und ihren Yukata fallen lassen. Im Gegensatz zu Isabelle, die äußerst derangiert aussah, waren Ayumi keinerlei Spuren des vorangegangenen Abenteuers anzusehen.

Toshi nickte ihr zu, und sie verneigte sich förmlich vor Isabelle und Toshi. Dann drehte sie sich um und verließ den Pavillon. Isabelle strich sich nachdenklich über die Lippen, als Ayumi ging.

„Du hast sie herkommen lassen, nicht wahr?", fragte sie.

Toshi lehnte an einem der Pfosten. „Es tut nichts zur Sache", sagte er nur. „Hast du genug von Nikkō?"

Isabelle schüttelte den Kopf. „Nein. Aber ich fürchte, du musst zurück nach Tokio."

„Du fängst an, mich kennenzulernen", sagte er. „Das ist gut. Und du hast recht. Morgen muss ich zurück nach Tokio, und ich will, dass du mich begleitest."

Isabelle sah zu ihm auf. „Und dann? Sperrst du mich wieder mit Kyo in das Appartement?"

Toshi zog sie so plötzlich näher, dass Isabelle einen Augenblick brauchte, um ihren Blick wieder auf ihn richten zu können. Wann immer er das tat, war es, als würde er sie in eine eigene Welt ziehen. Eine Welt, in der nur sein Duft und seine Nähe zählten. Seine Hände hielten ihre Oberarme umfasst, aber sie drückten nicht zu. Sie streichelten sie durch den Yukata-Stoff hindurch. „Du warst nie eingesperrt", sagte er ernst.

„Nein", gab Isabelle zu. „Ich hätte sogar nach Hause fliegen können. Dafür hast du gesorgt."

„Also, wirst du mit mir nach Tokio zurückkehren?"

Isabelle rang mit sich. Sie wollte mehr von Toshi, aber sie konnte ihn nicht darum bitten. Ihr Stolz verbat ihr das, ebenso ihre Vernunft. Nur ihr Herz und auch ihr Körper riefen ihr zu, dass sie ihn bitten sollte, in Tokio bei ihr zu bleiben. Aber wenn sie in Nikkō bliebe, würde sie noch weiter von ihm entfernt sein. Isabelle seufzte. „Ich komme mit zurück", sagte sie und spürte kurz darauf Toshis Lippen auf ihren.

KAPITEL 15

Yusuri strich mit der flachen Hand über den Koi auf ihrem Po. Die Tätowierung war filigran und die gewählten Farbtöne unterstrichen ihre weiße, porzellanartige Haut perfekt. Der Blick der Yakuza glitt über ihren eigenen Körper und blieb an den kleinen Brüsten hängen. Nicht zu groß, aber auch nicht zu klein. Genau richtig. Toshi hatte ihre Brüste geliebt. Die Erinnerung ließ Yusuri die glatte Stirn runzeln und ihr herzförmiger Mund verzog sich nach unten. Früher, als sie noch ein Paar gewesen waren. Sie hätte es niemals zugegeben, aber Toshi und seine Lust an kreativen Spielen im Bett fehlten ihr. Sie hatten Stunden, manchmal sogar Tage im Bett verbracht, bis er eines Tages genug von ihr hatte und sie verließ. Warum genau, hatte sie bis heute nicht verstanden, aber es hatte sie in ihrem Stolz gekränkt. Seit diesem Augenblick suchte sie nach einer Möglichkeit, es ihm heimzuzahlen. Sie hatte lange darauf warten müssen und in der Zwischenzeit daran gearbeitet, dass der Mashimi-Clan sich immer weiter der Spitze der Yakuza näherte. Jetzt war es endlich soweit, und wie es aussah, würde sie ihren Triumph und die Rache an Toshi gleichzeitig bekommen. Tanosuke hatte sie am Morgen kontaktiert. Angeblich hatte er neue Informationen, die das Dreifache seiner alten Prämie wert wären. Wenn so ein feiger Hund wie Tanosuke sich derart sicher war, musste er etwas Konkretes in der Hand haben.

Yusuri griff nach einem Paar Nylonstrapsen und stützte ein Bein auf dem Bett ab. Sorgsam entrollte sie das Nylon über ihrer Haut, ehe sie den zweiten Strumpf überzog.

‚Was hatte es nur mit dieser rothaarigen Frau auf sich?', überlegte sie, während sie einen knappen schwarzen Slip und einen Rock anzog. Toshi hatte vor Yusuri immer wieder Frauen gehabt, die nach einer Weile kaum mehr von ihm loskamen. Aber er selbst hatte sie in diesem Zustand immer wieder fortgeschickt. Er war nicht der Typ für große Gefühle. Für ihn gab es nur ihn selbst und seine Loyalität zur Yakuza. Aber die Akten, die Tanosuke herausgeschmuggelt hatte, zeigten, dass diese Loyalität dabei war zu bröckeln. Es musste irgendeinen Auslöser dafür geben und ... Yusuri stockte. Es würde doch nicht etwa diese Gaijin sein? Das war unmöglich! Niemals!

Yusuri lachte laut, um sich einzureden, wie lächerlich dieser Gedanke war. Niemals würde Toshi wegen einer Langnase aus Europa alles aufgeben!

Sie nahm die Jacke, die zum Rock gehörte, und streifte sie über ihren nackten Oberkörper. Sie war maßgefertigt: Die Knöpfe drückten ihre Brüste genau in die richtige Position, um ein tiefes Dekolleté vorzugaukeln. Das schwarze Haar bürstete sie einige Male durch, bis es weich auf ihre Schultern fiel, und zog ihren markanten Mund mit rotem Lippenstift nach. Erst, als sie sich gewappnet fühlte, machte sie sich auf den Weg zum Treffpunkt.

Tanosuke wartete in einem Café. Anscheinend hatte sich seine Vorliebe für James-Bond-Filme wieder bemerkbar gemacht. Yusuri rollte mit den Augen. Sie hatte nichts gegen einen gelungenen theatralischen Auftritt, aber nur, wenn er für den richtigen Effekt sorgte. Was er in diesem Fall nicht tat.

Sie begutachtete ihr Spiegelbild und lächelte selbstgefällig. Nun, zumindest würde *sie* einen großen Auftritt haben.

Im Café war die Szenerie fast genauso, wie Yusuri es sich vorgestellt hatte. Tanosuke kauerte hinter einem Stuhl und sah sich um wie eine Ratte, die eine Falle witterte. Sie näherte sich ihm von der Seite und zog mit einem Ruck den freien Stuhl vom Tisch. Tanosukes Kopf ruckte hoch, und er starrte sie an. Yusuri lächelte zuckersüß. „So ängstlich?"

Tanosuke schloss die Augen und fuhr sich über das Gesicht. „Das sollten Sie nicht fragen."

Yusuri musterte ihn und spürte Verachtung in sich aufsteigen. Wie hatte solch ein jämmerlicher Versager nur Mitglied der Yakuza werden können? Sie schüttelte innerlich den Kopf. Eine Kellnerin kam vorbei, aber Yusuri winkte sie mit einem nachlässigen Wedeln der Hand wieder fort.

„Warum hast du mich also in diese Einöde und aus Tokio herausgeholt?", fragte sie scharf und genoss, wie Tanosuke den Kopf tiefer zog und die Stirn in Falten warf.

Sein Rattengesicht aber glättete sich schnell wieder. „Es wird sich für Sie lohnen", sagte er und schob eine schmale Akte über den Tisch zu ihr.

Yusuri griff mit unbewegter Miene danach und schlug sie auf. Ein Foto der rothaarigen Gaijin war darin. Es war mit einer Büroklammer an einigen Blättern Papier befestigt. Yusuri schob es nachlässig zur Seite und begutachtete die Daten. Anfangs konnte sie nicht sehen, wie diese Geburtsdaten und Namen für sie interessant sein sollten, aber dann verstand sie, was sie da in den Händen hielt. „Du bist sicher, dass das keine Fälschung ist?"

Tanosuke lächelte eifrig und nickte. „Kein Zweifel, die Daten sind echt."

Yusuri spürte den Geschmack des Sieges auf der Zunge. Das war es. Das war das letzte Druckmittel, das sie gegen Toshi benötigt hatte! Yusuri lächelte und schloss die Akte.

Die Nacht war bedeutend kühler als der Tag. Die warme Luft, die von den heißen Onsen aufstieg, vermischte sich mit der zunehmenden Kühle und kroch als Dampfschwaden durch die Nacht davon. Isabelle blieb stehen und sah ihnen nach. Sie wollte ihren letzten Abend in Nikkō genießen. Die Aussicht, dieses idyllische Plätzchen in den Bergen jemals wiederzusehen, war gering. Bevor es zurück in den Moloch Tokio ging, wollte sie noch einmal seine Ruhe und die Harmonie, die hier herrschte, in sich aufnehmen.

Von den Wasserbecken her hörte Isabelle leises Plätschern. War jemand dort? Sie sah kein Licht, aber man konnte sich auch im Dunkeln das Vergnügen eines heißen Bads gönnen. Sie hätte einfach durch den Bambus hindurchspähen können, aber Isabelle verbot es sich selbst. War es schon soweit, dass sie Leuten hinterherspionierte? Und was, wenn es Toshi war?

Der Gedanke ließ sie stutzen. Vielleicht war Ayumi zurückgekehrt und hatte beschlossen, mit dem Yakuza die heißen Quellen zu besuchen?

Isabelle spürte einen bitteren Geschmack ihre Kehle hinaufdrängen. Die Vorstellung gefiel ihr weniger, als sie zugeben mochte, und versetzte ihr einen Stich. Isabelle spürte, wie der Wind ihr die langen, offenen Haarsträhnen ins Gesicht blies, und sie schob sie seufzend hinter das Ohr. Wenn Toshi und sie sich unter anderen Umständen kennengelernt hätten – wer wusste, wie es ausgegangen wäre. Aber so, wie die Dinge standen, gab es keine Zukunft für sie. Es war hoffnungslos. Das Plätschern wurde zu einem Rascheln neben ihr und Isabelle trat einen Schritt zurück. Ein Mann trat zwischen dem Bambus hervor. Er war nackt. Im Halbdunkel konnte Isabelle ihn nicht richtig erkennen, aber als er ihr die Hand reichte, sah sie auf seinem Oberarm den Teil einer Tätowierung. Eine dunkle Drachenklaue. Toshi!

Sie machte einen Schritt auf ihn zu und umfasste seine Hand. Er schien sich nicht mit einer langen Begrüßung aufhalten zu wollen. Stattdessen zog er sie an sich, und Isabelle rang nach Atem, als sie seinen nackten Körper an sich fühlte. Durch den dünnen Yukata konnte sie die Hitze nur allzu deutlich spüren, die von ihm ausging.

„Wird das wieder eine deiner Prüfungen?", versuchte sie den Rest ihrer Fassung zu bewahren. Im Halbdunkel des nächtlichen Gartens sah sie ein bei ihm bisher seltenes, ehrliches Lächeln aufblitzen. Wortlos führte er sie durch den Bambus. Dunkelheit umfing sie, nur unterbrochen vom Licht des Mondes. Dass sie kaum etwas sah, schuf eine geschützte Atmosphäre und sorgte dafür, dass Isabelle ihren inneren Schutzwall gegen Toshi fallen ließ. Er war so nah, und sie wollte ihn endlich spüren. Keine Spiele mehr. Ihre Hand in seiner, folgte sie ihm. Hörte er ihr Herz schlagen? Oder bemerkte er ihren schneller gehenden Atem? Isabelle konnte ihr eigenes Verlangen nicht mehr zügeln. Dies war kein Machtspiel mehr, es war reine Begierde. Toshi blieb stehen. Vor ihnen stieg der typische Dampf eines heißen Beckens auf. Es war eines derjenigen, die Isabelle bei ihrem letzten Besuch nicht gesehen hatte. Es war vom Eingang des Badebereichs aus kaum zu sehen. Große, abgeflachte Steine waren am Rand eingelassen und luden ein, darauf Platz zu nehmen. Ein paar schmale Stufen führten in das natürliche Becken, das von einem verwinkelten System aus schmalen, hölzernen Kanälen gespeist wurde.

Es bot Platz für weitere Personen, aber jetzt gab es nur Toshi und sie. Isabelle setzte sich an den Rand, während Toshi hineinstieg. Er kam näher und seine dunklen Augen funkelten in dem schwachen Mondlicht. Er bückte sich und hob Isabelles Bein an. Atemlos sah sie zu, wie er einen Kuss auf den Spann setzte. Seine Lippen waren weich, seine Hände aber rau.

Isabelle schauderte. Seine Fingerkuppen wanderten zuerst über die Innenseite ihres Schenkels, dann höher und unter den Yukata. Isabelle hielt ihn nicht auf.

Er kam noch näher und spreizte ihre Beine, um sich dazwischen stellen zu können. Seine Hand unterbrach ihren Weg nicht und streichelte sie durch den Stoff ihres Slips hindurch. Isabelle hielt den Atem an. Diesen kurzen Moment nutzte er, um sie zu küssen. Die kurze Bewegung des Näherkommens verschwamm vor Isabelles Augen.

Das brach den Bann. Isabelle, die sich bisher nicht gerührt hatte, riss die Arme hoch und legte sie um seinen Nacken. Sein Kuss war ebenso hungrig wie der ihre, und sie nahm seine Lust hungrig in sich auf. Sie nestelten beide an ihrem Obi und verknoteten ihn dadurch nur noch mehr.

Toshi war es, der Isabelle schließlich ins Becken und an sich zog. Den Yukata streifte er einfach über ihre Schulter und lockerte den Obi weit genug, dass sie herausschlüpfen konnte. Der Stoff sog sich rasch mit Wasser voll, aber Isabelle warf ihn neben das Becken, wo er liegenblieb. Ihre Lippen trennten sich dabei keinen Augenblick von Toshis. Ihre Zungen rangen miteinander, tanzten und umkreisten sich, nur um dann wieder zu kosten, um den Geschmack des anderen erkunden zu können. Ihre Hände fuhren leidenschaftlich über seinen nackten Rücken und ebenso begierig glitten seine gespreizten Finger durch ihre offenen Haare und den Rücken hinab bis zum Po.

Geschmeidig ließ er sich auf eine der vorgelagerten, breiten Stufen des Beckens sinken. Er hob ihre Hüften an, und mit einem Mal saß Isabelle mit gespreizten Beinen auf seinem Schoß. Sein Arm hielt sie sicher, damit sie nicht fiel. Der Dampf des heißen Wassers hinterließ feine Tropfen auf seiner Haut, und Isabelle küsste seine Lippen, die glänzten. Es war nur ein sanfter Kuss. Sie wollte ihn kosten. Toshi besaß diese Geduld nicht. Seine Zunge glitt zwischen ihre Lippen und begann, sie zu ertasten. Er berührte ihre Zähne, kitzelte ihren Gaumen und saugte an ihrer Zungenspitze. Isabelle stöhnte in seinen Mund und bewegte ihr Becken in leicht stoßenden Bewegungen. Etwas stieß dabei heiß und pochend gegen ihre weiche Scham.

Toshis Hände glitten zu ihrem Po und drückten ihren Unterleib fester gegen sich. Als Isabelle aber nach seinem harten Penis fasste, hielt er sie zurück. Er wollte es noch hinauszögern, und Isabelle musste darüber lächeln. Sie schloss die Augen, als die ersten süßen Wellen aus Lust ihren Körper erfassten. Toshis Hände waren groß, sie konnten Isabelles noch immer gereizte Pobacken ganz umfassen und massierten sie mit stetem, festem Druck. Seine Zähne gruben sich in ihren Hals. Nicht tief, nur tief genug, sodass Isabelle ein heiseres Keuchen nicht zurückhalten konnte. Sie vergrub ihr Gesicht in seiner Halsbeuge und bot ihm die weiche Haut ihres Nackens an. Er biss auch hier sanft zu, knabberte Isabelles Kieferlinie entlang und ließ endlich zu, dass ihre Vagina seinen Schwanz in sich aufnahm.

Isabelle stöhnte stark erregt, als sie ihn endlich in sich spürte. Danach hatte sie sich gesehnt, das hatte sie sich gewünscht! Sich ihm ganz hingeben zu können. Isabelle wartete nicht darauf, dass er einen Rhythmus einführte. Ihre Hüften bewegten sich von selbst, brachten ihn tiefer und tiefer in sich. Eine ungezähmte Gier nahm von ihr Besitz, und sie verlor sich darin. Sie stöhnte Toshis Namen und hörte auch ihn laut keuchen. Isabelle wollte ihn noch tiefer in sich holen, sie wollte sich versichern, dass er wirklich mit ihr schlief, dass sie dasselbe Verlangen verspürten.

Die Gier steigerte sich zur Ekstase, und Isabelle presste sich an Toshi, als sie den Mund aufriss und heiser schrie. Ihr Orgasmus schüttelte sie, und in diesem Moment spürte sie auch seinen Samen, der heiß in sie spritzte und sich mit dem Onsen-Wasser vereinigte.

Ausgelaugt blieb Isabelle an Toshi geschmiegt und genoss, dass er sie hielt. Ihrer beider Körper waren nass von Schweiß und Wasser. Isabelle lächelte und küsste die Schweißtropfen von seiner Schulter. Plötzlich sah sie etwas, das sie innehalten ließ. Der Drachenkopf, den sie eigentlich erwartet hatte, hätte brüllen müssen. Dieser Drache hier trug eine Chrysantheme im Maul. Der Mann war ein Yakuza, aber nicht Toshi!

Die Tür des Büros flog auf. Isabelle stand im Türrahmen, und Toshi sah von seinen Berichten auf. Ihr Haar war feucht und der Yukata klebte an ihrem nassen Körper. Sie bebte, nicht wegen der Kälte, sondern vor Wut.

„Wie konntest du das tun, du Mistkerl?", schrie sie und kam bis auf einen Schritt an ihn heran. Wäre der Schreibtisch nicht zwischen ihnen gewesen, hätte sie ihm mit den Fingernägeln das Gesicht zerkratzt. „Du wusstest, ich würde ihn für dich halten! Es war nie die Rede davon, dass du auch mit meinen Gefühlen spielen darfst!"

Toshis Miene war vollkommen unbewegt und kalt. Er stand auf und umrundete den Schreibtisch. Isabelles wütender, funkelnder Blick folgte ihm, aber sie bewegte sich nicht.

Toshi lehnte sich gegen seinen Schreibtisch. Sie funkelte ihn noch immer an. Wut und Enttäuschung rangen in ihr. Aber Isabelle fürchtete insgeheim, dass die Enttäuschung überwog. Sie war verletzt wie noch nie in ihrem Leben.

„Ich habe niemals von Gefühlen gesprochen", sagte er, und sie hasste ihn für den kühlen Klang seiner Stimme. „Du warst diejenige, die sich verliebt hat. Nicht ich."

Isabelle spürte, wie alles Blut aus ihrem Gesicht wich. Diese wenigen Worte fühlten sich wie ein kleiner Tod an. Stumm drehte sie sich um und ging. Sie ertrug seinen Anblick nicht mehr. Entweder hätte sie sich schreiend auf ihn stürzen oder weinend zusammenbrechen müssen. Und diese letzte Demütigung hätte sie ihm nicht auch noch gegönnt. Wenigstens ihre Tränen gehörten noch ihr.

Toshi fuhr sich mit beiden Händen über das Gesicht und verfluchte sich für jedes Wort der Lüge, das er ihr gesagt hatte. Sie war so schön gewesen wie niemals zuvor, als sie vor ihm gestanden hatte.

Die Erkenntnis traf ihn wie ein körperlicher Schlag. Zum Glück hatte er schon vor Jahren gelernt, seine Gefühle zu verbergen, sodass sie ihm nichts angemerkt hatte. Er hatte sie getroffen. Es hätte ihn freuen sollen; das war es gewesen, was er hatte erreichen wollen. Warum fühlte er sich dann nicht als Sieger?

Toshi stöhnte unterdrückt und ließ sich in seinen Sessel fallen. Sein Blick streifte dabei das Telefon, und er verkrampfte sich unwillkürlich. Yusuri hatte ihn vor drei Stunden angerufen; jedes einzelne ihrer Worte und ihres Gesprächs hatte sich in sein Hirn eingebrannt.

Yusuris Stimme war schmeichelnd gewesen und verführerisch. Es hatte jedoch nichts am Inhalt ihrer Botschaft geändert. „Genießt du dein neues Spielzeug?", schnurrte Yusuri. „Sie muss köstlich sein. Die vollen Brüste, die roten Lippen und diese unendlich langen Beine ..."

„Was willst du, Yusuri?", unterbrach er sie harsch.

Sie lachte und nannte ihn einen Narren. „Dachtest du, ich würde es niemals herausfinden?"

„Was herausfinden?", knurrte er, um Zeit zu gewinnen. Sie konnte es nicht wissen, oder etwa doch? Ein kalter Schauer kroch ihm über den Rücken. Tanosuke! Danach hatte Tanosuke gesucht, und für sie hatte er gearbeitet. Im Stillen verfluchte er diese Ratte.

„Isabelle Lérand ist ein bezaubernder Name. Und ihm fehlt so jeglicher Zusammenhang zu Shin Sagawa. Was würde es auch für Möglichkeiten eröffnen, wenn die übrigen Clanchefs der Yakuza herausfinden würden, dass sich die Halbschwester des Yamanote-Clans in deinen Händen befindet?"

Der kalte Schauer wurde zu einem eisigen Bad. Und noch immer bohrte Yusuris giftig-süße Stimme sich in sein Ohr. „Ich weiß, was du mit ihr vorhast. Und auch, was du mit all dem Geld willst. Sie ist dein Druckmittel gegen Shin, nicht wahr? Der Vorsitz des Yamanote-Clans, das ist es, was du willst."

Toshi atmete unhörbar ein. Yusuri hatte herausgefunden, wer Isabelle war – und die Tatsache, dass Toshi sie zu sich geholt hatte, vollkommen falsch interpretiert. Das brachte Isabelle nicht aus der Gefahrenzone, aber es verschaffte ihm etwas Zeit.

„Was willst du also, dass ich tue, Yusuri? Soll ich Shin und mir eine Kugel in den Kopf jagen und dir die gesamte japanische Unterwelt überlassen?"

„Oh, mein liebster Drache, mein Tetsu ... so einfach mache ich es dir nicht. Ich wollte nur, dass du weißt, was ich herausgefunden habe. Den Wert dieser Information werde ich noch früh genug festlegen." Er hörte ihr Lächeln regelrecht. „Man sieht, wie sehr du dich bereits in ihr verloren hast. Und sie hat sich ebenso dumm in dich verliebt, wie andere Frauen es bereits vor ihr getan haben. Ich möchte dir gerne zurückzahlen, was du damals mit mir getan hast. Vielleicht beginne ich einfach damit, indem ich dem wehtue, das dir etwas bedeutet. Vielleicht aber auch nicht. Das wirst du nicht wissen, bis es zu spät ist, Tetsu."

Bevor er auch nur den Mund öffnen konnte, hatte Yusuri aufgelegt.

Toshi hatte sich in den folgenden Stunden den Kopf darüber zerbrochen, wie er zumindest den letzten Faktor, seine offensichtliche Liebe zu Isabelle, verschleiern konnte.

Er hatte es vor Yusuri nicht verstecken können und letztendlich auch vor sich selbst nicht mehr. Er liebte Isabelle. Das machte sie nur umso kostbarer für ihn, erst recht jetzt, da er sich das eingestanden hatte. Und genau aus diesem Grund musste er sie schützen. Es lief zwar seinem Plan zuwider, aber sie musste sich von ihm lösen.

Also hatte er sich für diesen Verrat entschieden, auch wenn alles in ihm dagegen anschrie. Er wollte Isabelle weder verletzen oder ihr wehtun, noch zulassen, dass jemand anderes es tat. Genau deshalb hatte er so handeln müssen. Wenn sie ihn jetzt hasste, war es das Beste für sie beide. Zumindest redete Toshi sich das ein.

Kapitel 16

Zurück in Tokio hatte Isabelle das Gefühl, ein eingesperrtes Tier zu sein. Sie bezog ihr altes Schlafzimmer, hielt sich aber kaum darin auf. Gleich am ersten Tag zog sie ziellos durch die breiten und engen Straßen der Stadt und konnte einfach keine Ruhe finden. Ihre Gedanken fanden immer wieder zurück zu Toshi und der Art und Weise, wie er sie zurückgewiesen hatte. Wie hatte sie auch glauben können, dass er irgendetwas für sie empfand? Dieser miese Bastard!

Isabelle lief an einigen Restaurants vorbei, die Tonkatsu servierten. In Schaukästen vor den Lokalen lagen Plastiknachbildungen des Fleischgerichts in verschiedenen Variationen aus. Isabelle sah das Essen kaum. Ihr war mehr danach, sich in irgendeiner Ecke zu verkriechen und darüber nachzudenken, wie sie ihren Schmerz abmildern konnte.

Sie fühlte sich betrogen. Wie unglaublich dumm von ihr, dass sie etwas anderes angenommen hatte.

Ihr Blick fiel auf eine große Videotafel am gegenüberliegenden Gebäude, auf der gerade die aktuelle Uhrzeit und das Datum angezeigt wurden. Noch eine Woche. Dann war alles vorbei. Sie musste nur noch sieben Tage durchhalten. Ihr alter Trotz regte sich in ihr. Sieben Tage. Und in denen würde sie Toshi zeigen, dass er sie in keiner Weise mehr besitzen konnte. Nie wieder.

Die Sonne ging bereits unter, als Isabelle ins Sakura View zurückkehrte. Gedankenverloren schob sie den Kartenschlüssel in den Schlitz des Fahrstuhls und fuhr hinauf. Als er mit einem leisen Klingeln hielt, stieg sie aus und wollte eigentlich in ihr Appartement gehen. Stattdessen fand sie sich auf der ‚exklusiven' Etage des Hotels wieder. Sie war zu spät ausgestiegen. Isabelle wollte wieder in den Fahrstuhl steigen, aber der fuhr in diesem Moment wieder nach unten. Sie seufzte und drückte auf den Rufknopf, um auf den nächsten Lift zu warten. In der Stille unterbrach aber nicht das Klingeln des Aufzugs ihr Warten, sondern ein Klatschen und ein lautes Stöhnen. Eine Frau. Eines der Zimmer musste wohl gerade besetzt sein.

Wieder erfolgte ein Klatschen und auch das Stöhnen wiederholte sich. Diesmal nicht nur eine Frau, sondern auch ein Mann, der im gleichen Rhythmus aufkeuchte. Isabelle spürte eine Gänsehaut auf ihren Armen und sah sich um. Sie war allein. Niemand sah sie. Sie klemmte sich ihre Handtasche unter den Arm und ging so leise wie möglich den Geräuschen nach. Sie kamen hinter einer angelehnten Tür hervor; Isabelle blieb davor stehen und lugte durch den Spalt. Bevor sie aber etwas erkennen konnte, packte jemand ihren Arm und schubste sie in einen Raum, direkt daneben. Isabelle wollte aufschreien, aber eine Hand drückte sich auf ihren Mund und verhinderte das. Sie sah nichts, dazu war es zu dunkel, aber der harte Körper an ihrem Rücken und der Duft waren ihr vertraut. Isabelle wurde ruhiger, und Toshi nahm seine Hand von ihrem Mund. „Was soll das?", zischte sie, aus Angst, dass die Leute im Zimmer nebenan sie hören konnten.

„Du wolltest doch zuschauen", sagte der Yakuza und schien sich gar nicht an ihrer Empörung zu stören. Er bewegte sich ohne Mühe im Dunkeln und drückte einen kleinen Schalter. Licht flammte an der Wand gegenüber von ihnen auf, aber es kam aus dem Raum nebenan. Isabelle konnte ohne Mühe dort hineinsehen. „Ein venezianischer Spiegel?", fragte sie, ohne Toshi anzusehen.

„Äußerst altmodisch. Spiegel verwenden wir nicht mehr. Unsere Firma hat ein Material entwickelt, das es möglich macht, bei Bedarf auch massive Wände auf der Rückseite durchsichtig zu machen. So wie hier."

Isabelle trat näher an die durchsichtige Wand und starrte gebannt auf die Szene dahinter. Sie hatte sich geirrt. Es waren nicht zwei, sondern drei Personen dort. Eine zierliche Asiatin und zwei Männer. Die Frau war an den Händen gefesselt; das Seil war an der Decke befestigt. Sie war nackt und stand zwischen den beiden Männern. Einer hatte das Gesicht zwischen ihren kleinen Brüsten vergraben, und Isabelle sah seinen steifen Penis zwischen seinen nackten Beinen hervorragen. Der zweite Mann war nicht nackt, er trug eine enge schwarze Lederhose und nichts darunter. Isabelle konnte selbst auf die Entfernung sehen, wie seine Erektion sich gegen das Leder presste und sich darunter abzeichnete. Unwillkürlich schluckte sie bei diesem Anblick. Der Mann in der Lederhose hatte sein Gesicht abgewandt, aber anders als seine beiden Gefährten war er blond. Kein Japaner.

Er hatte eine kurze neunschwänzige Peitsche in der Hand und holte aus. Die Riemen trafen mit einem klatschenden Geräusch auf den runden, einladend ausgestreckten Po. Die Frau keuchte und warf den Kopf zurück. Isabelle sah erst jetzt ihr Gesicht, das hinter den langen Haaren verborgen gewesen war, und schlug vor Überraschung die Hand vor den Mund. Tomo! Ihre Freundin, die gesagt hatte, sie mache sich nichts aus Shibari, ließ sich in diesem Augenblick vor Isabelles Augen fesseln und züchtigen. Und sie war nicht das einzige vertraute Gesicht. Kyo war derjenige, der vor ihr kniete und seine Zunge tief zwischen ihren Schenkeln versenkt hatte. Tsuki holte zu einem weiteren Schlag aus.

„Hast du sie etwa hierhergeholt!" Isabelle drehte sich zu Toshi um und funkelte ihn an. Sie konnte sich einfach nicht vorstellen, dass Tomo freiwillig bei so etwas mitmachte, auch wenn die Frau im anderen Raum nicht so aussah, als wäre sie gezwungen worden. Eher im Gegenteil.

„Sie ist vollkommen freiwillig hier", sagte Toshi. Er hatte sein Jackett aufgeknöpft und die Hände in die Hosentaschen gesteckt. Er beachtete das Dreiergespann gar nicht. Sein Blick lag einzig und allein auf Isabelle. Sie schauderte und hasste sich selbst dafür. „Und wie es aussieht, genießt sie meine kleine Aufmerksamkeit aus vollen Zügen."

„Also hat sie das doch dir zu verdanken!"

Tomos Schrei ließ sie herumfahren. Irgendwo mussten wohl Lautsprecher und Mikrofone versteckt sein, denn sie hörte jedes Geräusch aus dem Nebenzimmer so deutlich, als würde sie direkt danebenstehen.

Tomo klammerte sich an ihre Fesseln auf der Suche nach Halt und wand sich. Der Grund für ihre leicht geöffneten Lippen und das erregte Zucken, das durch ihren Körper ging, war Tsuki. Er hatte die Knöpfe seiner Hose geöffnet und Isabelle konnte seinen enorm dicken Schwanz sehen, der bereits hart aufragte. Isabelle wusste genau, wie er sich in ihr angefühlt hatte. Sie presste die Lippen zusammen, um die Erinnerung zu vertreiben. Es gelang ihr nicht.

Tomo keuchte und bewegte ihr Becken. Tsuki hielt sie fest, und auch Kyo, der bisher vor ihr gekniet hatte, richtete sich auf. Tsuki wartete, bis er näher getreten war und seine Hand zwischen Tomos Schenkel geschoben hatte. Isabelle merkte, wie ihr eigener Atem sich beschleunigte. Sie trat näher, um sehen zu können, was Kyo dort mit seinen Händen machte. Tomo hatte die Augen geschlossen und die Füße weit auseinander gestellt. Isabelle konnte so genau sehen, dass Kyo Tomos nahezu haarlose Schamlippen mit zwei Fingern auseinanderhielt und so weit wie möglich spreizte.

„Himmel, wird er ...", murmelte Isabelle heiser und legte ihre flachen Hände auf die Wand vor sich. Ihr Atem beschlug die Fläche vor ihr, aber sie kümmerte sich nicht darum. Noch sah sie genug und ihre Vermutung bewahrheitete sich. Wie auf ein geheimes Zeichen hin drangen Tsuki und Kyo gleichzeitig in Tomo ein. Die schrie lauter als zuvor, aber Isabelle hörte keinen Schmerz daraus. Nur eine leise Überraschung und grenzenlose Leidenschaft. Beide Männer bewegten sich, anfangs im Gleichklang, dann abwechselnd. Tomo bewegte ihre Hüften, aber egal wohin sie sich wand, immer war da ein harter Schwanz, der sie mit seinen kräftigen Stößen stöhnen ließ.

Tsuki hielt ihren Unterleib unverrückbar auf der Stelle und fügte der süßen Qual Bisse und Küsse auf ihre Schulter hinzu. Kyo reizte ihre Brüste mit seinen Händen. Isabelle presste ihre Hand auf ihre Scham. Sie konnte sich genau vorstellen, wie es sein musste, zwischen diesen beiden erhitzen Körpern eingekeilt zu sein, vollkommen ausgefüllt ...

Toshi fasste ihre Schulter und drehte sie halb zu sich. Aus den Augenwinkeln konnte sie noch immer sehen, wie Tsuki und Kyo Tomo Lust verschafften und sie auf einen Orgasmus zutrieben.

Der Yakuza umfasste Isabelles Kinn und hob es an. Sie musste ihm in die Augen sehen, ob sie wollte oder nicht. Ihre Erregung machte sie offen und schutzlos. Sie war ihm ausgeliefert, einmal mehr. Sein Blick hielt ihrem stand und er strich mit dem Daumen über Isabelles Lippen; sie öffnete sie unter der sinnlichen Berührung. Stumm drückte Toshi sie auf die Knie, und Isabelle folgte der Bewegung. Für den Moment war ihr verletzter Stolz vergessen; die hitzige Lust der drei verschlungenen Leiber im Nebenraum hatte sich auf sie übertragen und sie wollte, nein, sie brauchte Befriedigung! Ohne dass Toshi sie dazu auffordern musste, nestelte sie an seiner Hose und öffnete den Gürtel. Ihr Blick glitt dabei immer wieder zur Seite, nur um Tomo zu sehen, deren schweißbedeckter Körper im Licht glänzte. Tsuki und Kyo hatten Mühe, sie festzuhalten, damit keiner von beiden aus ihrer weichen Spalte rutschte. Auf Kyos Armen traten sogar die Muskeln hervor, als er Tomo hielt.

Isabelle atmete tief ein und öffnete auch den Knopf und den Reißverschluss. Ihre Hand schob sein Hemd und die Weste höher. Toshis flacher, durchtrainierter Bauch wurde entblößt, und Isabelle musste seine Haut schmecken. Sie drückte ihre Lippen darauf und fuhr mit der Zungenspitze über die harten Bauchmuskeln. Sie kitzelte damit neckend seinen Bauchnabel und fuhr mit ihren Händen gierig über seine harten Oberschenkel. Toshis Finger flochten sich in ihre Haare, aber er dirigierte sie nicht. Das war auch nicht nötig, denn Isabelle wurde nur noch von ihrer Gier nach Toshis heißem, pochendem Fleisch beherrscht. Sie hatte den winzigen Pfad aus schwarzen, kurzen Haaren gefunden, der sorgsam getrimmt, von seinem Bauchnabel hinab zu den Lenden führte. Isabelle ließ ihre Zunge diesen Pfad zum Glück hinabwandern und tastete mit der Hand nach seiner Erektion, die sich ihr bereits begierig entgegenreckte. Toshi fasste fester in ihr Haar und keuchte heiser. Isabelle löste sich weit genug von ihm, um seinen steif abstehenden Schwanz betrachten zu können. Er war lang und dick, nur für sie. Die Eichel war prall und rot und zwei Adern pochten unter ihrer Hand. Ein runder Tropfen drang aus seiner Eichel und rann die samtartige Haut von der Spitze hinab. Isabelle neigte den Kopf und leckte ihn mit spitzer Zunge fort.

Er schmeckte salzig und nach mehr. Isabelle spürte Toshis zweite Hand auf ihrem Hinterkopf und willig ließ sie sich tiefer drücken, um seine Eichel ganz zwischen ihre Lippen zu nehmen. In ihrem Mund breitete sich seine Hitze aus, und Isabelle saugte härter an ihm. Ihre Finger glitten zu seinen Hoden, die schwer unter seinem Penis lagen und sich durch seine Erektion prall zusammengezogen hatten. Isabelle fühlte durch die weiche Haut nach den runden Kugeln und saugte stärker an ihm.

Toshi murmelte etwas, das Isabelle nicht verstand, aber es kümmerte sie auch nicht. Ihre Welt bestand nur noch aus Schmecken, Fühlen und Tasten. Sie ließ seine Eichel fahren und leckte über die Länge seines harten Schafts hinab zu seinen Beinen. Das Gefühl seiner Hoden hatte ihre Neugier geweckt. Sie sank etwas tiefer und stieß mit der Zunge dagegen. Ihre Lippen tasteten über die Beschaffenheit des zarten Gebildes, und schließlich nahm sie eine der Kugeln tiefer in ihren Mund. Zartes Saugen ließ Toshi den Kopf zurückwerfen und haltlos aufstöhnen. Isabelle lächelte innerlich und versuchte, diese Behandlung auch der anderen Kugel angedeihen zu lassen. Sie saugte härter und rieb im gleichen Takt seinen Schaft. Toshi presste ihren Kopf fester auf sich und raunte ihren Namen.

Isabelle spürte die Hoden unter ihrer kosenden Zunge härter werden und sich zusammenziehen. Er würde gleich kommen. Sie zog den Kopf zurück und saugte an der Basis seines Glieds. Toshi schob ihr seine Hüften entgegen, und plötzlich spürte Isabelle warme Flüssigkeit auf ihrer Schulter. Sie rieb über den Ansatz seines Schafts, bis sich seine Anspannung löste und er hinter sich nach der Wand tastete, um Halt zu finden.

Wortlos richtete sie sich auf und tastete in ihrer Handtasche nach einem Taschentuch. Damit säuberte sie ihre Schulter und warf es einfach auf den Boden. Im Raum nebenan waren die drei auch zum Ende gekommen, und Kyo band Tomo los, während Tsuki sie festhielt. Anscheinend war Toshi nicht der einzige, der jeden Halt verloren hatte.

Isabelle streifte ihn mit keinem Blick. Sie nahm einfach ihre Tasche und ging an ihm vorbei zur Tür. Er streckte ihr die Hand hin, aber Isabelle wich aus.

Für einen Moment lag ihr all ihre Verbitterung auf der Zunge. Sie wollte ihm sagen, wie sehr er sie verletzt und gedemütigt hatte. Aber alles, was sie tun konnte, war, ihn anzusehen. Toshi erwiderte den Blick. Dann ließ er seine Hand sinken, und sie ging mit schnellen Schritten hinaus.

In den nächsten Tagen verließ Isabelle das Appartement kaum. Zwar waren Tsuki, Hi und Kyo wieder eingezogen, aber Isabelle ging ihnen - so weit wie möglich - aus dem Weg und verbrachte die Zeit in ihrem Schlafzimmer. Sie weinte, lag manchmal einfach nur auf dem Bett oder sah aus den großen Fenstern hinunter auf die kleinen Autos und Menschen weit unter ihr. Immer wieder spielte sich die Nacht in Nikkō vor ihrem inneren Auge ab. Seine Hände, die sie fesselten, die Art und Weise, wie zärtlich er sie umsorgte, nachdem er sie in unglaubliche Höhen gerissen hatte – alles fort. Weil sie den Fehler gemacht hatte, sich zu verlieben. Das war der schmerzhafteste Gedanke von allen. Sie hatte Shin auf diese Weise verraten und sich selbst bloßgestellt.

Am Abend verabschiedeten sich Hi und Kyo, um ins Restaurant zu gehen. Tsuki hatte sich den ganzen Tag über nicht blicken lassen. Isabelle sah beiden nach, wobei sie sich immer noch nicht ganz im Klaren darüber war, wie sie Kyo begegnen sollte. Er wusste nicht, dass sie ihn mit Tomo gesehen hatte, aber Isabelle wurde jedes Mal verlegen, wenn sie ihn ansah. Als sie allein im Wohnraum stand, fühlte sie sich plötzlich einsam. Sie hatte das Gefühl, dass nicht alles zwischen Toshi und ihr gesagt war. Sein Blick hatte ihr das gezeigt. Oder auch nur ihre Sehnsucht nach ihm. Sie war sich nicht sicher, was von beidem den Ausschlag gab, aber als sie allein auf dem Sofa saß und auf die Stelle sah, an der er sie gefesselt hatte, wollte sie nicht mehr warten.

Isabelle stand auf, nahm ihre Handtasche und lief hinaus. Sie wollte zum Bürokomplex des Yamanote-Clans fahren und hoffte, dass Toshi dort war. Egal, was er gesagt hatte: Sie mussten miteinander reden.

Sie stieg in den Fahrstuhl und verließ ihn auch schon wieder, kaum, dass sich die Türen in der Lobby geöffnet hatten. Sie durchquerte sie mit wenigen Schritten und winkte vor der Tür ein Taxi heran.

Eines fuhr vor und Isabelle ließ sich auf den Rücksitz sinken. „Zur Yamanote Plaza", wies sie den Fahrer an und atmete tief ein, als der Wagen losfuhr. Die Fahrt schien viel zu langsam zu gehen. Isabelle sah die Wolkenkratzer und die Menschen, die noch bei Nacht Tokios Straßen bevölkerten, vorbeiziehen, aber es kümmerte sie nicht. Sie spürte nur diese Sehnsucht, so stark wie nie zuvor etwas. In ihrem Leben in Deutschland schien sie kaum etwas empfunden zu haben. Und jetzt, binnen eines Monats, hatte sie ein einziger Mann durch ein Gefühlschaos geführt, so intensiv, dass Isabelle kaum noch wusste, wie ihr geschah. Sie wollte, trotz des Schmerzes, mehr davon. Und der einzige Mensch, der ihr mehr davon geben konnte, war Toshi.

Nach einer halben Stunde Fahrt hob Isabelle den Kopf. So weit war das Sakura View nicht vom Yamanote Plaza entfernt. Sie runzelte die Stirn und bemerkte ihre Umgebung erst jetzt richtig. Der Taxifahrer fuhr nicht tiefer in das Zentrum Tokios, sondern von ihm weg. Die Wolkenkratzer und die hellen Lichter waren verschwunden und durch niedrige, schäbige Häuser abgelöst worden. Die Straße war nur noch ein besserer Schotterweg; sie waren eingekeilt zwischen engen Gassen. „Wo sind wir hier?", fragte Isabelle den Fahrer scharf.

„Wir sind gleich da", sagte er gelangweilt.

„Mir egal. Halten Sie an, ich steige hier aus."

Er hörte nicht hin, sondern fuhr einfach weiter. Isabelle spürte ein mulmiges Gefühl in der Kehle. „Anhalten!"

Der Fahrer warf einen Blick durch die Scheibe. Er bremste so scharf, dass Isabelle gegen den Sitz vor sich gedrückt wurde. Sie holte tief Luft und wollte gerade protestieren, als die Tür neben ihr aufgerissen wurde, und jemand sie zur Seite zerrte. Isabelle wehrte sich. Ein stechender Schmerz flammte in ihrem Arm auf. Sie schrie auf, aber die Kraft, sich zu wehren, erlahmte in ihr. Alles drehte sich, und Isabelle fühlte, wie einmal mehr jemand sie ungewollt in eine Ohnmacht zwang.

KAPITEL 17

„Sie ist auch nicht in der Lobby!" Kyo wirkte blass. Toshi nickte nur, zum Zeichen, dass er es zur Kenntnis genommen hatte, und trommelte dann mit den Fingerkuppen auf dem Esstisch herum. Seit drei Stunden war Isabelle verschwunden, und keiner ihrer Beschützer hatte sie gesehen. Tsuki hatte sich für einen Augenblick ablenken lassen, und Hi war mit Kyo im Restaurant gewesen. Sie hatten sich bereits auf die Suche nach ihr gemacht, während Kyo noch innerhalb des Hotels nach ihr gesucht hatte. Aber bisher hatte keiner von ihnen eine Spur von ihr gefunden.

Toshi fluchte. Er hätte bei ihr bleiben und auf sie aufpassen müssen! Seit Yusuris Anruf wusste er, dass er sich um Isabelles Sicherheit Sorgen machen musste. Sie hatte das Gerücht um Isabelle sicher schon ausgestreut. Und dennoch war er so dumm gewesen, sie allein zu lassen. Selbst wenn sie sich aus freien Stücken entschlossen hatte, zu gehen, hätte sie niemals all ihre Kleidung und die Papiere zurückgelassen. Für Toshi stand außer Frage, dass einer der anderen Clans sie entführt hatte. Aber wer? Und wohin?

Sein Handy klingelte und er nahm das Gespräch entgegen. „Ja?", bellte er gereizt in den Hörer.

„Wir haben ein leeres Taxi gegenüber von Odaiba gefunden, Oyabun", drang His Stimme knisternd aus dem Lautsprecher. „Isa-chans Handtasche lag darin."

Toshi versuchte zu ignorieren, dass sich eine kalte Faust in seinen Magen bohrte. „Blut oder andere Anzeichen von Gewalt?", fragte er knapp.

„Nein – aber auch keine weitere Spur von ihr. Wir haben die Umgebung bereits abgesucht, aber es liegen noch mehrere Hundert Häuser vor uns. Es wird eine Ewigkeit dauern."

„Es ist mir egal, wie lange es dauert", knurrte Toshi. „Findet sie!"

„Hai!"

Toshi legte auf und steckte das Handy zurück in seine Tasche. Er würde Isabelle auf diese Weise nie finden. Es gab nur eine Person, die wissen konnte, wo Isabelle war. Toshi verließ das Hotel und ließ sich zu einem Appartement-Komplex in Shibuya fahren. Der Weg war ihm vertraut.

Yusuri öffnete ihm, nachdem Toshi sich per Videokamera zu erkennen gegeben hatte. Sie erwartete ihn nicht an der Tür, als er aus dem Fahrstuhl stieg, sondern saß auf der eleganten weißen Liege, die einen Großteil ihres Wohnzimmers einnahm. Dies war das Erste, was man erblickte, wenn man durch die Appartementtür trat, und Yusuri setzte diesen Anblick gekonnt ins rechte Licht.

Toshi schloss die Tür hinter sich und ließ seinen Blick erst über die Yakuza, dann über die Einrichtung des großzügig geschnittenen Appartements gleiten. Viel hatte sich seit seinem letzten Besuch nicht verändert. Genau genommen, gar nichts. Die vorherrschende Farbe war weiß, durchsetzt mit einigen farbigen Komponenten wie Grünpflanzen, Bildern in leuchtenden Farben oder Kissen. Yusuri liebte diesen klassischen, elegant-kühlen Stil. Nicht nur bei ihrer Einrichtung, sondern bei allem, mit dem sie sich umgab. Egal, ob Kleidung, Schmuck oder Männer. Toshi war sich sicher, dass das einer der Gründe dafür war, warum sie so versessen versucht hatte, ihn an sich zu binden.

Yusuri glitt von der Liege und kam mit wiegendem Schritt auf ihn zu. Sie trug nichts weiter als einen seidenen Bademantel in einem hellen Cremeton. In Hüfthöhe waren Koi eingestickt. Fast das gleiche Motiv, wie jenes, das auch ihren Oberschenkel zierte.

Yusuri blieb einen Schritt vor Toshi stehen und verzog amüsiert die Mundwinkel. „Ich muss zugeben, dass du mich überraschst, Tetsu", sagte sie und legte den Kopf leicht schief. „Wenn du solche Sehnsucht nach mir gehabt hättest, hättest du mich auch schon viel früher aufsuchen können. Nicht zu einer solch unschicklichen Zeit."

„Wo ist sie?", fragte er nur kalt. Die Zeit verrann, und Toshi wollte sich nicht ausmalen, was Isabelle in diesem Augenblick angetan wurde. Er wusste, was Yakuza taten. Er hatte es sie selbst tun sehen.

„Das ist eine schlechte Eröffnung", flötete Yusuri und wandte sich ab. Sie ging zu einer hohen Vitrine und nahm zwei Gläser und eine Flasche mit bernsteinfarbener Flüssigkeit heraus. „Ich stehe dir mit allem, was ich habe und weiß, zur Verfügung, mein schöner Drache", sagte sie weiter und ging zurück zur Liege. „Aber das alles bekommst du nur, wenn du dich an meine Regeln hältst. Dein rüdes Verhalten verstößt dagegen."

Toshi biss die Zähne zusammen und folgte ihr, nachdem er die Tür geschlossen hatte.

Yusuri schenkte ihnen ein und drückte ihm eines der tulpenförmigen, kleinen Gläser in die Hand. „Kleines Andenken an einen Klienten aus Schottland", erklärte sie und hob ihr Glas, um Toshi zuzuprosten. „Kampai."

Er erwiderte ihren Blick nur düster und nahm dann einen Schluck des Whiskys. Der Alkohol schmeckte scharf und gleichzeitig süß. Toshi stellte das halbvolle Glas auf den Tisch vor sich und rieb sich über den Nasenrücken. „Warum tust du das, Yusuri?", fragte er ruhiger als zuvor. „Sie hat dir nichts getan. Und wenn sie stirbt, nützt sie dir noch weniger als vorher. Denkst du wirklich, Shin würde es einfach so hinnehmen, wenn du seine Schwester gefoltert oder gar getötet hättest? Du spielst ihm den perfekten Grund in die Hände, dich und den gesamten Rest deines Clans auszulöschen."

„Das habe ich durchaus in Erwägung gezogen", gab Yusuri mit einem Schulterzucken zu. „Deswegen habe ich mich bisher auch noch nicht um deinen kleinen Rotschopf gekümmert. Wie du bereits bemerkt hast, würde sie mir tot nichts nützen. Aber vielleicht ist einer der anderen Clans so dumm?"

„Wem hast du es erzählt? Und was genau?", fragte Toshi gefährlich leise. Yusuri hatte etwas Bestimmtes geplant, aber Toshi hatte ihren Plan noch nicht ganz durchschaut. Wenn sie einem der anderen Clans von Isabelles Verwandtschaft mit Shin berichtet hätte, würden diese ebenfalls davor zurückschrecken, sie zu töten. Niemand wollte den Zorn der Yamanote-Yakuza auf sich ziehen. Ihnen hatte kaum einer der anderen Clans etwas entgegenzusetzen.

„Ich habe vielleicht das Gerücht ausgestreut, dass deine neue Liebschaft ein paar Informationen über den Yamanote-Clan hat, die sich als nützlich erweisen könnten."

Toshi verzog das Gesicht. „Du hast sie zu Unrecht als Spitzel bezeichnet?"

„Ich sagte, vielleicht", erwiderte Yusuri ungerührt und nippte an ihrem Whisky. „Es kann genauso gut sein, dass ich es nicht getan habe."

Toshis Geduld war zu Ende. Er umfasste Yusuris schlanken Schwanenhals mit den Fingern. Er war so zart, dass er nur eine Hand dafür verwenden musste. Zufrieden registrierte er den ängstlichen Ausdruck, der in den dunklen Augen aufflackerte. Wenn auch nur für einen Moment. „Wem hast du es verraten? Wo ist sie?"

Yusuri hatte sich von ihrem Schreck erholt und besaß nun die Unverfrorenheit, Toshi ins Gesicht zu lächeln. „Das ist ja fast wie früher", flüsterte sie sinnlich und streichelte mit der Hand über sein Handgelenk. „Damals hast du aber zu gern Seile für so etwas benutzt ..."

„Sprich endlich, Weib!" Toshi drückte zu, und Yusuri keuchte. Er lockerte seinen Griff sofort wieder und zog seine Hand zurück. Yusuri hustete leicht und massierte sich ihren Hals. Ihr flirtendes Verhalten war einem kalten Glimmen gewichen. „Diese Information bekommst du nicht umsonst!"

Toshi fuhr sich mit der Hand über das Gesicht. Yusuri hatte sich nicht verändert. Mit den Jahren waren ihr das Erpressen, die Intrige und die Lüge bereits derart ins Blut übergegangen, dass sie nicht mehr anders konnte. „Mir läuft die Zeit davon", sagte er nur. Yusuri rückte näher an ihn heran und strich mit den flachen Händen über seine Brust. „Ohne mich wirst du sie nie finden", sagte sie trügerisch sanft. „Du hast also nur die Wahl zwischen mir und demjenigen, der deine Gaijin gerade in seinen Fängen hält."

„Was willst du, Yusuri?!", donnerte Toshi. Sie zuckte zurück. Beleidigt richtete sie sich weiter auf und verschränkte die Arme vor der Brust. „Ist es so schwer zu erraten?"

Er stand auf und lief unruhig hin und her. „Den Yamanote-Clan? Oder mich? Denkst du etwa, das wäre ein angemessener Tausch?"

„Was würdest du mir sonst anbieten?"

Toshi blieb stehen. „Also gut, du bekommst mich – für eine Nacht. Aber erst, wenn Isabelle in Sicherheit ist."

„Ich bekomme dich jetzt", erwiderte Yusuri. „Dann erfährst du, wo sich deine Gaijin befindet, Tetsu."

„Wer sagt mir, dass es ihr gut geht?"

Yusuri lächelte schmal. „Ich kann dir versichern, dass es ihr gut geht. Noch. Aber je länger wir hier die Zeit mit Reden verschwenden, umso unwahrscheinlicher wird es, dass du sie unversehrt zurückbekommen wirst."

Toshi rang mit sich. Am liebsten hätte er Yusuri gezwungen, ihm die Information zu geben, aber er kannte sie zu gut. Sie würde einfach nur genießen, dass er seine Fassung noch weiter verlor, und die Konsequenzen dafür gerne in Kauf nehmen. Er spürte Yusuris Blick auf sich, die sein Dilemma offensichtlich genoss. Toshi fuhr sich mit beiden Händen über das Gesicht. Er trat vor die Liege und nickte. Auf ihrem schönen, grausamen Gesicht breitete sich ein zufriedenes Lächeln aus. Sie stand ebenfalls auf und fasste Toshis Hand. Sie war kühl und trocken. Yusuri führte ihn in ihr Schlafzimmer. Der Teppich unter seinen Füßen war so weich, dass er ein Gefühl des Versinkens niederkämpfen musste. Wie auch das Appartement waren das Bett und der Rest des Schlafzimmers weiß. Nur die blutrote

Bettwäsche und die Kissen stachen daraus hervor. Das Bett glich dadurch einem See aus Blut.

Yusuri blieb stehen und öffnete den Knoten ihres Morgenmantels. Der glatte Stoff fiel von ihren Schultern und glitt anmutig zu Boden. Yusuri lächelte und sah Toshi an, um sicherzugehen, dass er sie auch keinen Moment aus den Augen ließ. Sie fuhr mit ihren langen, weißen Fingern über ihren Bauch und lächelte verführerisch. Toshi konnte nicht umhin, sie zu betrachten. Er hatte es lange Zeit genossen, mit Yusuri zu schlafen. Ihre Lust an Spielen war ebenso so groß wie seine eigene, und ihr Hunger nach ihm schien damals jeden Tag weiter zu wachsen. Er kannte jeden Zentimeter ihres Körpers, und sein Blick wanderte zu ihrem Schamhügel. Sie hielt ihn noch immer glatt rasiert, um den Blick auf die Tätowierung freizugeben, die sie nur ihre Bettgefährten sehen ließ. Es war eine Verlängerung des Tattoos auf ihrem Oberschenkel. Die letzten Ausläufer der Seerosen und ein winziger Koi, der sich von den anderen des Schwarms davongestohlen hatte. Er war rein perlmuttfarben, ohne die kleinste Farbunreinheit, und bildete einen eleganten Kreis direkt auf Yusuris Venushügel.

„Erkennst du ihn?", schnurrte die Yakuza, und ihre Fingerspitzen mit den rotlackierten Nägeln berührten das Bild. „Ich habe ihn mir damals extra für dich stechen lassen."

„Wie könnte ich das vergessen", murmelte er und streifte seine Jacke ab. Er trug nicht mehr als ein Hemd und seine Hose, aber Yusuri wartete darauf, dass er es endlich ablegte. Toshi zog sich aus und ließ seine Sachen einfach neben dem Bett liegen. Sie trat auf ihn zu und formte die Finger zu Klauen. Überraschend sanft glitt sie mit ihren spitzen Fingernägeln über seinen Bauch. Toshi verspannte sich unwillkürlich, was darauf die Muskeln stärker hervortreten ließ. Yusuri schien von dem Anblick angetan, denn sie lächelte und küsste Toshi flüchtig auf die Lippen.

„Du hast dich nicht verändert", murmelte sie und grub ihre Nägel mit einem Ruck in seine Hüften. Toshi zischte auf und packte Yusuris dichtes Haar. Er riss ihren Kopf zurück und sah sie wütend an. Yusuri lachte, auch wenn sie seinem Griff hilflos ausgesetzt war. „Und bist immer noch so empfindlich."

Sie bedeutete ihm, sich aufs Bett zu setzen, und ging zu einer kleinen Truhe, die auf einer Kommode stand. Sie war sehr alt, eine Antiquität aus China. Toshi wusste, was sie darin aufbewahrte, und tatsächlich kam die nackte Yakuza mit einem schmalen, schwarzen Seil zurück. Es war einfacher Hanf, verknüpft mit eigenen Haaren von ihr. Eine Spezialanfertigung, die sie schon besessen hatte, als Toshi und sie sich kennengelernt hatten. Und auch ihr liebstes Spielzeug, erinnerte er sich düster.

Yusuri kniete sich rittlings auf seinen Schoß und sah auf sein Gesicht herab. Kaskaden ihres schwarzen Haares hüllten ihre beiden Gesichter ein, und

Toshi wurde von der Mischung aus Jasmin-Parfum und Seifenlotion betäubt. Yusuris Körper war schlank und biegsam. Sie nutzte das geschickt, um ihr Becken gegen seinen Penis zu stoßen. Es glich einem Tanz, wie sie sich auf ihm bewegte; keinen Moment ließ sie seinen Blick los.

Toshi knurrte rau und lehnte sich rücklings gegen das Bettende. „Was willst du haben?", fragte er und fasste Yusuris Oberschenkel, um sie stillzuhalten.

„Nur ein wenig Erinnerung", schnurrte sie und fasste das schwarze Seil an zwei Enden. Sie zog es straff und richtete sich vollends auf. Ihre weiche Spalte drückte sich dabei an ihn, und Toshi konnte nicht verhindern, dass sein Körper auf diese Reize reagierte.

„Du hast früher so gerne gespielt", hauchte sie und ließ ihre verführerisch hellrote Zunge über das Seil tanzen. „Wiederholen wir das."

Sie glitt von ihm herunter und kniete sich neben seine halb geöffneten Beine. Ihm ein letztes, diabolisches Lächeln zuwerfend, beugte sie sich über seinen Schaft und umwickelte ihn mit dem Seil. Toshi spürte, wie das Blut abgeschnürt wurde und seine Erektion sofort weiter anschwoll. Yusuri strich sich das Haar hinters Ohr und beobachtete diesen Vorgang fasziniert.

„Oh ja", raunte sie lächelnd und rieb die Eichel, die bereits dunkelrot wurde. „So habe ich ihn am liebsten." Sie zog an den Enden des Seils und der Druck auf Toshis Penis verstärkte sich. Er zuckte zusammen und keuchte auf. Yusuri nutzte diesen Moment, um seine Eichel tief in ihren Mund zu führen. Sie hatte nichts vergessen. Toshi wand sich unter ihrem Atem und der geschickten Art und Weise, wie sie ihre Zunge einsetzte. Weiches Saugen wurde durch Züngeln ersetzt, und immer wieder lockerte sie die Umarmung des Seils, nur um es wieder anzuziehen. Es war eine Folge von Qual und Lust, die ihm immer mehr von seiner Besinnung raubte. Toshi kämpfte darum, sie nicht ganz zu verlieren.

Yusuri öffnete ihren Mund weiter und lockerte das Seil. Ihre Zähne streiften die empfindliche Eichel, und Toshi bäumte sich laut stöhnend auf.

Sie leckte sich über die Lippen und entfernte das Seil. „Nein, ich lasse dich nicht einfach so kommen", schnurrte sie und kniete sich wieder rittlings auf ihn. Ihre Finger waren kühl und zeichneten die Form seines Kiefers nach. Ihr Mund fand den seinen und Toshi schmeckte die ersten deutlichen Anzeichen seiner eigenen Lust. Ihr Kuss war anders als jeder, den er bisher von Isabelle gekostet hatte. Yusuri wollte beherrschen, während Isabelle sich führen ließ, auch wenn sie ihm standhielt. Der Gedanke an die rothaarige Deutsche ließ Toshi härter werden. Fast schien es ihm, als wäre es nicht Yusuris Körper, den er streichelte, sondern Isabelles. Unter seinen Fingern wurden Yusuris Brüste zu Isabelles vollen, runden Halbkugeln, die er mit kräftigem Druck knetete und deren Nippel er mit kreisenden Bewegungen hart werden ließ.

Sein Traum verschwand, als Yusuri den Kuss unterbrach und zwei Finger zwischen seine Lippen schob. Toshi ahnte, was sie wollte. Er packte ihr

Handgelenk und schloss die Augen. Sorgsam leckte und umrundete er die schlanken Finger und benetzte sie mit Speichel. Yusuri stöhnte und wühlte mit ihrer anderen Hand durch sein kurzes Haar.

„Wundervoll", murmelte sie und entzog ihm ihre Hand. Sie richtete sich auf den Knien auf und führte ihre nassen Finger hinter sich. Toshis Speichel sorgte für das nötige Gleiten, sodass sie relativ schmerzlos zwei Finger in ihren Anus führen konnte. Toshi griff um Yusuri herum und fasste ihren Handrücken. Er registrierte erfreut Yusuris weit aufgerissene Augen, als er ihre eigene Hand mit einem Ruck tiefer in sie trieb und sie ein- und ausführte.

„Toshi!", japste sie und krallte sich in seine Schulter.

Er lächelte. „Du wolltest doch eine kleine Erinnerung an damals", sagte er leise und unterbrach dabei seinen Rhythmus nicht. Yusuri stöhnte und schloss die Augen. Nach einer Weile hatte sie aber genug und befreite ihre Hand mit einiger Mühe aus Toshis Griff. Sie packte dafür seinen Schwanz und führte die Eichel in ihr enges Loch. Die dunklen Augen öffneten sich halb und sahen auf Toshi herunter, während Yusuri sich selbst Zentimeter für Zentimeter auf seinen Penis pfählte. Schließlich spürte Toshi ihre weichen Pobacken auf seinen Oberschenkeln. Sie hatte ihn ganz aufgenommen.

Anstatt sich zu bewegen, griff sie aber wieder nach dem Seil und wickelte es sich zweimal in entgegengesetzter Richtung wie einen Schal um den Hals. Die Enden ließ sie durch ihre Finger gleiten und reichte sie dann Toshi. „Hier, du weißt, was du zu tun hast."

Er nahm sie. Aber statt daran zu ziehen, bewegte er seine Hüften nach oben. Yusuri hatte damit nicht gerechnet und schrie leise auf. „Erst bewegst du dich", knurrte er und ließ seine Hüften zurück aufs Bett sacken.

Yusuri schien nicht mehr in der Lage zu widersprechen. Sie stützte sich hinter sich mit den Händen auf Toshis Oberschenkeln ab und ließ ihn ein wenig aus sich herausrutschen, nur um ihn sofort wieder in sich zu treiben. Toshi biss die Zähne zusammen. Sowohl er als auch Yusuri wussten um die Steigerung der Lust, die leichtes Luftabschnüren bewirken konnte. Wichtig war dabei, dass der Partner genau wusste, was er tat. Toshi musste den Moment einschätzen, an dem Yusuri sich vor Ekstase gehen ließ, und dann seinen Druck variieren. Nicht einfach, denn er musste seine eigene Erregung unter Kontrolle halten.

Yusuri bewegte sich auf ihm und sie verkrampfte ihren ohnehin engen Anus immer wieder, sodass Toshi gezwungen war, inne zu halten, um nicht zu früh zum Orgasmus zu kommen. Sein Blick lag dabei auf Yusuris Gesicht. Sie hatte die Augen wieder geschlossen und ihre Miene war durch den Sex angespannt. Er hielt die Seilenden in einer Hand und griff mit der anderen an ihre Scham, um Yusuris Klitoris zu finden. Er rieb sie mit dem Daumen und schob zwei weitere Finger in sie. Yusuri stieß einen hohen, spitzen Schrei aus und drückte ihr Becken weiter seinen Liebkosungen entgegen. In diesem

Moment zog Toshi an den Seilenden. Yusuris Schrei verstummte abrupt und sie riss die Augen auf. Toshi ließ locker und sie neigte den Kopf nach vorn. In ihren Augen las er die Gier, mehr zu bekommen. Er liebkoste sie weiter mit seinen Fingern, und sie trieb sich in immer schnellerem, wilderem Rhythmus auf seinen pochenden Schwanz.

Toshi winkelte die Beine an und Yusuri lehnte sich ganz gegen ihn, den Kopf in den Nacken gelegt. Ihr schwarzes Haar glitt wie Seide über seine Beine und Toshi schnaufte. Er würde nicht mehr lange durchhalten und rieb Yusuri gezielter, um sie möglichst schnell zum Höhepunkt zu bringen. Er musste nicht lange warten, denn ihr Atem und die Art, wie sie sich auf ihm bewegte, sagten ihm deutlich, dass es gleich soweit war. Er fasste das Seil und zog sie mit einem Ruck tiefer zu sich. Yusuri riss erschrocken die Augen auf, und in diesem Augenblick zog Toshi noch einmal an den Enden des Seils. Sie schrie laut auf und Toshi spürte die Kontraktionen ihres Körpers, der sich in Ekstase wand, nur allzu deutlich um seinen Schwanz. Er biss die Zähne zusammen und ergoss jeden Tropfen seines Samens in den Körper der Japanerin.

Sie sackte auf ihm zusammen. Toshi ließ das Seil los und befreite sich aus der Enge ihres Hinterns. Yusuri rang noch nach Atem, aber er schwang sich aus dem Bett und griff nach seiner Hose. Sie richtete sich mit noch verschleiertem Blick auf und sah ihm dabei zu, wie er sich anzog.

„Früher hast du dich wenigstens noch um meine Würgemale gekümmert", sagte sie mit einem leisen Hauch von Bedauern. Das triumphierende Lächeln auf ihrem Gesicht machte die Wirkung dieser Worte jedoch zunichte. Toshi streifte sich sein Hemd über.

„Wo ist sie, Yusuri?", fragte er scharf.

Die Yakuza verdrehte die Augen. „Du scheinst wirklich an ihr zu hängen."

Er sprach nicht weiter, sondern packte abermals Yusuris Hals. Diesmal ließ er nicht los. Sie wand sich, aber er hielt sie fest.

„Wo ist Isabelle?", fragte er und brachte sein Gesicht nur wenige Zentimeter an ihres. Etwas in seiner Miene musste sie erschreckt haben.

Yusuri sah zur Seite. „An der Bucht, im Lagerhaus der Fischerei Sakuya."

Toshi ließ sie los. „Gnade dir, wenn du mich belogen hast", murmelte er. Ohne einen weiteren Blick auf seine ehemalige Geliebte zu richten, stürmte der Yakuza aus dem Appartement. Innerlich dabei betend, dass diese Information nicht zu spät gekommen war.

Isabelle spürte, wie ein Schwall Wasser ihr Gesicht traf. Er stank nach totem Fisch und vergammelnden Algen. Sie keuchte, rang nach Luft und riss die Augen auf. „Das hat gedauert", sagte eine tiefe Stimme. Isabelle drehte suchend den Kopf. Um sie herum war es dunkel, und ihr Arm fühlte sich an, als hätte er allein versucht, einen fahrenden Laster anzuhalten.

Eine Hand packte sie am Arm und Isabelle schrie auf, als der Schmerz sich plötzlich verzehnfachte. Etwas klickte, und sie spürte etwas Hartes, Kaltes gegen ihre Schläfe drücken. „Was wollen Sie?", fragte sie möglichst ruhig und versuchte den Schmerz in ihrem Arm zu ignorieren.

„Eine interessante Frage." Eine männliche Stimme. Sie lachte.

Isabelle versuchte sich zu beruhigen. Jemand hielt ihr eine Waffe an den Kopf. Sie war in völliger Dunkelheit gefangen, was allerdings daran lag, dass ihr jemand etwas über die Augen gebunden hatte. Langsam wurde sie klarer und nahm jetzt den kratzigen Stoff auf ihren Augenlidern wahr. Sie saß auf einem Stuhl, und noch immer war der betäubende Geruch von Fisch und brackigem Meerwasser um sie herum.

Etwas scharrte über den Boden und Isabelle spürte, wie der Druck der Pistole von ihrem Kopf genommen wurde. Sie war nicht gefesselt. Einem Impuls folgend, hob sie die Hände ans Gesicht, um die Augenbinde zu entfernen, aber schwielige Finger schlugen sie wieder herunter. „Lass das lieber, Gaijin. Es wäre ungesund für dich, mein Gesicht zu sehen."

„Wenn es so schmierig ist wie Ihre Stimme, dann sicherlich", gab Isabelle zurück und erhielt dafür einen Schlag ins Gesicht. Sie keuchte unterdrückt und tastete über ihre Wange. „Solche Klugscheißer-Antworten sind mindestens genauso dumm."

Etwas klickte und Isabelle spürte abermals den Lauf der Pistole. Diesmal unter ihrem Kinn. Ihr Kopf wurde angehoben und sie roch abgestandenen Alkohol, als ihr Entführer sich näher beugte. „Nicht viel im Kopf, aber hübsch. Kein Wunder, dass du Toshinakas Spielzeug bist", sagte er, mehr zu sich selbst. Isabelle verzog das Gesicht. „Ich bin niemandes Spielzeug", sagte sie kalt und war froh, dass ihre Stimme nicht vor Angst bebte.

„Da habe ich anderes gehört." Ihr Kinn wurde noch höher gedrückt, und sie fühlte eine Hand, die sich auf ihre Brust legte. Ekel erfasste sie. „Stimmt es, dass ausländische Frauen nicht genug davon bekommen können, wenn man es mit ihnen treibt?"

Isabelle stieß ihre Hände nach vorn, schrie dann aber vor Schmerz auf. Eine Hand packte ihr Kinn und hielt sie fest. „Versuch das nie wieder."

„Was willst du?", zischte sie und versuchte, sich ihre Angst nicht anmerken zu lassen.

„Nur ein paar Informationen, Gaijin", sagte er, und ein weiterer Schwall seines Atems ließ Isabelle das Gesicht verziehen. Ihre Wange und ihr Arm schmerzten noch stärker, und sie fühlte Übelkeit in sich aufsteigen.

„Ich weiß nichts", sagte sie, und es klang wohl ehrlich genug, sodass er sie losließ. „Du gehst mit dem Vizeoberhaupt des Yamanote-Clans ins Bett — irgendetwas wirst du wissen."

„Ich bin sicherlich nicht die Einzige, die das tut", gab sie zurück. Isabelle wusste nicht, ob das stimmte oder nicht, aber die Vermutung hatte sie schon eine geraume Zeit gehegt. Dennoch, das auszusprechen machte es realer, als Isabelle es bisher hatte wahrhaben wollen.

„So, wie es aussieht, schon", sagte er. „Was weißt du über die nächsten Pläne der Yamanote? Wollen sie sich wirklich die anderen Clans einverleiben?"

Ein weiterer Schlag ließ ihr Gesicht zur Seite fliegen. Isabelle biss die Zähne zusammen. Diesmal hatte er härter zugeschlagen. Metallisch schmeckendes Blut füllte ihre Mundhöhle. Anscheinend war die Innenseite ihrer Wange aufgeplatzt.

„Was haben die Yamanote vor?", brüllte er, und der Lauf der Waffe bohrte sich tief in die Haut ihrer Kehle.

„Ich weiß es nicht!", schrie sie und konnte ihre Angst nicht mehr beherrschen.

Der Druck des Pistolenlaufs wurde schwächer und verschwand. Sie hörte ein unterdrücktes Stöhnen und jemand schob die Augenbinde herunter. Isabelle kniff die Augen zusammen. Der Raum war hell erleuchtet und nach der anhaltenden Dunkelheit blendete sie das Licht.

„Weißt du, wen du da vor dir hast?"

Isabelle keuchte. Vorsichtig öffnete sie die Augen und blinzelte. Ihr Gehör hatte sie nicht getäuscht: Es war tatsächlich Toshi, der neben ihr stand. Ein weiterer Mann stand ihnen gegenüber. Er hielt eine kleine Waffe mit kurzem Lauf auf sie beide gerichtet, aber aus seinem Gesicht war weniger Entschlossenheit zum Abdrücken herauszulesen, als vielmehr Verwirrung und ... Angst?

Toshis Frage war an ihn gerichtet gewesen, aber er sah nur immer wieder zwischen ihnen hin und her. Toshi gab einen verächtlichen Laut von sich und wandte sich Isabelle zu. „Alles in Ordnung?", fragte er, und die Besorgnis in seiner Stimme überraschte sie.

„Verdammt, dreh dich um!", brüllte der Fremde, und Isabelle zuckte zusammen. Ihr Blick klebte an der Waffe. Toshi zeigte nicht einmal das leiseste Anzeichen, dass er ihm zuhörte. Ihre Blessuren schienen ihm wichtiger zu sein. Er umfasste ihr Kinn und drehte behutsam ihren Kopf zur Seite. Was er sah, schien ihm nicht zu gefallen, denn sein schönes Gesicht verzog sich wütend. Er richtete sich auf und drehte sich um. „Du hast sie geschlagen?", fragte er bedrohlich leise.

Isabelles Entführer schien vollkommen die Fassung zu verlieren. Er hatte sich das sicher ganz anders vorgestellt. Die Waffe war noch immer auf den Yamanote-Yakuza gerichtet, aber genauso gut hätte er einfach seinen Zeigefinger hinhalten können. Toshi fixierte den anderen. Mit einem Mal bewegte er die Hände so schnell, dass weder Isabelle, noch der Yakuza wussten, was genau geschah. Von einem Moment zum anderen hatte Toshi ihm die Waffe aus der Hand gerissen. Fast gleichzeitig holte er mit der Faust aus.

Ein Geräusch wie ein Paddel, das auf ein Stück Fleisch schlug, erklang, und der Yakuza ging zu Boden. Stöhnend lag er vor Isabelles Füßen, während sie noch zu rekonstruieren versuchte, was eigentlich gerade passiert war. Toshi betätigte einen kleinen Hebel am Kolben der Waffe und zog das Magazin heraus. Die jetzt unbrauchbare Pistole warf er zur Seite, das Magazin steckte er ein. „Du solltest Yusuri nicht trauen", sagte er kalt. „Die Frau, die du geschlagen und bedroht hast, ist die Schwester von Shin Sagawa. Was denkst du, wird das Oberhaupt des Yamanote-Clans mit dir tun, wenn er herausfindet, dass du dich an einem Familienmitglied vergangen hast?"

Nicht nur der Mann am Boden, sondern auch Isabelle starrte Toshi groß an; wenn auch aus verschiedenen Gründen. Toshi berührte Isabelles Schultern und bedeutete ihr aufzustehen. Ohne ein weiteres Wort führte er sie aus der Lagerhalle zu der schwarzen Limousine, die davor stand. Sie fuhren zurück ins Sakura View. Toshi sprach nicht, er begleitete die noch unter Schock stehende Isabelle nur in den Fahrstuhl. Der hielt aber nicht an ihrem Appartement, sondern fuhr weiter.

Im obersten Stockwerk führte er sie hinaus, und Isabelle fand sich auf dem Dach des Sakura View wieder. Ein überraschend kalter Wind wehte hier oben. Sie fühlte seinen Arm um ihre Schulter und merkte erst jetzt, dass sie zitterte. Sie zitterte schon, seitdem sie die Lagerhalle verlassen hatten. Ihr Innerstes war von einer kalten Taubheit befallen gewesen, aber der Schock verflüchtigte sich nun. Die Angst kehrte zurück. Isabelle spürte, wie sie den Halt verlor.

Bevor sie aber völlig zusammenbrechen konnte, waren Toshis Arme da und fingen sie auf. Stumm trug er sie über das Dach bis zu einem großen Gewächshaus. Er schloss die Tür auf und trug Isabelle hinein. Die Tür schloss sich hinter ihnen, und Isabelle hob den Kopf. Was sie für ein Gewächshaus gehalten hatte, war eine kleine Oase. Große Farne, Palmen und Blumenampeln standen und hingen vor den Glaswänden des Häuschens und sperrten die Lichter Tokios aus. Die Temperatur war angenehm und das Innere gemütlich eingerichtet. Weicher Teppich, ein Bett, ein Sessel und eine Stereoanlage. Eine weitere Tür führte in ein Badezimmer, in das Toshi sie trug. Es war ein Anbau und nicht aus Glas. Dafür besaß er ein Glasdach, durch das der Mondschein fiel, und eine tiefe Badewanne in Kastenform. Wie alle japanischen Bäder war es gefliest; zwei niedrige Plastikhocker standen vor dem Badebecken.

Toshi setzte sie auf den Rand der Wanne und begann sorgsam, Isabelle auszuziehen. Sie ließ ihn gewähren und konnte ihre Augen einfach nicht von seinem Gesicht nehmen. Sie wusste sein Verhalten nicht einzuordnen. Sie war verwirrt, ihre Entführung ließ sie noch immer zittern. Isabelle stockte.

„Du hast mich angelogen", sagte sie flach. „Shin war niemals in Gefahr. Im Gegenteil!"

Toshi mied ihren Blick. Sie war nackt bis auf die Unterwäsche, daher ließ er sie aufstehen und öffnete den BH. Isabelle ließ aber nicht zu, dass er ihn ihr abstreifte. Sie hielt seine Hand zurück. „Ich will eine Erklärung", sagte sie ernst. „Warum hast du mich angelogen? Was soll das alles?"

Toshi hob endlich den Blick und strich Isabelle eine der wirren Haarsträhnen aus dem Gesicht. „Später", sagte er sanft. „Ich werde dir alles erklären, aber du zitterst noch immer und", er schmunzelte, „du riechst nach Fischhalle."

Isabelle blinzelte verwirrt. Dann lachte sie. Die Anspannung, die Angst und das Gefühlschaos der letzten Stunden, und auch der letzten Wochen, lösten sich in diesem Lachen auf, und es klang selbst in ihren Ohren viel zu schrill. Als sie die Tränen spürte, drückte Toshi sie einfach an sich und ließ zu, dass Isabelle weinte, bis ihr die Kehle schmerzte.

Sie beruhigte sich wieder, und Toshi streifte ihr auch die letzte Kleidung ab, bis sie nackt vor ihm stand. Er zog einen der Hocker heran und setzte sie darauf. Die Schuhe hatte er bereits vor dem Bad ausgezogen und jetzt schob er seine Hosenbeine hoch, um sich hinter Isabelle zu knien. Sie spürte warmes Wasser, das über ihren Körper lief. Ergeben schloss sie die Augen und legte den Kopf in den Nacken, bis das Wasser auch ihr Haar tränkte. Plötzlich ergoss sich ein großer Schwall Wasser über ihren Körper, und sie quietschte laut auf. Toshi lachte leise. „Beruhig dich, es ist nur Wasser."

Isabelle wischte sich über das Gesicht. Toshi hatte in der Zeit bereits begonnen, Shampoo in ihr Haar zu massieren. Ein weiterer Schwall Wasser befreite sie auch davon, aber diesmal war sie darauf vorbereitet gewesen. Seine Hände nahmen ein wenig flüssiges Duschgel und schäumten es auf. Mit dem duftenden Gel fuhr er über ihre Schultern und die Arme. Isabelle verzog das Gesicht. Er hielt inne und begutachtete ihren Arm. Sie sah es jetzt selbst erst – der Einstich war deutlich zu sehen und der Oberarm blau verfärbt. Sie blickte über die Schulter und bemerkte seinen düsteren Blick, als er das sah. Er sagte jedoch nichts dazu, sondern fuhr fort, Isabelles Rücken zu waschen.

Als er fertig war, stand er auf und kniete sich vor sie. Sorgsam verrieb er wieder Duschgel zwischen seinen Händen und verteilte es mit ausladenden Bewegungen auf ihrem Hals, den Brüsten und ihrem Bauch. In stummem Einverständnis spreizte Isabelle ihre Beine. Seine Berührungen ließen sie nicht kalt. Sie hatte befürchtet, ihn nie wieder auf diese Weise spüren zu dürfen, aber es war, als wären seine harschen Worte niemals ausgesprochen worden. Zärtlich umsorgte er sie und verteilte das Gel in kreisenden Bewegungen auf ihrem Bauch, schäumte sie ein.

Toshi glitt zu ihren Oberschenkeln und beugte sich vor, um einen Kuss auf ihren Schamhügel zu setzen. Isabelle hob die nassen Hände und schob alle zehn Finger in sein dichtes Haar. Durch das Wasser blieb es wie zurückgelegt stehen. Er nahm ihre Hände und küsste die Innenflächen, die empfindlichen Handgelenke und jede einzelne Fingerspitze.

„Koibito", sagte sie leise, und das Wort für ‚Geliebter' klang aus ihrem Mund wie eine Bitte.

Er ließ ihre Hände sinken, nur um seinen Mund wieder auf ihren Schamhügel legen zu können. Die winzigen Stoppeln auf seinen Wangen und dem Kinn kratzten über ihre Schenkel, als er sie auch dort küsste. Isabelle stöhnte und streichelte über seinen Hinterkopf. Er öffnete ihre Scham mit seinen Fingern und ließ weiteres Wasser darüber prasseln, ehe er von ihrer eigenen Nässe kostete. Sie schloss die Augen, schlug sie aber gleich wieder auf. Sie wollte seinen Anblick keinen Moment lang missen.

Toshi hielt ihre Beine weit gespreizt. Mit fester Zungenspitze stieß er immer wieder tief in sie. Er führte sie immer tiefer in Isabelles Pussy. Isabelles Beine zuckten, als würde sie sie schließen wollen. Toshis Griff aber war unerbittlich. Er hielt sie offen und widmete sich ihrem empfindlichsten Punkt. Isabelle genoss seine Liebkosungen, aber sie wollte diesmal das, was sie bisher hatte missen müssen. Sanft, aber nachdrücklich schob sie ihn weg und beugte sich vor. Toshi sah ihr ein wenig verständnislos zu, aber als sie an seinem Hemd zerrte, verstand er und half ihr. Mit einem Ruck hatte er es über den Kopf gezogen und saß, nur noch mit seiner Hose bekleidet, vor ihr.

Isabelle seufzte leise und flüsterte in sein Ohr, dass er diese auch noch ausziehen solle. Toshi lächelte, stand auf, und kurz darauf stand er ebenfalls nackt vor ihr. Isabelle folgte ihm. Endlich sah sie ihn ganz. Als wäre es das erste Mal, dass sie einen Mann sah, ließ sie erst ihre Augen und dann ihre Hände über seinen Körper wandern. Toshis Kendō-Training war ihm deutlich anzusehen. Die breiten Schultern, die starken Arme, seine glatte, muskulöse Brust. Ihr entwichen weitere Seufzer, als sie ihn an jeder Stelle berührte, die sie wollte. Sein Bauch bewegte sich unter diesen Liebkosungen, zuckte leicht. Isabelle lächelte und strich mit der Fingerspitze über den Streifen Haar, der zu seinem halb erigierten Penis führte. Isabelle ließ ihn außer Acht und neckte seine Hoden. Toshi stöhnte frustriert und griff in Isabelles offenes, nasses Haar, um ihren Mund an seinen zu ziehen. Sein Kuss war tief und hungrig, und sie schauderte, als er ihr so deutlich zeigte, wie sehr sie ihn erregte.

Ihre Hand umfasste ihn endlich, und sein heißes Fleisch pulsierte in ihrer Hand. Toshis Stöhnen wiederholte sich und er vergrub sein Gesicht an ihrem Nacken, murmelte heiser ihren Namen. Isabelle fühlte jeden Strich, den sie tat, ganz genau. Es dauerte nicht lange, bis er sich hart und prall gegen ihren Bauch drückte. Sie ließ los und streichelte über seinen Bauch zu seinen Schultern hinauf. Toshis dunkle Augen betrachteten sie mit einer Intensität, die Isabelle einen Schauer über das Rückgrat schickte. Sie küsste den brüllenden Drachenkopf auf seiner Haut und drückte Toshi dann auf den Plastikhocker. Er schien überrascht, aber nicht unerfreut über ihre Initiative zu sein und setzte sich gehorsam.

Isabelle ließ ihn jedoch nicht lange warten. Sie setzte sich rittlings auf seinen Schoß. Neben dem Hocker hatte Isabelle die Tube mit Duschgel und eine weitere Schüssel mit Wasser entdeckt. Jetzt nahm sie die Tube und verrieb das Gel, um Toshis steifen Penis damit einzuseifen. Er lachte an ihrem Ohr und zog sie eng an sich, um dann ihren Hals und ihre Brüste mit Küssen zu bedecken. Isabelle stöhnte; stärker noch, als Toshi selbst mehr Gel nahm und Isabelles Brüste mit kühlen Händen umfasste und einrieb. Er biss in ihren Hals, bog ihren Kopf zurück und knabberte an ihrer Kehle. Ihr entrangen sich tiefe, gutturale Laute.

Isabelles ganzes Sehnen konzentrierte sich in ihrer tropfend nassen Spalte. Sie wollte nicht mehr warten, sie wollte Toshi ganz. Mit einem Griff hatte sie die Schüssel mit Wasser gegriffen und über seinem Schritt ausgeleert. Toshi schnappte überrascht nach Luft, als das Wasser ihn traf und die Seife fortspülte, aber Isabelle hatte ihn in diesem Augenblick schon in sich geführt. Er legte seine Arme um ihren Körper und vergrub das Gesicht zwischen ihren Brüsten. Seine Haut war nass und glitschig, und Isabelle kratzte mit ihren Nägeln über seinen breiten Rücken.

Sein Schwanz in ihr war groß, füllte sie auf perfekte Art und Weise aus, und Isabelle bewegte sich zaghaft, um zu spüren, wie tief er in sie drang. Toshi lächelte. Er packte ihre Hüfte, glitt aus ihr und drehte sie um. Isabelle sah überrascht über die Schulter und wollte frustriert aufschreien, aber Toshis steifer, dicker Penis fand augenblicklich seinen Weg zurück in ihren Schoß. „Halt dich am Beckenrand fest", raunte er an ihr Ohr, und seine nassen Hände glitten unruhig über ihren Körper, bis sie an ihren Hüften verharrten und sie fest packten. Er bewegte sich in kurzen, festen Stößen in ihr. Isabelle schnappte erschrocken nach Luft und krallte sich an den Rand der Wanne. Er lachte atemlos.

„Lass mich nicht mehr warten", raunte er und bewegte Isabelles Becken in kreisenden Bewegungen auf seinem steifen Glied.

Isabelle sackte tiefer und bockte mit einer heftigen Bewegung ihre Hüfte gegen ihn. Sie befreite sich so aus seinem Griff und bestimmte wieder das Tempo. Toshi lächelte, und Isabelle sah über die Schulter. Er beugte sich tiefer und küsste sie, so gut er es in dieser Position vermochte. Toshi in sich zu fühlen, steigerte ihre Lust bis in rasende Höhen. Sie wusste in ihrem Herzen, dass er nicht wegen einer Wette, einer Aufgabe oder etwas anderem mit ihr schlief. Er wollte sie, so wie sie ihn wollte. Isabelle lächelte glücklich, intensivierte ihren Kuss und bewegte sich schneller gegen ihn. Noch mehr Nähe, noch mehr Lust – Isabelle wollte ihn noch tiefer in sich spüren.

Toshi sah in Isabelles lustverzerrtes Gesicht und spürte eine tiefe Befriedigung in sich. Sie gab sich ihm vollkommen hin. Allein das Wissen, dass für diesen Moment nichts zwischen ihnen stand, dass sie sich gegenseitig vollkommen besaßen, verhundertfachte sein Empfinden. Isabelle nahm ihn vollkommen ein. Er stöhnte heiser auf; sie verengte sich um ihn, massierte ihn so. Toshi hob die Hand und widmete sich wieder Isabelles Brüsten. Ihre volle, straffe Form faszinierte ihn jedes Mal aufs Neue. Er knetete sie. Das geschmeidige Fleisch in seiner Hand gefiel ihm und er widmete sich auch der anderen Brust auf diese Weise. Isabelle wand sich weiter und drückte sich eng an ihn, sodass er ihre Brust verlor. Sie schien es gar nicht zu bemerken, zu gefangen war sie bereits von den Vorboten ihres Höhepunktes. Toshi selbst war nun fast so weit, und auch wenn er nicht wollte, dass es endete, stieß er härter, tiefer zu.

Isabelle nahm seinen Penis tief in sich auf. Sie kam ihm entgegen, bewegte sich weiter gegen seinen Rhythmus und schmiegte sich so eng an ihn, dass zwischen ihnen beiden nicht einmal ein Blatt Papier Platz gefunden hätte. Isabelle spürte, wie sich alles in ihr zusammenzog.

Toshis Mund berührte ihr Ohr. „Ich liebe dich", flüsterte er. Isabelle riss die Augen auf. Die Welt um sie herum verlor sich in Wellen aus reiner Lust, und sie glaubte, sich selbst aufschreien zu hören. Für einen Moment verlor sie die Besinnung. Als sie die Augen wieder aufschlug, lag sie in warmem, klarem Wasser. Toshi hatte sie in das große Becken getragen und saß nun hinter ihr. Isabelle war an ihn gelehnt und schloss zufrieden die Augen. Shin hatte ihr früher, als sie noch Kinder waren, diese Art des Badens gezeigt. Man wusch sich außerhalb der Badewanne und stieg dann in das tiefe Becken, um sich im warmen Wasser zu entspannen. Und entspannend war es in der Tat. Sie spürte Toshis Atem an ihrem Ohr und seine großen Hände, die immer wieder über ihre Oberarme strichen.

„Wirst du mir jetzt sagen, warum das alles passiert ist?", fragte sie, nachdem sie eine Weile im Wasser gelegen hatten. Die Frage brannte ihr noch immer auf der Zunge, auch wenn sie es hasste, diesen Moment stören zu müssen.

Toshi schien sich dadurch aber nicht stören zu lassen. Seelenruhig streichelte er sie weiter. Isabelle hörte aber, dass er tief einatmete. Sein Brustkorb hob sich deutlich. „Was willst du genau wissen?", fragte er und küsste ihre Schläfe. Sie lächelte und schloss die Augen. „Das damals in der U-Bahn ... ich hatte recht gehabt, das warst du, oder?"

Toshi küsste sie abermals, diesmal auf die Wange. „Ich konnte einfach nicht widerstehen. Du hast mich damals schon allein durch deinen Anblick wahnsinnig gemacht."

Isabelle legte ihre Hand auf seinen Oberschenkel. „Du hast mich also vorher schon beobachtet?"

Toshis Stimme wurde ernster, und er legte seine Arme um ihren Bauch. „Ich hatte damals durch eine zufällig abgefangene E-Mail an Tomo erfahren, dass du nach Japan kommen würdest. Ich wusste nur, wer du bist, aber mit einem solch verführerischen Paket hatte ich nicht gerechnet." Er biss in Isabelles Nacken und die kicherte leise, löste sich aber etwas, um ihn ansehen zu können. „Und warum hast du mich beschattet?"

Toshi strich über Isabelles vom Schlag noch blauen Kiefer. „Ich bin schon sehr lange in der Yakuza, Isabelle", sagte er sanft. „Angefangen habe ich als junger Mann von gerade einmal achtzehn Jahren. Ich bin dieser halbseidenen Geschäfte müde. Aber man verlässt den Yamanote-Clan nicht einfach. Das hätte mich das Leben gekostet." Er sagte das mit einer Spur Bitterkeit, die Isabelle das Herz schwer werden ließ. „Als der letzte Clanchef deinen Bruder Shin adoptierte und somit zum Nachfolger machte, sah ich endlich eine Chance, das alles hinter mir zu lassen."

Isabelle schloss die Augen. „Mich."

Toshi schöpfte etwas Wasser und ließ es über ihr Dekolleté laufen. „Ja, du. Ich habe keine Probleme mit deinem Bruder, aber ich konnte ihn unmöglich bitten, mich aus der Yakuza zu entlassen, erst recht, da ich seine rechte Hand bin. Er hätte sein Gesicht verloren, wenn er es mir einfach so gestattet hätte. Also musste ich etwas anderes finden. Als ich hörte, dass du hierherkommen würdest, um ihn zu suchen, tat ich alles, damit niemand anderes davon erfuhr. Ich brauchte dich für mich."

Isabelle schöpfte selbst Wasser und ließ es nachdenklich durch ihre Finger rinnen. Toshi hatte sie also beobachtet und war ihr gefolgt, seit sie japanischen Boden betreten hatte. Aber er hatte auch gesagt, dass er sie liebte. War das ernst zu nehmen? „Wie soll ich dir helfen?", fragte sie schließlich. „Meinen Bruder bitten, dich gehen zu lassen?"

Toshi schien zu ahnen, welche Überlegungen sie jetzt anstellte. „Du sollst mich töten", sagte er.

Isabelle setzte sich abrupt auf und öffnete den Mund, aber kein Ton kam heraus. Sie schnappte nach Luft und fragte schließlich: „Was?!"

Toshi sah sie an. Sein Gesicht zuckte und er legte mit lautem Lachen den Kopf auf den Beckenrand. Isabelle schlug ihre Faust gegen seine Schulter. „Du sollst mich nicht auslachen! War das etwa ernst gemeint?"

Toshis Lachen wurde zum Kichern und schließlich beruhigte er sich wieder. „Ja, durchaus", grinste er und zog Isabelle wieder an sich. „Ich möchte, dass du mich erschießt. Vor den Augen der versammelten Yakuza."

„Das kannst du unmöglich verlangen!"

Toshi küsste sie beruhigend. „Ich brauche eine Gelegenheit, aus der Yakuza auszutreten, die weder deinen Bruder noch mich das Gesicht kosten wird. Die Schande würde mich umbringen und deinen Bruder sicherlich seinen Posten kosten. Was eine Katastrophe wäre. Er ist kurz davor, die gesamte

Unterwelt Tokios zu übernehmen, und so wie es aussieht, ist er der Einzige, der diese Aufgabe vernünftig übernehmen kann. Wie ich schon sagte, verlässt man die Yakuza nicht ohne einen triftigen Grund. Deshalb sollst du mich bei der Versammlung in drei Tagen erschießen. Shin weiß Bescheid. Dir als Familienmitglied kann er vor den Augen der Clanbosse nichts tun. Die Familie gilt hier mehr als alles andere. Deine Waffe wäre natürlich nicht echt – nur Platzpatronen. Tsuki wird mich aus einiger Entfernung mit einem Gummigeschoss treffen. Es würde echt aussehen, keiner der anderen Yakuza wird etwas bemerken - und ich wäre endlich frei." Er sah Isabelle tiefer in die Augen. „Frei für dich."

Isabelle konnte ihr Herz förmlich bis zum Hals klopfen hören. Bisher kannte sie Toshi nur als reservierten Mann. Dass er ihre Gefühle erwiderte und es plötzlich so offen zeigte, verwirrte und verzückte sie jedes Mal aufs Neue.

„Ein Problem bleibt aber", sagte sie und berührte seine weichen Lippen mit ihren Fingerspitzen. Toshi schnappte danach und erntete ein leises Lächeln: Sie küsste seine Mundwinkel. „Welchen Grund sollte ich haben, dich zu töten?"

Toshi schüttelte leicht den Kopf. „Du bist in Japan, mein Herz. Es geht nicht um einen Grund. Es geht darum, dass die Form erfüllt wird. Die Tradition muss aufrechterhalten werden."

Isabelle seufzte tief. Dann küsste sie ihn. „Also gut", murmelte sie an seinen Lippen. „Ich werde dich töten."

Sie blieben noch eine Weile im Bad, bis Toshi sie aus der Wanne dirigierte und sie mitsamt Handtuch ins Glashaus trug. Es endete damit, dass sie zusammen in dem großen Bett lagen und über die genaue Ausführung des Plans sprachen. Toshi lag nackt neben ihr und Isabelle bat ihn, sich auf den Bauch zu legen. So hatte sie seinen muskulösen Rücken und den einladenden Hintern vor sich, ebenso wie seine Tätowierung. Sie fuhr die Linien des Drachen mit ihren Lippen nach.

„Hat jeder in der Yakuza ein Tattoo? Ich habe es bei den Zwillingen und bei deinem ... Schauobjekt im Haus von Kamo gesehen."

Toshi, die Arme unter dem Kinn verschränkt, brummte wohlig. „Mhm, jeder", antwortete er und schlug dann die Augen auf. „Du meinst Yusuri?"

„Das ist ihr Name?" Isabelle erinnerte sich nur allzu gut an die japanische Schönheit, bei deren Anblick sie das erste Mal Eifersucht verspürt hatte. Sie waren beide Schüler des Bondage-Lehrers, so hatte Kamo ihr gesagt. „Wart ihr ein Paar? Kamo Sensei hat mir erzählt, dass ihr gemeinsam bei ihm gelernt habt."

Toshi seufzte leise. „Das ist lange her."

Isabelle schluckte ihre Bedenken herunter. „Sie ist auch eine Yakuza, oder?"

Er brummte wieder. „Sie ist die Chefin des Mashimi-Clans und Shins direkte Konkurrentin. Genau genommen ist sie das einzige Hindernis, das noch zwischen Shin und der Übernahme steht."

„Sie wirkte gefährlich auf mich."

Sein Gesicht verdüsterte sich und er legte seine Hand auf ihren angewinkelten Oberschenkel. „Das ist sie auch. Ihr hast du deine Entführung heute Abend zu verdanken. Und die Tatsache, dass ich dich mit einem Doppelgänger habe schlafen lassen." Der Druck seiner Hand verstärkte sich. Anscheinend war es ihm selbst nicht leichtgefallen, sie derart auflaufen zu lassen.

„Miststück", murmelte Isabelle und schmiegte sich an Toshis Rücken. „Was ist mit deiner letzten Aufgabe?"

Toshi grinste. „Eigentlich waren diese Aufgaben dazu da, dich mir hörig zu machen, damit du widerstandslos alles tust, was ich sage. Wie mich zu erschießen, beispielsweise."

Isabelle biss genüsslich in seine Schulter. „Was nun natürlich nicht mehr notwendig ist", sagte sie trocken.

„Natürlich, da du mir ja aus freiem Willen hörig bist", schmunzelte er und drehte sich auf den Rücken.

Isabelle umkreiste eine seiner Brustwarzen mit den Fingern. „Ich möchte es trotzdem versuchen", sagte sie. „Dank dir habe ich einiges über Shibari gelernt und mich mit Kyo gründlich damit beschäftigt. Ich will ausprobieren, ob ich gut genug für die Augen deines Lehrers bin."

„Ein feuerhaariger Dickkopf", lächelte Toshi und fasste eine ihrer Strähnen. Er ließ sie durch seine Finger gleiten und zupfte ein wenig daran. „Das hat mir so an dir gefallen."

Er setzte sich auf. „Also gut. Führen wir dich in die feine Bondage-Gesellschaft der Tokioter Unterwelt ein."

KAPITEL 18

Nach zwei Tagen waren Isabelles Blessuren dank Toshis Pflege soweit abgeheilt, dass man sie mit Schminke überdecken konnte. Isabelle hatte zum ersten Mal in ihrem Leben richtig der Ehrgeiz gepackt, und sie wollte ihren Auftritt vor Kamo so perfekt wie möglich gestalten. Und dementsprechend wollte sie auch aussehen.

Am nächsten Tag war auch die Zusammenkunft der Yakuza-Clans geplant. Isabelle hätte gerne Shin getroffen, aber um Yusuri keine Möglichkeit zu geben, noch einen Anschlag irgendeiner Art zu planen, hatten sich sowohl

Toshi als auch die Zwillinge dagegen ausgesprochen. So musste Isabelle wohl oder übel noch einen Tag warten. Die Vorbereitungen für den Abend lenkten sie aber ausreichend ab. Laut Toshi würde Isabelle ein von Kamo bestimmtes Opfer fesseln, ganz nach eigenen Vorstellungen. Ob die Fesselung gelungen war oder nicht, würden dann einzig und allein die anwesenden Gäste bestimmen. Isabelle war eine Ausländerin, weswegen sie einen schweren Stand haben würde.

Für den Abend hatte sie einen Kimono gewählt. Die anderen hatten ihr versichert, dass Kamos Gäste der Anblick des seidenen Kleidungsstücks milder stimmen würde. Toshi hatte ihr einen neuen Kimono bringen lassen. Isabelle hatte lächeln müssen, als sie die Stickerei darauf sah. Es war ein Drache. Exakt derselbe Drache, den Toshi auch auf seinem Rücken trug. Seine Schuppen waren rot und goldfarben, ebenso wie der Untergrund. Das Muster war ungewöhnlich, aber Isabelle liebte jeden einzelnen Faden daran. Sorgsam zog sie sich den passenden Unter-Kimono in hellem Grün an und streifte dann den schweren Seiden-Kimono über. Die linke Seite über die rechte, erinnerte sie sich schmunzelnd an Kyos Anweisungen. Als sie gerade den Obi binden wollte, kam Toshi in ihr Schlafzimmer und betrachtete das Bild, das sich ihm bot, versonnen. Isabelle wandte sich vom Spiegel ab. „Ist es schon soweit?"

„Nein." Er kam zu ihr und rollte den Obi wieder ein. Dann wickelte er ihn sorgsam um Isabelles Taille und verknotete ihn, bevor er den zweiten, kleineren Obi nahm und ihn darüber wickelte. „Auch eine Form von Shibari, mhm?", zwinkerte sie. Er lächelte und verknotete die Enden des Obis zu einer Schleife auf Isabelles Rücken. Die Zierkordel hielt er Isabelle hin, die sie zweimal um die Gürtel schlang und dann selbst festknotete.

„Nervös?", fragte er und legte seine Hände auf ihre Schultern. Selbst durch die Lagen der Kimonos spürte Isabelle seine Wärme und war dankbar dafür. „Ein wenig." Sie sah zu dem kleinen Haufen aus Seilen hinüber, die auf dem Bett bereitlagen. Isabelle hatte lange darüber nachdenken müssen, welche Form sie knoten wollte. Zu einfach - und die Gäste würden sie gnadenlos durchfallen lassen, zu schwer - und sie lief Gefahr, die Figur nicht vollenden zu können.

Toshi küsste ihren freiliegenden Nacken. Isabelle hatte ihre Haare wieder mit Kyos Haarnadeln hochgesteckt. „Entspann dich", beruhigte er sie und folgte ihrem Blick. „Du hast Talent und weißt alles, was du für heute Abend wissen musst."

„Ich hoffe es", murmelte Isabelle und betrachtete sich und Toshi im Spiegel. Er ragte hinter ihr auf, ein großer, gutaussehender Mann, dessen Haltung eindeutig zeigte, dass Isabelle zu ihm gehörte. Sein schönes Gesicht erwiderte den Blick ihres Spiegel-Ichs mit leichtem Lächeln. Das Funkeln in seinen Augen sah sie auch in ihren eigenen. Isabelles Lächeln vertiefte sich.

Sie drehte sich um, um das Original anzusehen. Toshi trug, wie sonst auch, einen dreiteiligen Anzug mit passender Krawatte. Sie kannte seine Aufmachung gar nicht anders und liebte es. Für jeden anderen war er der kalte Yakuza, den immer ein Hauch von Gefahr umgab. Aber für sie legte er diese Hülle ab und zeigte sich als der zärtliche Liebhaber, nach dem Isabelle sich insgeheim immer gesehnt hatte.

‚Er gehört mir', flüsterte es in ihr, und die Erkenntnis ließ Isabelles Herz einen Sprung tun. Toshi zog sie an sich und hielt sie eng umschlungen. Seine Lippen strichen über ihre Wangen und küssten ihre Mundwinkel. Isabelle seufzte leise und strich mit ihrer Zungenspitze über seine geschlossenen Lippen.

Bevor aus dem sanften Spiel aber ein langer Kuss werden konnte, kam Hi herein. „Verzeihung, Oyabun, aber die Limousine wartet. Es wird Zeit."

Toshi brummte, löste sich aber bedauernd von Isabelle. „Gehen wir."

Der Weg zu Kamos Haus erschien Isabelle diesmal wesentlich kürzer. Sie knotete immer wieder Schlaufen in ein weiches Hanfseil, das sie aus dem Hotel mitgenommen hatte. Toshi legte seine Hand auf ihre und hielt sie davon ab, weiter nervös mit dem Seil zu spielen. Bis zum Ziel sprachen sie nicht, aber Toshis Hand löste sich nicht mehr von Isabelles.

Wie schon am ersten Abend, wurden sie in den großen Raum geführt. Die anwesenden Gäste trugen feine Abendgarderobe, einige sogar Masken. Es waren eindeutig mehr als damals und Isabelle fühlte ihr Herz heftig und laut klopfen. Es wunderte sie, dass die anderen es nicht hörten.

Sie wollte Toshi folgen, der mit Hi und Tsuki weiter in den Raum ging, als eine schmale Hand sie zurückhielt. Isabelle sah sich erschrocken um und direkt in Tomos lächelndes Gesicht. „Isa-chan, komm mit!"

Isabelle klappte den Mund auf und wieder zu, ließ sich aber einmal mehr von der temperamentvollen Japanerin mitziehen. Sie hatte selbst nicht richtig gewusst, was sie sagen sollte. Die letzte Begegnung mit Tomo, von der diese nichts wusste, war Isabelle noch zu deutlich im Gedächtnis. Immerhin hatte ihre Freundin sich zu diesem Zeitpunkt von zwei Männern gleichzeitig nehmen lassen.

Tomo zog sie in einen Seitenraum und schloss die Tür hinter ihnen. Es handelte sich dabei um einen kleinen Salon. Tomo schaltete das Licht an und wandte sich Isabelle zu. „Ich dachte schon, ihr kommt gar nicht mehr", lachte Tomo. „Kamo hat mir gesagt, ich soll dir alles zur Verfügung stellen, was du brauchst. Alle warten nur auf dich!"

Isabelle musste nun doch angesichts Tomos Energie und ihrem nie still stehenden Plappermaul schmunzeln. „Stopp", sagte sie und hob die Hände. „Sag mir erst einmal, was du hier tust?"

Tomo grinste. „Erinnerst du dich an meinen neuen Freund, den ich mal erwähnt habe? Der, der so auf Bondage steht?"

Isabelle merkte, wie es in ihrem Kopf einrastete. „Das ist doch nicht ..."

„Doch, genau der, Yuki Kamo. Mittlerweile hat er mich doch herumgekriegt", bestätigte ihre Freundin grinsend. „Und als er mir erzählte, dass du heute deine kleine Vorführung abhältst, dachte ich, ich komme vorbei und spiele mit."

Isabelle sackte auf einem der Stühle zusammen und begann zu lachen. „Glaub mir, das ist die beste Nachricht, die ich an diesem Abend bekommen habe", kicherte sie. „Wenn du dabei bist, kann nichts mehr schiefgehen."

„Doch, wenn du mir nicht schleunigst sagst, was du brauchst", zwinkerte Tomo und zog Isabelle wieder auf die Füße. Sie öffnete einen Schrank, in dem sich mehrere Fächer aus Plastik befanden. In jedem lagen säuberlich aufgerollt verschiedene Seile in mehreren Farben und aus unterschiedlichen Materialien.

„Also, womit kann ich dich glücklich machen? Yuki sagt mir ständig, dass mir grüne Seile besonders gut stehen würden."

Isabelle nahm die lindgrünen Seile, die Tomo ihr reichte, und nickte lächelnd. „Er hat recht. Die Farbe passt ausgezeichnet zu dir." Isabelle wanderte mit den Fingern über die Plastikfächer. „Aber dazu passt sicher noch ... das!"

Sie zog zwei seidene Tücher in einem dunkleren Grün hervor. Tomo legte den Kopf schief und betrachtete die Kombination. Ein Lächeln malte sich auf ihre kirschrot geschminkten Lippen auf eine ganz verträumte Art. „Isa-chan", sagte sie feierlich, „ich weiß nicht, was Yukis erlauchte Gesellschaft von dir halten wird, aber wenn du mich damit fesselst, wird er dir zu Füßen liegen."

Toshi spürte Unruhe in sich aufsteigen. Er hasste das Gefühl, konnte sich aber nicht dagegen wehren. Kamo Sensei hatte ihn informiert, dass Isabelle sich noch mit ihrem Modell besprach und gleich kommen würde. Kamos Gäste zeigten auch erste Anzeichen von Ungeduld. Ihnen war ein Neuling angekündigt worden, wie es ihn bisher noch nicht im Kreis von Kamos Schülern gegeben hatte. Dementsprechend hoch waren die Erwartungen - und auch die Neugierde wuchs. Es war selten, dass sich ein neuer Bewerber in ihren Kreis einreihen durfte, und viele versagten bei der Aufgabe, sich in der Kunst des Shibari zu bewähren. Wenn Kamo Sensei nun jemanden auf diese Weise ankündigte, verhieß das ein aufregender Abend zu werden.

„Hat deine Gaijin sich ausreichend erholt, um diesen Abend zu bestreiten? Alle setzen hohe Erwartungen in sie", erklang Yusuris Stimme hinter Toshi. Er drehte sich nicht um, aber Yusuri ließ sich nicht so einfach ignorieren. Sie strich über seinen Oberarm und stellte sich auf die Zehenspitzen, um ihm ins

Ohr zu flüstern: „Ich hatte gehofft, dass du mir ihren Anblick zumindest hier ersparst. Aber vielleicht wird es doch amüsanter, als ich gehofft hatte."

Toshi schüttelte ihre Berührung wie ein lästiges Insekt ab. Er sah weiter nach vorn, wo einige Helfer Kamos verschiedene große Kissen auf einer niedrigen Bühne verteilten. „Trägst du mein Abschiedsgeschenk noch? Deutlich genug müsste es ja noch zu sehen sein", brummte er.

Yusuri ließ ihn los und trat neben ihn. Er hatte sich nicht getäuscht. Der Abdruck ihres eigenen Seils zeichnete sich noch als leuchtend rote Linie auf ihrem schlanken Hals ab. Ihr Mund öffnete sich, aber in diesem Augenblick tat das auch die Tür; Isabelle kam herein, gefolgt von Tomo. Die beiden Frauen wirkten ruhig, auch wenn Toshi Isabelles zusammengepresste Lippen bemerkte. Er folgte ihr mit Blicken und spürte sein Verlangen einmal mehr aufwallen. Etwas an ihr brachte ihn immer wieder dazu, sie über jedes gesunde Maß hinaus zu begehren. Er war nicht der Einzige, dessen Blicke Isabelle folgten. Toshi biss die Zähne zusammen.

Isabelle trug einige Seile in den Händen und etwas, das nach Tüchern aussah. Hi schob sich näher an Toshi und nahm den Platz ein, den Yusuri bisher für sich beansprucht hatte. „Wusstest du, dass Kamo Sensei seine eigene Freundin auswählen würde?"

Toshi schüttelte den Kopf. Er ließ seine Augen aber nicht von den beiden Frauen. Das Licht im Raum wurde schwächer, bis nur noch zwei Spots auf die Bühne gerichtet waren. Tomo stellte sich darauf und legte in einer nachlässigen Geste ihren Yukata ab. Darunter war sie nackt. Toshi hatte sie bereits auf diese Weise gesehen, als sie sich mit Kyo und Tsuki vergnügt hatte. Sie war hübsch, aber für ihn zeigte sich in Tomos nackten Brüsten und ihrer jetzt entblößten Scham nicht halb soviel Erotik wie in dem Stück Haut, das der offene Kragen Isabelles im Nacken preisgab.

Etwas surrte leise; die Händedecke über der Bühne wurde herabgelassen, bis Isabelle sie bequem mit der ausgestreckten Hand berühren konnte. Es würde also eine hängende Kombination werden. Das war schwierig, weil man viele Knoten setzen musste. Zu fest, und Tomo würde sich durch ihr eigenes Körpergewicht strangulieren; zu schwach, und das Seil würde sie nicht halten und sie einfach zu Boden stürzen lassen. Um sich herum hörte Toshi anerkennendes Murmeln. Der Schwierigkeitsgrad war angemessen gewählt.

Isabelle legte die Seile bis auf eines ab und ging um Tomo herum. Die legte bereitwillig ihre Hände über Kreuz auf den Rücken und wartete. Isabelle band die Gelenke zusammen und knotete mit einem weiteren Seil eine Schlaufe, die sie um Tomos Nacken wand. Deren Haar schob sie sorgsam zur Seite. Die Enden des Seils wand sie mit geübten Bewegungen um Tomos Oberkörper. Die Fesselung war ähnlich aufgebaut wie ein Karada, nur, dass anstelle vieler kleiner Rauten auf der Körpermitte lediglich zwei große zu sehen waren. Sie bestanden aus mehrmals um Tomos Oberkörper geschlungenem Seil und trafen sich wieder zwischen ihren Beinen.

Toshi kam nicht umhin, Isabelles Sicherheit zu bewundern. War sie, zumindest für ihn erkennbar, noch vor Beginn der Darbietung nervös gewesen, sah man davon jetzt nicht mehr die kleinste Spur. Im Gegenteil, Isabelle fesselte Tomo, als hätte sie nie etwas anderes getan. Einige der Knoten und Formen kannte er, einige waren ihm völlig neu.

Isabelle wandte ihm nun den Rücken zu; er konnte nicht genau sehen, was sie tat. Sie verdeckte Tomo mit ihrer Arbeit. Nach einer Weile surrte es wieder und die künstliche Decke hob sich. Isabelle trat zur Seite und ließ den Zuschauern Zeit, ihr Werk zu bewundern. Und sie taten es.

Tomo hing an vier Seilen von der Decke. Sie waren so gespannt, dass sie die vier Ecken eines Quadrats bildeten und der Konstruktion so genügend Halt gaben. Der Körper der Japanerin krümmte sich zu einem halbmondförmigen Bogen. Ihr Kopf war zurückgelegt und ein Bein hatte sie angewinkelt. Das andere bog sich nur leicht nach hinten. Isabelles Seile wanden sich um beide Beine. Das angewinkelte Bein hielt sie mit einem Knoten in der richtigen Stellung. Um das andere wand sich eine Spirale, die an den Zehen auslief und mit dem Seil, das Tomos Handgelenke gefesselt hielt, verknotet wurde. Ein dunkelgrünes Tuch war in die Konstruktion eingearbeitet und verlieh dem Bild eine exotische Note. Das Tuch verdeckte kaum etwas von dem blassen Körper, umschmeichelte nur dessen Formen und lenkte den Blick auf die Zierschnürungen auf Tomos Körper. Ihr langes Haar, das fast ihre Zehen berührte, verstärkte diesen Effekt. Tomos Körper war wie ein perfekter Bogen gespannt und bog sich ebenso geschmeidig. Eine Mondgöttin, in ihrem Tanz erstarrt.

Toshi sah Isabelle, die sich vor dem Publikum verneigte. In diesem Augenblick wurden die beiden Spotlights über der Bühne gelöscht. In der plötzlichen Dunkelheit ertönte Gemurmel und dann, für Japaner sehr selten, brandete Applaus auf. Allem Anschein nach hatte Kamo nicht zu viel versprochen. Noch kein Anfänger hatte sich an eine derart komplizierte und gleichzeitig so ästhetische Figur gewagt. Im Stillen beglückwünschte Toshi Isabelle zu ihrer Überlegtheit. Sie hatte sich an den japanischen Schönheitsidealen der schlichten, aber schönen Darstellung orientiert. Anscheinend hatte sie auch ihn überraschen wollen, denn bis zu diesem Augenblick hatte er nicht gewusst, was sie beabsichtigte.

Eine schmale Hand umfasste seine, und nachdem seine Augen sich langsam an die Dunkelheit gewöhnt hatten, konnte er ihren roten Haarschopf ausmachen. Er spürte Stolz in sich. Das zarte Geschöpf, das ihn vor einem Monat im Zug verführt hatte, hatte sich bewiesen und gezeigt, dass sehr viel mehr hinter der hübschen Fassade steckte, als man anfangs vermutet hätte.

Er hob ihre Hand an seine Lippen und küsste sie, im Moment noch unfähig zu sagen, was er empfand. Aber an ihrem Körper, der sich vertrauensvoll an ihn schmiegte, und ihrem Kuss merkte er, dass sie ihn verstanden hatte.

Einige vereinzelte Lichter blitzen auf, wurden stärker und bald war der Raum wieder in angenehm weiches Licht getaucht. Toshi sah Isabelles grüne Augen aufblitzen und drückte sie fester an sich. Im nächsten Moment musste er sie aber wieder gehen lassen. Der Applaus, der kurzzeitig verebbt war, schwoll nun wieder an, nachdem die anwesenden Gäste Isabelle in Toshis Armen entdeckt hatten. Kamo zog sie behutsam von ihm fort und führte sie zurück zur Bühne, wo die von den Seilen befreite Tomo stand. Sie hatte sich ihren Yukata wieder übergeworfen und grinste wie ein kleiner Kobold.

Kamo sah sehr zufrieden aus. Er winkte mit der Hand und der Applaus verstummte. „Isa-chan", sagte Kamo, und um seine Mundwinkel zuckte tatsächlich ein Lächeln. „Yōkoso."

Toshi verneigte sich, zusammen mit Kamo und den restlichen Anwesenden, in Richtung Isabelle, und aus den Augenwinkeln konnte er erkennen, dass diese tatsächlich rot wurde. Er lächelte und richtete sich wieder auf. „Da deine Initiierung außergewöhnlich war, möchten wir dein Willkommen auch auf besondere Weise unterstreichen."

Toshi spürte, wie sich seine Nackenhaare aufstellten. „Nein", sagte er laut und alle Köpfe wandten sich ihm zu. Er ignorierte es und schob sich nach vorn, nahm Isabelles Hand und zog sie von der Bühne. Bevor sie aber die Tür erreichten, hielt sie ihn zurück. „Was soll das, Toshi?"

„Du weißt nicht, was Kamos Willkommen heißt."

„Was heißt es denn?", gab sie schon schärfer zurück, weil er sie im Unklaren ließ.

„Es heißt, dass jeder in diesem Raum die Möglichkeit bekommt, das neue Mitglied kosten zu dürfen", brummte er und sah ihrem Gesicht an, dass sie verstand, was damit gemeint war.

Isabelle atmete tief ein. „Soll das heißen, jeder hier soll mit mir schlafen?"

Toshi schüttelte den Kopf. Isabelle sah über die Schulter und dann wieder auf ihn. „Sie werden dich fesseln und jeder der es will, darf dich berühren. Überall."

Ein Muskel an seinem Kiefer zuckte. Isabelle konnte deutlich sehen, was er von dieser Vorstellung hielt. „Ich tu's", sagte sie schließlich leise und Toshis schwarze Augenbrauen rutschten merklich tiefer.

„Dann erwarte nicht, dass ich hierbleibe", knurrte er und wandte sich zum Gehen.

Hastig fasste Isabelle seinen Arm und hielt ihn zurück. „Ich muss das tun", sagte sie eindringlich. „Aber bitte, bleib bei mir", flüsterte sie, wohl wissend, dass die anderen sie beobachteten.

Toshi hielt inne. „Ich weiß nicht, was ich tun werde, wenn ich das mit ansehen muss", sagte er rau.

„Bitte, Koibito", wiederholte Isabelle und umfasste sein Gesicht, damit er ihrem Blick nicht länger auswich. „Es ist nur ein kurzer Augenblick und danach ist es vorbei."

Toshi schloss die Augen und rang mit sich. Schließlich nahm er ihre Hände von seinen Wangen und küsste die Innenflächen. „Dieses eine Mal", murmelte er und legte seinen Arm um ihre Schultern.

Kamo sah nicht danach aus, als hätte ihn diese Unterbrechung besonders gestört. Tomo kam Isabelle entgegen und führte sie wieder an ihre Seite, auf die Bühne zurück. „Wenn du nicht mehr willst, sag es mir", flüsterte sie an Isabelles Ohr. „Ich lasse mir dann etwas einfallen."

„Schon gut", gab Isabelle ebenso leise zurück. „Ich hoffe nur, es artet nicht aus."

Tomo kicherte. „Keine Angst, jeder hier weiß, wo die Grenzen sind. Aber eine feuerhaarige Gaijin übt einen ganz besonderen Reiz aus. Yuki konnte wohl einfach nicht widerstehen."

Isabelle schmunzelte. Tomo kniete vor ihr nieder und öffnete sorgfältig jeden einzelnen von Isabelles bestickten Gürteln. Sie schlug die zwei Schichten des Kimono auf und entblößte Isabelles Körper vor den Blicken der Gäste. Sie hatte auf Unterwäsche verzichtet und die Blicke weideten sich an jedem Zentimeter ihrer nackten Haut. Kamo, der hinter ihr stand, streifte ihr genüsslich beide Kimonos ab. Die kniende Tomo streifte Isabelle auch noch die weißen Tabi-Söckchen ab. Schließlich war sie vollkommen nackt. Die Hängedecke wurde wieder heruntergelassen. Kamo nahm die grünen Seile, mit denen Isabelle Tomo gefesselt hatte, und einen Stab aus Bambus von etwa einem Meter Länge.

Isabelle befürchtete schon, dass er sie damit schlagen wollte, und suchte Toshis Blick in der Menge. Dessen Miene wirkte so düster wie zuvor. Als er Isabelles Blick auffing, wurde seine Miene heller. Er nickte leicht, auch wenn er sich noch immer nicht dazu durchringen konnte zu lächeln. Isabelle spürte Kamos kühle Hand auf ihrem Po. Er schlug nicht zu, sondern drückte sie nur leicht mit allen fünf Fingern. Isabelle keuchte und ruckte erschrocken mit dem Becken nach vorn. Sie spürte das Streicheln des Seils auf ihrem Körper. Ihr Blick verschränkte sich dabei mit Toshis. Mit all ihren Sinnen nahm sie diese Eindrücke auf.

Kamos Hände bewegten sich auf ihrer Haut und Isabelle spürte die Fesseln erst, als sie sich bewegte. Er hatte ihr die Arme auf den Rücken gebunden und ihre Brüste mit dem grünen Seil eingerahmt. Sie standen hervor, die rosigen Nippel bildeten einen reizenden Kontrast zu ihren hellen Brüsten. Kamo befestigte das Seil an ihrem Rücken an einigen Haken der Hängedecke.

Sie wurde wenige Zentimeter in die Höhe gefahren, bis Isabelle den Kontakt mit dem Boden verlor. Sie spürte das Ziehen des Seils, als ihr eigenes Gewicht es belastete. Es tat nicht weh, Isabelle fühlte sich nur auf seltsame Weise schwerelos. Kamo war aber noch nicht fertig mit ihr. Er wickelte ein weiteres Seil um ihre Hüften und Oberschenkel und befestigte auch das an der Decke, sodass Isabelle nun waagerecht hing. Kamo spreizte ihre Beine und legte den Bambusstab unter ihre Kniekehlen. Er band sie fest und befestigte auch dieses Seil am Haken über ihnen. Die Hängedecke ließ er so weit hochfahren, dass Isabelles weit geöffnete Scham nun bequem für ihn mit Fingern und Mund zu erreichen war.

Isabelle spürte die kühle Luft über ihren entblößten Schoß streichen und schluckte. Sie war den Anwesenden vollkommen ausgesetzt. Ihre Brüste, ihre Schenkel, ihre Spalte – alles war den Blicken und Berührungen der Menschen um sie herum ausgeliefert.

Die Haarnadel löste sich und fiel zu Boden. Ihr rotes Haar fiel in dichten Strähnen herunter, die sich zu einem Wasserfall aus Feuer vereinigten. Kamo trat an sie heran und vergrub seine Finger in den weichen Strähnen. „Schließ die Augen", murmelte er rau, „und genieße es einfach, Isa-chan."

Sie wandte den Kopf um. Durch ihre Position hatte sie Toshi aus dem Blick verloren. Rasch schloss sie die Augen. Es war nur dieses eine Mal, erinnerte sie sich, um das Flattern in ihrem Magen zu beruhigen. Dennoch konnte Isabelle nicht verleugnen, dass die Situation ihren ganz eigenen Reiz auf sie ausübte. Dass Toshi in ihrer Nähe war, beruhigte sie ein wenig.

Kamo berührte ihren Körper so vorsichtig, als wäre er eine seltene Porzellanfigur. Er fuhr den Formen ihres Kinns, ihres Halses und der Lippen mit den Fingerspitzen nach. Isabelle atmete tief ein. Kamos Fingerspitzen wanderten weiter. Wie der Hauch einer Feder glitten sie über ihre Brüste und die steifen Spitzen. Isabelle drückte den Rücken durch und stöhnte leise. Kamo glitt über ihren Bauch und verharrte an ihren Lenden. Sie stöhnte und bewegte sich, aber die Seile, die sie hielten, zogen sich nur enger zusammen. Kamos federleichte Berührungen strichen durch die Furchen ihrer Lenden, verharrten an ihrem Schamhügel und glitten dann die langen Beine entlang. Isabelle spreizte die Zehen. Kamo beugte sich zu ihr und küsste erst den linken, dann den rechten Fußspann.

Isabelles Augen waren noch immer geschlossen, um sich ganz auf die Berührungen des Shibari-Meisters konzentrieren zu können. Plötzlich waren es nicht nur Kamos Finger, die über ihren Körper wanderten. Isabelle spürte Lippen, die über ihre Wade glitten, Hände, die die Form ihrer Brüste erkundeten. Es wurden immer mehr.

Isabelle wagte nicht, die Augen zu öffnen. Sie verging einfach in den Berührungen, die mittlerweile ihren gesamten Körper erobert hatten. Jemand rieb über ihre Klitoris, strich wieder und wieder über die harte Erhebung.

Eine weiche Zunge leckte über ihre Schamlippen und drang in sie ein. Isabelle schrie auf, aber ihr Mund wurde gleich darauf von fremden Lippen verschlossen. Sie schwebte inmitten des Raumes und wurde von, wie es schien, Tausenden Fingern und Zungen gerieben, geleckt und gestoßen. Ihr Körper war eine straffe Sehne, angespannt und vor der Wahl, entweder jegliche Spannung in einem einzigen Stoß zu verlieren oder zu zerreißen.

Isabelle versuchte immer wieder, sich zu befreien, einfach, weil die Erregung zu groß wurde. Sie stöhnte, keuchte und schrie. Noch immer waren dort Hände, zupften an ihren Schamlippen, bissen sanft hinein, leckten und saugten an ihr. Es wurde zu viel. Isabelle schlug die Augen auf und sah Toshi neben sich stehen. Er hob ihren Kopf an und küsste sie tief. In diesem Augenblick schlugen die Wellen ihres eigenen Orgasmus über ihr zusammen, und sie schrie seinen Namen tief in seinem Mund. Nur langsam konnte sie sich wieder sammeln.

Schlaff und erschöpft hing sie in den Fesseln. Kamo gab Toshi ein Zeichen und der hielt Isabelle fest. Der Shibari-Meister zog an einem bestimmten Knoten und jedes der Seile löste sich dadurch. Hätte Toshi sie nicht gehalten, Isabelle wäre einfach auf den Boden gestürzt. So fingen seine Arme sie auf. In ihre Kimonos gewickelt, trug er sie aus diesem Haus.

KAPITEL 19

Isabelle erwachte durch Toshis Berührung mit den Handflächen, die auf ihrem Hintern lagen und darüber strichen. Sein Gesicht war in ihrer Halsbeuge verborgen und er seufzte genüsslich. Isabelle lächelte verschlafen und fuhr durch sein dichtes Haar. Sie löste sich ein wenig und küsste ihn auf den Mund. Toshi atmete tiefer ein, aber seine Hände wurden schlaffer. Er war gar nicht wirklich wach. Sein Anblick erinnerte Isabelle an einen kleinen Jungen. Einen Jungen mit einem unsäglichen Appetit. Sie lächelte über den Gedanken und löste sich. Die letzte Nacht hatten sie in seinem kleinen Versteck auf dem Dach des Sakura View verbracht, und Isabelle beschloss, ein Frühstück zu besorgen. Sie würden sich später mit Shin treffen. Sie würde endlich ihren Bruder wiedersehen. Isabelle zog sich rasch an und ging hinunter zum Appartement. Hi und Tsuki bereiteten bereits alles für den Abend vor. Es durfte nichts schiefgehen. Wenn Isabelle die falsche Pistole nahm, oder Tsuki sein Ziel verfehlte ...

Sie versuchte, nicht daran zu denken. Die beiden Engländer waren Profis und würden keine Fehler machen.

Sie schloss die Tür hinter sich und ging zum Telefon. Etwas Kaltes drückte sich in ihren Nacken. Isabelle ließ den Telefonhörer fallen.

„Nimm ihn wieder auf." Yusuris Stimme klang, als würde sie mit einer Freundin plaudern. Der Tonfall jagte ihr einen größeren Schrecken ein als die Waffe in ihrem Genick.

„Und was soll ich dann damit?"

„Du wirst Toshi anrufen und ihm sagen, dass er deinen Bruder zu einem freundschaftlichen Treffen mit uns beiden einladen soll."

Isabelle machte keinerlei Anstalten, den Hörer wieder aufzunehmen. Der Druck in ihrem Nacken verstärkte sich.

Isabelle biss die Zähne zusammen und wählte Toshis Handynummer. Sie machte sich gar nicht erst die Mühe, ihre Stimme ungezwungen klingen zu lassen.

„Moshimoshi?", brummte Toshi ins Telefon.

Isabelle schloss die Augen. „Yusuri ist hier", sagte sie.

Bettzeug raschelte deutlich. „Was will sie?"

„Sie will ... sie will, dass du mit Shin kommst."

Yusuri flüsterte ihr eine Adresse ins Ohr, die Isabelle Wort für Wort wiederholte. Dann legte sie auf.

„Wirst du es nicht langsam müde? Diese ständigen Entführungen und Intrigen?", fragte sie und brachte den Mut auf, sich umzudrehen.

Yusuri hielt die Waffe noch immer auf sie gerichtet, ein Lächeln auf den grell geschminkten Lippen. „Es tut mir leid, dich zu langweilen", sagte sie. „Aber zu deiner Beruhigung: In ein paar Stunden ist alles vorbei."

„Wirst du mich töten?"

Yusuri lachte. „Gott, bist du egozentrisch. Hat dir das schon einmal jemand gesagt? Es geht hier nicht um dich, auch wenn du dir das in deinem kleinen Kopf sicher vorstellen magst." Sie deutete mit der freien Hand nach oben. „Mein lieber Tetsu da oben wird jetzt sicherlich schon auf dem Weg zu seinem Boss sein und ihm Bescheid geben. Er wird keine Zeit darauf verschwenden, dich zu suchen. Was eine Ironie ist, denn du befindest dich ja praktischerweise direkt vor seiner Nase."

Auf Yusuris kühler Maske erschien ein haarfeiner Sprung; Isabelle sah etwas in ihren Augen aufflackern, als sie von Toshi sprach. „Du liebst ihn noch", sagte sie und starrte im nächsten Moment in den angehobenen Pistolenlauf.

„Ich will nichts weiter, als die gesamte Yakuza Tokios. Alles andere schert mich nicht mehr. Und wenn du dich brav verhältst, bekomme ich das auch, und du darfst am Leben bleiben. Wie klingt das für dich?"

Isabelle presste die Lippen zusammen. „Also tauscht du mich aus?"

„So in etwa. Für meine Geduld habe ich doch eine Belohnung verdient, findest du nicht?"

„Ich glaube, dass du etwas ganz anderes verdient hast", erwiderte Isabelle.

„Ich kann mir auch lebhaft vorstellen, was", erwiderte Yusuri und deutete mit der Waffe in Richtung Tür. „Er hatte genug Zeit, zu seinem Oyabun zu rennen. Gehen wir."

Hi hatte ihren Chef noch niemals so wütend gesehen. Er schrie nicht, aber sie sah, wie es in ihm brodelte. Er bellte einige Befehle ins Telefon und schritt dann unruhig im Büro des Clanchefs auf und ab. Das Oberhaupt der Yamanote-Yakuza war auf den Weg ins Büro, aber selbst diese Zeitspanne schien Toshi zu lang zu sein. „Verfluchtes Weib", donnerte er plötzlich.
Selbst Tsuki, der neben Hi an der Tür stand, zuckte zusammen. „Oyabun, beruhige dich bitte."
„Wieso schafft sie es immer wieder, mich dann zu treffen, wenn ich unvorbereitet bin?", wütete er weiter.
„Weil sie dich kennt", warf Tsuki ein. Toshi starrte ihn an, als würde er ihn gleich anspringen. Dann sackte er in sich zusammen. „Du hast recht", murmelte er und fuhr sich mit beiden Händen über das Gesicht. „Das löst das Problem trotz allem nicht."
„Fahr hin, Oyabun", warf Hi ein. „Wir müssen unseren Plan nicht ändern. Tsuki kann sich noch immer am richtigen Ort platzieren." Sie nickte leicht in Toshis Richtung. „Nur wirst diesmal nicht du, sondern sie das Ziel sein."
„Sie wird sich absichern."
„Wir kümmern uns darum", versicherte Tsuki.
Die Tür öffnete sich, und Shin trat ein. Hi hatte noch nicht oft mit ihm zu tun gehabt. Sie und Tsuki unterstanden direkt Toshi und waren in dieser Position auch mehr als zufrieden. Shin war jünger als Toshi, aber sein Auftreten besaß bereits die Autorität eines Clanchefs. Das kurze Haar trug er nach hinten gegelt. Sein Blick war wachsam, und die Farbe seiner Augen ließ die meisten Leute einen zweiten Blick auf ihn werfen – seinem ausländischen Erbe verdankte er ebensolche grünen Augen, wie sie seine Halbschwester Isabelle hatte. Kein Wunder, dass er lange als Host gearbeitet hatte.
Tsuki und Toshi verneigten sich, und Hi tat es ihnen nach.
Shin winkte einen Leibwächter, der ihm ins Büro gefolgt war, hinaus. „Woher weiß Yusuri von Isabelle?", fragte er, ohne ein Wort des Grußes. Zwischen seinen Augenbrauen war eine steile Falte zu sehen.
Toshi wirkte zerknirscht. Er mied Shins Blick. „Tanosuke hat ihr die Information gegen Geld verkauft."
Shin steckte die Hände in die Hosentaschen und senkte den Kopf. „Ich nehme an, dass ihr drei bereits geplant habt, wie wir Isabelle dort herausholen."
„Ich habe mir das Recht herausgenommen", murmelte Toshi. Shin legte ihm die Hand auf die Schulter. „Das ist deine Pflicht als meine rechte Hand. Deswegen werde ich es mit Bedauern sehen, wenn du gehst."

Er wandte sich zur Tür. „Gehen wir. Wir haben eine Verabredung mit einem machtsüchtigen Miststück."

Isabelle schlang die Arme um sich. Sie fror erbärmlich, trotz der Mittagshitze. Schuld war der beißende Wind, der um die Hochbauten Tokios pfiff. Yusuri hatte sich vorsorglich in einen dicken Mantel gehüllt, Isabelle in ihrer Sommerkleidung hatte dabei das Nachsehen. Sie traute sich, einen Blick über den Rand des Hochhausdaches zu werfen. Zwischen ihr und dem Abgrund lag nur eine etwa kniehohe, schmale Mauer. Yusuri stand vor der einzigen Tür, die hinunterführte. In den Tiefen ihres Mantels hielt sie noch immer die Waffe versteckt.

Die verabredete Zeit rückte näher und näher. Isabelles Gedanken bewegten sich im Kreis. Sie dachte fieberhaft darüber nach, wie sie Yusuri außer Gefecht setzen konnte, aber außer ihnen befand sich auf diesem Dach nichts. Nur grauer, verputzter Beton.

Isabelle sah auf ihre Armbanduhr. Es war soweit. Yusuri zückte die Pistole und kam auf Isabelle zu. Sie griff nach deren Arm und hielt die Pistole auf sie gerichtet, ihr Blick aber lag auf der Tür. Sie warteten, doch nichts geschah. Die Zeit dehnte sich ins Endlose. Isabelles eigener Atem ging immer schneller.

Plötzlich erklang ein Schuss. Isabelle sah, wie Yusuri den Arm hochwarf und etwas Rotes auf ihrem Mantel erschien. Die Pistole fiel ihr aus der Hand. Isabelle wollte sich befreien, aber Yusuri reagierte schneller. Sie schlang den freien Arm um Isabelles Hals und presste sie an sich. Sie standen gefährlich nah am Rand des Daches; eine unachtsame Bewegung würde sie beide hinunterstürzen.

Yusuri bückte sich mit Isabelle, um die Waffe aufzuheben. Die Tür zur Treppe flog auf und Toshi kam aufs Dach. Ihm folgte Shin. Isabelle versuchte sich loszumachen, aber Yusuri hielt sie fest. Sie konnte die Waffe nicht richtig halten; der Schuss hatte ihren Arm verletzt. Noch reichte ihre Kraft aus, um die Pistole zu heben. Aber wo war der Schuss hergekommen?

„Lass sie los!" Shin machte einige Schritte auf die beiden Frauen zu, doch Yusuri machte einen Schritt zurück. Isabelle fühlte sie schwanken und versuchte selbst das Gleichgewicht zu halten. Das Ende des Dachs war bedrohlich nahe.

„Wo ist euer verdammter Schütze?", schrie sie. Die Verletzung hatte ihre gesamte kühle Fassade zusammenbrechen lassen. Darunter kam eine verzweifelte Frau zum Vorschein, die ihre Pläne gefährdet sah; und das machte sie umso gefährlicher. Isabelles Angst schnürte ihr die Kehle zu.

Toshi hielt Shin zurück und ging auf Yusuri zu. Die zitterte, Isabelle spürte es ganz genau. „Tsuki ist auf dem Dach dort drüben", sagte er ruhig und deutete auf das Dach eines Gebäudes. Es lag nicht weit entfernt, und Isabelle sah, als sie den Kopf mühsam drehte, einen Wassertank. Auf seinen vier Stelzen wirkte er wie ein Ufo. Auf dessen Dach blitzte etwas auf. Tsuki konnte auf diese Entfernung nicht viel gesehen haben, trotz Zielfernrohr. Deswegen hatte er wohl auch erst geschossen, als Yusuri sich weiter auf den Rand zubewegt hatte.

„Er wird nicht mehr schießen", fuhr Toshi mit hypnotisch ruhiger Stimme fort. Yusuris Augen zuckten zwischen Shin, Isabelle und Toshi hin und her. „Du bist verletzt. Lass die Pistole fallen, dann besorgen wir dir einen Arzt."

Yusuri machte Anstalten, die Waffe zu senken. Hätte Shin sich in diesem Moment nicht bewegt, vielleicht hätte sie sie fallen gelassen. Aber Shin bewegte sich und der Lauf der Pistole zuckte wieder hoch. Isabelle hörte den Knall gar nicht. Das Erste, was sie bemerkte, war, dass der Lauf der Waffe, hochruckte. Etwas blitzte an dessen Spitze auf und der beißende Gestank von verbranntem Schießpulver erfüllte die Luft.

Toshi sah Isabelle verdutzt an. Auf seiner Brust erschien ein roter Fleck, der schnell den Rest seines Jacketts durchtränkte. Kälte breitete sich in Isabelles Körper aus, und sie hörte sich selbst schreien. Ohne darüber nachzudenken, versetzte sie Yusuri mit dem Ellbogen einen Stoß in den Brustkorb. Diese taumelte und wankte zur Seite. Ein zweiter Schuss ertönte, und sie sah die Yakuza zu Boden gehen. Aber das zählt nicht. Isabelle rannte zu Toshi, auch wenn jeder ihrer Schritte sie durch Treibsand zu führen schien. Er lag auf dem Rücken und presste die Hand auf die Schusswunde. Shin hatte sich abgewandt. Er hatte sein Handy gezückt und beorderte sofort einen Notarzt. Isabelle presste ihre eigenen Hände auf Toshis Brust, um die Blutung irgendwie zu stillen.

Vor ihren Augen verschwamm alles und Tränen verschnürten ihr den Hals.

Toshi öffnete die Augen. So hatte er sie auch an diesem Morgen angesehen. „Toshi", war alles, was sie hervorbringen konnte. Er legte seine Hand auf ihre. Sie war nass und glitschig von seinem Blut, aber Isabelle bemerkte es kaum.

„Geht es dir gut?", fragte er so leise, dass sie sich zu ihm herunterbeugen musste, um ihn zu verstehen. Sie nickte und ihre Tränen vermischten sich mit dem roten Blut. „Was ist mit Shin?"

„Ihm ist auch nichts passiert", erwiderte sie heiser. Toshi nickte. Diese Antwort reichte ihm. Er schloss die Augen und seine Hand auf Isabelles wurde schlaff.

Sie schrie auf. Dann endlich kamen die Sanitäter durch die Tür.

KAPITEL 20

„Du solltest schlafen", sagte Hi und zupfte ihr einige Haarspitzen aus der Stirn. Isabelle seufzte und rieb sich über die Schläfen. „Ich kann nicht", sagte sie tonlos. „Der Arzt ist noch nicht zurück."

Sie rieb sich abermals über die Schläfen. Seit ganzen vier Stunden wollte ihr niemand sagen, wie es Toshi ging. Wie in Trance hatte sie mitbekommen, dass Hi sie ins Krankenhaus fuhr, da sie nicht mit in den Krankenwagen durfte. Shin fuhr zurück, denn die Versammlung der Yakuza-Clans stand bevor. Isabelle erinnerte sich schwach, dass er auf dem Weg zum Treppenhaus noch einmal telefoniert hatte. Diesmal war es die Polizei. Er meldete eine Tote auf dem Dach des Wolkenkratzers. Der Gedanke, Yusuri einfach so tot dort zu lassen, hatte Isabelle schaudern lassen, aber keiner der anderen hatte sich darum geschert.

Jetzt saß sie in diesem nach Desinfektionsmittel riechenden Krankenhausgang und wartete. „Kannst du noch einmal fragen?", bat Isabelle leise. In His Augen las sie die Hoffnungslosigkeit dieses Unterfangens, aber die Engländerin stand trotz allem auf und ging zur Anmeldetheke, wie es sie hier auf jeder Etage gab. Sie wechselte einige Worte mit der Krankenschwester dahinter und kam dann zu Isabelle zurück. Ihr Kopfschütteln sagte genug.

Isabelle schloss die Augen. Das Warten zermürbte sie. Nicht zu wissen, wie es Toshi ging, machte sie wahnsinnig. Die Angst um ihn blendete alles andere aus. Sie konnte nur noch an ihn denken und bemerkte kaum den Becher mit heißem Tee, den Hi ihr besorgt hatte und hinhielt.

Eine Ewigkeit schien zu vergehen. Es wurde Abend, schließlich Nacht. Die Ärzte baten die beiden Frauen zu gehen. Hi legte ihren Arm um Isabelle. „Leg dich ein wenig hin", murmelte sie und brachte Isabelle dazu, von ihrem Plastikstuhl aufzustehen. „Ich bringe dich ins Sakura, damit du dich ausruhen kannst. Der Tag war hart für dich, und es hilft Toshi nicht, wenn er sich Sorgen um dich machen muss, weil du vor Erschöpfung zusammenbrichst."

„Ich weiß nicht einmal, ob er noch lebt", murmelte Isabelle mit brüchiger Stimme und spürte Tränen über ihre Wange laufen. Hi drückte sie an sich. „Nicht weinen, so schlimm ist es nicht. Wenn er tot wäre, hätten sie es uns gesagt."

Isabelle wollte antworten, konnte aber nicht. Die Schluchzer schnürten ihr die Luft zum Atmen ab; zu sprechen war ihr unmöglich.

Vor dem Krankenhaus wartete eine schwarze Limousine, ähnlich der, die Toshi fuhr. Ein Mann im dunklen Anzug hatte ihnen den Rücken zugewandt und rauchte eine Zigarette.

„Oyabun?", fragte Hi und der Mann drehte sich um. Es war Shin. Er sah ganz anders aus, als zu dem Zeitpunkt, an dem sie ihn zuletzt in Deutschland gesehen hatte. Jetzt erst konnte sie ihn sich genauer ansehen. Shin hatte abgenommen, die hohen Wangenknochen traten stärker hervor. Er wirkte angespannt, aber seine Miene löste sich, als er Isabelle entgegenkam und sie in die Arme schloss. Sie drückte sich an ihn und rang heiser nach Luft. Er hielt sie fest und strich ihr tröstend über den Kopf. Isabelle beruhigte sich nur langsam wieder und wischte sich die Tränen und das verlaufene Make-up mit einem Taschentuch fort, das Hi ihr reichte.

„Du bist immer noch so eine Heulsuse", zog Shin sie sanft auf.

Isabelle lächelte, trotz der Tränen. „Und du immer noch so ein Idiot."

Er drückte sie noch einmal. „Geht es dir gut?"

„Sie hat mich nicht verletzt", antwortete Isabelle. „Aber ich weiß nicht, wie es Toshi geht. Und keiner will es mir sagen."

„Diese Ärzte sind immer solche Geheimniskrämer. Ich bin sicher, morgen darfst du zu ihm."

Isabelle schniefte, wie zu der Zeit, als sie sechs Jahre alt war. „Ich hoffe es."

Shin fuhr sie ins Sakura View, und Hi verabschiedete sich vor dem Appartement. Sie wolle die Geschwister nicht stören, sagte sie direkt und zog sich zurück. Isabelle führte Shin in das Appartement und bot ihm einen Platz an. Sie suchte in der Bar nach Alkohol und fand eine Flasche Single-Malt. Mit zwei Gläsern und der Flasche setzte sie sich neben ihren Halbbruder. „Danke", sagte er und nahm das Glas mit der hellen Flüssigkeit, das sie ihm reichte. Isabelle trank selbst einen Schluck und hustete, als der Alkohol unerwartet scharf ihre Kehle hinabfloss. Shin lachte leise und klopfte ihr auf den Rücken. „Übernommen?"

Isabelle lächelte schwach. „Etwas", krächzte sie und hustete wieder. Shin klopfte ihr noch einmal auf den Rücken und sah dann nachdenklich auf sein Glas. „Darf ich rauchen?"

„Wenn du willst."

Er stand auf und nahm sich ein weiteres Glas als Aschenbecher. Damit setzte er sich zu Isabelle und zündete sich eine Zigarette an. „Toshi bedeutet dir wirklich etwas, mhm?", sagte er schließlich.

„Ja", erwiderte sie leise. „Er hat mir von eurem Plan erzählt. Dass er die Yakuza verlassen wollte."

Shin nahm einen tiefen Zug an seiner Zigarette. Blauer Rauch quoll aus seiner Nase und zwischen den Lippen hervor. Der Anblick verlieh ihm das Aussehen eines Drachen.

„Verachtest du meine Entscheidung?", fragte er. Isabelle sah auf ihre Hände. „Vor einem Monat hätte ich das wohl", begann sie. „Ich war erschrocken, als mir Tomo erzählte, dass du ..." Sie stockte und warf Shin einen verlegenen Seitenblick zu.

„Dass ich als männliche Hure gearbeitet habe?", half er aus und lachte leise über Isabelles offensichtliche Verlegenheit.

Sie knuffte ihn gegen die Schulter. „Wie hättest du denn reagiert, wenn ich dir gesagt hätte, ich spiele Begleitservice für Männer?"

„Ich hätte jeden einzelnen von ihnen verprügelt", antwortete Shin trocken. „Keiner vergreift sich an meiner kleinen Schwester."

Isabelle lächelte. So langsam fand sie in dem Mann mit dem dunklen Anzug und den harten Augen ihren Bruder wieder.

„Ich wünschte, das alles wäre dir erspart geblieben", sagte er und wurde ernster. „Diese ganze Unterwelt-Sache ... du hättest damit niemals in Berührung kommen sollen. Ich habe versucht, dich davon fernzuhalten."

„Und hast dich deswegen einfach nicht mehr gemeldet. Dir hätte klar sein sollen, dass ich dich nicht so einfach gehen lasse, Shin." Isabelle nippte wieder an ihrem Glas, verzog das Gesicht und stellte es endgültig weg. Shins Lippen verzogen sich leicht. „Ich habe dich unterschätzt. Das war wohl mein Fehler. Und Toshis." Er lachte. „Zumindest in der Zeit, bevor ihr euch so nahe gekommen seid."

Isabelle lehnte den Kopf gegen Shins Schulter. „Ich habe Angst", murmelte sie. „Ich ... ich kann ihn nicht mehr verlieren. Das würde mich umbringen."

Shin strich über ihren Hinterkopf. „Das wirst du nicht. Morgen kannst du sicherlich schon zu ihm, und dann ist das alles hier vorbei."

Isabelle biss sich auf die Unterlippe. „Ist es nicht", sagte sie. „Yusuri ist tot, die Polizei ..."

„Die Polizei in halb Tokio wird von mir bezahlt", unterbrach Shin sie ruhig. „Niemand wird nach ihrem Tod fragen. Und niemand wird mehr darüber sprechen."

Die Worte waren so ruhig ausgesprochen, dass Isabelle den Kopf hob und ihren Bruder fassungslos ansah. „Du bist also jetzt ganz Clanchef der Yakuza?", fragte sie schließlich. Shin schüttelte den Kopf. „Ich bin nicht mehr nur Clanchef. Mir untersteht jetzt die gesamte Unterwelt. Es wurde vor etwa zwei Stunden beschlossen."

Isabelle presste die Lippen aufeinander. Sie schwiegen eine Weile. Draußen begann es zu regnen. Erst nur wenige Tropfen, dann ein sintflutartiger Regen. Es prasselte und klopfte an die Scheibe und dämpfte sogar die Lichter der Stadt. „Was wird aus Toshi?", sagte Isabelle nach einigen Momenten, in denen sie nur dem fallenden Regen zugehört hatten.

„Für die Yakuza ist er tot. Soweit es mich angeht, ist er auf diesem Dach gestorben, und so werde ich es auch verbreiten." Shin küsste Isabelles Scheitel. „Er hat es verdient, zur Ruhe zu kommen. Und er hat dich verdient."

Isabelle schloss die Augen und lehnte sich wieder an ihn. „Danke, großer Bruder." Wieder quollen Tränen zwischen ihren geschlossenen Lidern hervor. Die Erschöpfung und die anhaltende Sorge forderten ihren Preis.

Shin nickte nur leicht und wischte die Tränen fort.

KAPITEL 21

Das Weinen hatte sie erschöpft. Widerstandslos ließ Isabelle sich von Shin in ihr Bett legen, das ihr jetzt viel zu groß erschien. Kaum hatte ihr Kopf das Kissen berührt, war sie auch schon eingeschlafen.

Zwei Stunden später erwachte sie ruckartig. Etwas hatte sie geweckt, nur war ihr nicht klar, was es gewesen sein konnte. Im Zimmer war es dunkel, bis auf das schwache Licht, das von draußen hereinkam. Noch immer prasselte der Regen gegen die großen Fenster. Verwirrt setzte sie sich auf. Das Bettzeug raschelte dabei und Isabelle konnte einen Fetzen ihres Traums erhaschen. Es war ein Duft gewesen; würzig und männlich. Toshis Duft.

Sie tastete nach dem Schalter der kleinen Lampe auf ihrem Nachttisch, aber eine warme Hand legte sich auf ihre. Sie wollte schreien, doch ein warmer Mund verschloss ihren. Isabelle spürte einen Körper, der sich an sie schmiegte ... und Toshis Duft war überall. Er nahm ihre Welt ganz ein. „Du solltest vorsichtiger sein, wen du in dein Schlafzimmer lässt", hörte sie ihn sagen, bevor er ihre Lippen wieder mit seinen verschloss. So sehr Isabelle den hungrigen Kuss auch genoss, der sie zurück aufs Bett drückte, sie wurde dennoch ungeduldiger. Ihre Hand tastete nach dem Schalter und knipste das Licht an. Sie schob ihn von sich und hörte einen Schmerzenslaut. Im Licht der Lampe sah sie ihn endlich. Er kniete neben ihr und trug die Kluft eines Pflegers aus dem Krankenhaus. Seine Haare waren durcheinander und er selbst blass, aber das Grinsen auf seinem Gesicht machte das wett. Isabelle bemerkte jedoch die Hand, die er auf seine rechte Seite gepresst hatte. „Toshi, was machst du hier?!"

Er lachte und löste seine Hand. „Ich hatte eigentlich mit ein wenig mehr Begeisterung gerechnet", sagte er. Isabelle schüttelte über soviel Sorglosigkeit den Kopf. Dann überwog die Erleichterung, ihn zu sehen. Sie nahm sein Gesicht zwischen ihre Hände und küsste ihn dankbar. „Dummer Kerl", murmelte sie.

Toshi schien den Kuss zu genießen. „Wenn ich das nächste Mal angeschossen werde, schleiche ich mich nicht dir zuliebe aus dem Krankenhaus", lächelte er.

„Du musst noch unter Beruhigungsmitteln stehen", frotzelte Isabelle und musterte ihn. „Geht es dir gut?"

Er deutete auf seine Brust. „Ein Streifschuss. Also weit weniger gefährlich, als es aussah." Er hob Isabelles Kinn an, um sie noch einmal flüchtig zu küssen. „Vielleicht reicht er ja, um Shin zu überzeugen, mich aus der Yakuza zu entlassen."

Isabelle konnte ein Strahlen nicht verhindern. „Das hat es schon. Shin hat dich für tot erklären lassen. Du bist frei."

Die Nachricht traf ihn unerwartet. Toshi erstarrte in der Bewegung und sah sie nur an. „Frei?", fragte er. „Wirklich?"

Sie nickte und lächelte. „Shin war heute hier und hat es mir gesagt."

Sie zuckte zusammen, denn Toshi stieß einen Freudenschrei aus und zog sie in seine Arme. Ihr Schreck verblasste aber bald, und sie lachte leise. Diese ausgelassene Seite an Toshi war ihr neu, doch sie liebte sie bereits jetzt. Es gab so viel, was sie von ihm noch nicht kannte und was sie endlich entdecken durfte.

Toshi küsste sie und schob seine Hände unter ihr T-Shirt. Erschrocken drückte Isabelle ihn von sich. „Du bist verletzt", protestierte sie.

Er nahm ihre Hand und führte sie zwischen seine Beine. Er war bereits hart und pochte unter dem Stoff. „Das ist ihm hier aber egal", raunte er und küsste ihr Ohrläppchen.

Isabelle rang mit sich. „Was, wenn die Wunde wieder aufbricht?"

„Dann rufen wir einen Arzt", erwiderte er amüsiert. Es schien ihm Spaß zu machen, ihren Widerstand Stück für Stück zu brechen.

„Und wenn du ...?"

Er nahm ihr den Atem für jeden weiteren Einwand, indem er sie tief küsste und auf seinen Schoß zog. Seine Zunge koste über ihre, erforschte jeden Winkel, der ihm bisher noch nicht vertraut war. Seine Berührungen waren sanft, aber deutlich. Isabelle seufzte in den Kuss und zog sich selbst das T-Shirt aus. Toshi öffnete ihren BH ohne größere Mühe und ließ ihn rasch dem Shirt folgen. Sein Mund fand ihre Brüste, und Isabelle legte den Kopf in den Nacken. Wie schon mehrmals zuvor reichte die leiseste Berührung von ihm aus, um sie vor Lust willenlos zu machen. Toshi fasste in ihr dichtes Haar, bog ihren Kopf noch weiter zurück und biss in ihre Kehle. Sein saugender Mund hinterließ dunkle Male auf ihrer Haut, aber Isabelle wollte, dass er sie so zeichnete. „Wenn es dir wieder besser geht", sagte sie und strich über seine starken Oberarme, „musst du mir noch einmal zeigen, wie man mit der Gerte umgeht."

Toshi schmunzelte amüsiert und ließ eine Spur aus Küssen über ihren Hals zu ihrem Schlüsselbein wandern. Seine Zunge suchte in den feinen Kuhlen und glitt weiter zu Isabelles vollen Brüsten. Dort schien sie zu finden, was sie suchte, denn sie verweilte da. Isabelle fuhr in sein dichtes, wirres Haar und atmete tief ein. Ihre Finger drückten seinen Mund höher zu ihrem. Während er ihre Brüste in seinen Händen wog und massierte, fanden sich ihre Zungen zu einem weiteren wilden Spiel, umkreisten sich, stießen gegeneinander, nur um sich im nächsten Moment zärtlich aneinander zu reiben.

Isabelle löste sich von ihm, aber nur so lange, um ihre Hose abstreifen zu können. Toshi sah ihr dabei zu, wie sie die restlichen Kleidungsstücke verlor und auch an seiner Kleidung zerrte. Es brauchte etwas länger als bei ihr; Isabelle ließ Toshi mehrmals aufstöhnen, allerdings eher vor Schmerz, weil sie zu ungeduldig war und seine Wunde streifte. Schließlich schob er sie grinsend zur Seite und zog sich selbst aus. Ein Verband war um seine breite Brust geschlungen und verdeckte einen großen Teil seiner Drachentätowierung am Rücken.

Isabelle hockte sich wieder auf Toshis Schoß, drückte ihn ganz in die Kissen und spürte seinen aufgerichteten Penis gegen ihre Scham stupsen.

„So ungeduldig, mein Herz?", raunte er belustigt. Sein Atem schlug heiß gegen ihre Haut. „Dabei haben wir ab jetzt die ganze Zukunft für uns."

Isabelle richtete sich auf ihren Knien auf und führte seine Eichel zwischen ihre Schamlippen. Nicht tief, nur weit genug, dass sie sie anspannen konnte und den roten Kopf seines Gliedes massierte. Toshi stöhnte rau ihren Namen und stieß seine Hüften höher, aber Isabelle entzog sich ihm. „Sagtest du nicht, ich solle mich in Geduld üben?", fragte sie mit einem Kichern, aber auch ihre eigene Stimme war schon lange nicht mehr beherrscht.

„Du hast in den letzten Wochen zu gut von mir gelernt", war seine Erwiderung. Er wirkte bei dieser Feststellung ganz und gar nicht unglücklich. Isabelle lachte wieder leise und erlöste ihn und auch sich, indem sie ihn ganz in sich aufnahm, bis sie seine Haut an ihrem Po fühlte. Sie genoss für einen Lidschlag das Gefühl seines harten Schwanzes in sich und sah ihm in die Augen. Im Licht der kleinen Lampe wirkten seine Augen fast schwarz, und Isabelle las darin Hunger, Begehren und Sehnsucht nach ihr.

„Koibito", flüsterte sie an seinen Lippen. „Ich liebe dich."

Er umfasste ihren Hintern mit seinen Händen, bewegte ihr Becken aber nicht. Er streichelte nur über die seidige Haut und sah sie wortlos an. Isabelle versank tiefer in seinen Blick und begann wie in Trance, sich zu bewegen. Das Tempo war langsam. Sie wollten es beide auskosten und genießen.

Sein Mund fand zurück zu ihrem, und er küsste sie ebenso zärtlich, wie ihre Vereinigung sich gestaltete.

„Später", murmelte er, während Isabelles Lust sich immer höher schraubte, „werde ich dir ein anderes Geschenk machen. Rote Seidenseile. Und dann werde ich dich damit fesseln und dir noch viel mehr zeigen von dem, was man mit Seilen anfangen kann."

Toshis Worte schufen Bilder in Isabelles Kopf, die sie aufstöhnen ließen. Sie wollte, dass er sie fesselte. Sie wollte, dass er sie in jeder denkbaren Art und Weise zu seiner Frau machte.

Die Mullbinden seines Verbandes kratzten über Isabelles empfindlich gewordene Nippel. Sie bebte und drängte sich enger an ihn. Toshis Arme umfingen sie und drückten sie so fest an sich, wie es ihm mit seiner Verletzung möglich war. Isabelles Stöße waren fester, härter geworden. Was jetzt zählte, war die Lust, der Höhepunkt. Er traf sie trotz allem unerwartet, viel zu früh. Isabelle schluchzte in Toshis Mund und drückte sich, so fest sie es nur vermochte, auf sein hartes Glied. In diesem Moment spürte sie, wie er ihr folgte und sich tief in sie ergoss.

Sie senkte den Kopf und bedeckte sein Gesicht erschöpft mit Küssen. Toshi rang nach Atem und suchte ihre Lippen.

„Bleib bei mir. Fessele mich", murmelte Isabelle und sah Toshi an.

Er strich mit dem Handrücken über ihre Wange. „Immer", antwortete er. „Jetzt und auf ewig."

EPILOG

Shin kniete sich vor den niedrigen Tisch. Hinter ihm befand sich in einer Nische in der Wand eine Tuschzeichnung vom Gutshaus in Nikkō, das Toshi ihm vor seiner Abreise vermacht hatte, und ein Gesteck aus den letzten Sommerblumen. Es war nun fast Winter in Japan, und Shin dachte an den Sommer zurück. Es hatte sich viel verändert, nicht nur für ihn. Nach seiner Genesung hatte Toshi ihm angekündigt, dass er Japan verlassen würde. Shin erinnerte sich fast noch wörtlich an das Gespräch.

„Ich hatte gehofft, dass ihr wenigstens innerhalb von Japan bleiben würdet." Shin nahm einen Zug an seiner Zigarette. Sie saßen in Shins Büro.
Toshi trank Whiskey amerikanischer Herkunft. Die Glaswürfel darin klirrten, als er das Glas anhob und einen weiteren Schluck zu sich nahm. „Ich bin offiziell tot", sagte er und stellte das Glas wieder auf den Tisch. Es war Mittag und Tokio zeigte sich unter ihnen von seiner geschäftigsten Seite. Dennoch meinte Shin, so etwas wie leise Wehmut in Toshis Blick zu sehen, als der aus dem Fenster sah. „Es wäre nicht gut, hier zu bleiben."

„Und wo wollt ihr hingehen?"

Toshi zuckte mit den Schultern. „Isabelle möchte sich noch Kyōto ansehen. Später vielleicht Neuseeland oder Europa ... wer weiß? Wir haben genug Zeit."

„Ich nehme an, ich darf auch nicht eure Hochzeit ausrichten?"

Sein älterer Freund schnaubte leise. „Wenn Isabelle es jemals schafft, sich für einen Termin und gar einen Ort zu entscheiden, bist du eingeladen, zu was immer du Lust hast", schmunzelte er.

„Ja, sie war schon immer entscheidungsfreudig", lachte Shin. Toshi nickte seinem zukünftigem Schwager zu. Seine Miene zeigte dabei aber eine Verträumtheit, die Shin niemals zuvor bei ihm gesehen hatte. Er schien ganz versunken in Gedanken an Isabelle.

Shin beglückwünschte sich selbst. Er wusste seine Schwester in guten Händen.

Das Oberhaupt der Yakuza sah auf, als die Tür zum Zimmer aufgeschoben wurde. Hi trat ein und begrüßte ihn mit einer Verbeugung. Shin erwiderte sie und stellte den Teebecher, den er gehalten hatte, ab. Die Zwillinge waren ebenfalls Teil von Toshis ‚Vermächtnis' an Shin. Er hatte dafür gesorgt, dass er seine Aufgabe auf die bestmögliche Weise wahrnehmen konnte. Die Finanzen des Yamanote-Clans waren geregelt, er selbst hatte Toshis beste Leibwächter zur Verfügung gestellt bekommen; nach den letzten Monaten war Shin mehr als einmal dankbar für His und Tsukis Anwesenheit.

„Was gibt es?", fragte er Hi. Sie kniete sich an den Tisch und reichte ihm mit einem Schmunzeln eine Postkarte. Sie war grellbunt und zeigte eine grinsende Banane, die auf einem Surfbrett eine riesige Welle ritt.

Er drehte die Karte um und las darauf auf Deutsch: ‚Mach dich auf eine Hochzeit gefasst, Bruderherz!'

Shin musste lächeln. Die Karte trug einen Poststempel aus Hawaii. Die Inseln waren bei Japanern als Urlaubsort beliebt, aber er war sich fast sicher, dass die beiden schon lange nicht mehr in dem tropischen Paradies zu finden waren. Toshi wusste, wie er seine Spuren verwischen musste, und so wie Shin ihn kannte, würde er Isabelle mit all seinen Fähigkeiten beschützen. Wenn nötig auch mit seinem Leben.

„Dann werden wir die beiden bald wieder begrüßen dürfen, Oyabun?", weckte ihn His weiche, tiefe Stimme.

Er reichte ihr die Karte zurück. „Das hoffe ich", sagte er schmunzelnd und zog sich eine neue Zigarette aus dem Päckchen auf dem Tisch. „Das hoffe ich doch sehr."